张芸欣

张芸欣印

张 芸 欣

“全世界”

—系列—

02

全世界最爱我的那个人消失了 2

文／张芸欣

贵州出版集团
贵州人民出版社

图书在版编目（CIP）数据

全世界最爱我的那个人消失了. 2 / 张芸欣著. --贵阳 : 贵州人民出版社, 2017.4

ISBN 978-7-221-14111-8

Ⅰ. ①全… Ⅱ. ①张 Ⅲ. ①长篇小说－中国－当代Ⅳ. ①I247.5

中国版本图书馆CIP数据核字(2017)第078712号

全世界最爱我的那个人消失了. 2

张芸欣 著

出版人 苏 桦
出版统筹 陈继光
选题策划 大鱼文化
责任编辑 潘 媛
特约编辑 伍 利
装帧设计 刘 艳
内页设计 昆 词
封面绘制 Paco_Yao
出版发行 贵州人民出版社（贵阳市观山湖区会展东路SOHO办公区A座 邮编：550081）
印 刷 长沙鸿发印务实业有限公司（长沙黄花工业园三号 邮编410137）
开 本 880×1230毫米 1/32
字 数 309千字
印 张 9.5
版 次 2017年6月第1版
印 次 2017年6月第1次印刷
书 号 ISBN 978-7-221-14111-8
定 价 32.00元

自序
太阳虽远，但必有太阳

文 / 张芸欣

当你们翻开“全世界 2”的时候，距离我出版“全世界 1”，大概已经过去了两年时间。

第二部并不是突发奇想，而是一开始就做好的计划。

两年前我已经出版了六本书，每本书从写到制作都是一段艰难而曲折的旅程，没有一本书是轻轻松松随随便便就送到大家面前，这种拿命在熬心熬力的工作，我担心自己终有一天会因为支撑不住落荒而逃。

为了阻止自己做一个逃兵，我一咬牙设计了这个庞大的长篇系列来撑住自己。

所以才有了“全世界”这个系列。

我想写一个在富裕家庭里长大的公子小姐们，他们每个人身上发生的特别又独一无二的故事。

老五展凌歌是第一个。

他含着金钥匙出生，有父母疼爱，又俊秀聪颖，他从来都是天之骄子，无论想要什么，只要努力，都可以轻而易举地获得。

可是他唯独得不到自己想要的爱情。

为了这份爱，他用尽手段，卑微祈求，伤害对方也被对方伤害，最终变成了植物人。

这个故事我想告诉大家，在爱情面前，从来没有道理可讲，用尽手段换来的爱情，最终也不会获得真正的幸福。

那年我写完“全世界 1”的时候，和嫣然去了一趟泸沽湖。

我们从成都出发，先坐了 8 个小时的火车到一个小镇上，在阴雨绵绵的早晨坐上去往泸沽湖的破旧汽车，道路的左边是大山，右边是滚滚的河水，全程都是盘山道，转得满车的人都在吐。

在那个惨烈的环境下，我想好了“全世界 2”的故事。

第二个故事，就是你们现在看到的这个，是展凌萧和陆佳期的故事。

细心的读者不难发现，在“全世界 1”中，我在多处已经埋下了伏笔，甚至在故事结尾都没有解释，这也是“全世界 1”出版后很多读者都在问，为什么那么多线索抛出来却没有交代呢？

每次看到这样的留言，我都很想和你们说，那是因为这些都在“全世界 2”里呀。

“全世界 2”是一个美好又哀伤的新故事。

这个故事写的是展家的三公子——展凌萧。

在此之前，他在大家的印象中是一个狡猾又腹黑的狐狸，披着伪善的皮囊做着害人的事情，为了自己的利益可以伤害身边至亲至爱的人。

他和我以往写的男主全都不一样，他表面上八面玲珑、自信骄傲，实际上他自卑胆小、惧怕失去。他努力地去做好每一件事，只是希望多被人注意一些。他害怕只要有一点出错，就会被人毫不留情地抛弃。

他活得没有安全感，甚至活得畸形，他把这种不正常的状态变成了生活的常态，他在盛大华丽的环境里不停地塑造虚伪的自己，直到他遇到了董小舞。

他们一个在精神上伪装，一个在现实中伪装，两个活在欺骗中的人相遇又相爱了，却因为缺乏信任，而最终一再地错过。

朋友说，这是两个很不讨喜的人物啊。

可是这两个不讨喜的人物，却活得比任何人都真实、坦率。

我无比热爱他们。

这个故事，是我写过最特别的故事。

从人物设定，到故事背景，再到小说里的每一个情节，我都刻意地避开了那些常规的讨喜的桥段，尽量地推陈出新。我想给大家展示一个全新的世界，一个不按常规不按节奏不按套路叙述的故事。

不知道这样的另类故事，你们会不会喜欢。

“全世界”的故事从展家最小的公子展凌歌开始，历时两年，现在从展凌萧继续。

谢谢我的编辑木鸣给我的鼓励，让我把这个系列继续写下去，希望在不久的将来，第三部也会和大家见面。

谢谢这两年来一直念念不忘“全世界 1”的读者，大家都在问展凌歌最后有没有醒过来，而这个悬念，我会留到“全世界 1”再版的时候和大家说的。

如果你喜欢“全世界”的故事，欢迎你到微博来给我留言，你们的留言是我写作最大的动力。

这是我的第十二本书了，也是“全世界”系列的第二本。

有时候真不敢想，做什么事儿都坚持不下来的我，竟然一写就是十来年。

我想，太阳虽远，但只要努力坚持，必定能看到太阳。

虽然写书是一个漫长又容易让人变神经的生计，而像蜗牛一样缓慢的我，依然会在这条路上，写好每一部作品。

如果大家喜欢这个系列，请一定要告诉我。

感恩遇到这个故事的每一个人。

“全世界 3”，我们不见不散。

张芸欣

2016 年感恩节于七宝古镇

目录 CONTENTS

/
QUANSHIJIE
ZUIAIWODE
/
NAGEREN
XIAOSHILE

CONTENTS 目录

/
QUANSHIJIE
ZUIAIWODE
/
NAGEREN
XIAOSHILE

楔子

/
QUANSHIJIE
ZUIAIWODE
NAGERENXIAOSHILE

“出去吧，以后洗心革面，好好做人。”

厚重的铁皮大门被缓缓打开，苍凉的秋风裹着即将入冬的寒意刮了过来，天空中带着阴霾的灰暗，透着一丝冷淡的光，死气沉沉让人心悸。

一个面色素净的女子抱着装衣物的包裹，仰头看了看天空，冰冷得不带一点温暖的光照在她的脸上。

这是她三年没有看到的阳光。

她从包裹里拿出一面镜子照了照自己的脸，镜子里的人脸色苍白，双眼无神。

丝毫没有重新获得自由的喜悦。

远处开来一辆奔驰，大老远就能听见引擎的声音，所经之地，尘土飞扬。

车子停在了她的面前。

车门被缓缓打开，一个长相英俊的男子从车上走了下来，手里捧着一大束的菊花。

“送给你。”他把手里的花放在她的面前。

“死人才送菊花。”她不屑地嘲笑。

“是吗？阿昭那小子！看我回去不打死他。”男子正要把手里的菊花丢地上，却被女人一把抓住。

她轻轻把菊花拿过来，放在鼻子前闻了闻，淡淡的花香沁入她的鼻息中。

她看着对面从小一起长大的男人，几年不见，他越发地成熟稳重，只是眉宇里的英气却丝毫没有减少。

“谢谢你，竟夕。”她收起玩笑的脸，一本正经地说。

“谢什么？”

“谢谢你没有把我忘记。”

男子眼睛湿润，张开双手，含泪而笑：“欢迎回来，小舞。”

WORK
HARD
&
be nice
to people

爱你，

是他一生做过最好的一件事。

第一章 后会有期

如果这辈子只有一个梦，
那个梦，是你。

1

临近初冬的深秋，天地间露出了颓败的姿态，枯黄色叶片簌簌掉落，逶迤了一地。

整座鹭宁城笼在一片幽深的焦黄光影中。

一辆大红色宝马在鹭宁城招摇过市地行驶，车轮轧在树叶上，发出细碎的声响。

陆竟夕在车内点了一根烟。

“有没有公德心啊！居然让花容月貌的我吸二手烟。”坐在旁边的陆佳期不满地看着吸烟的陆竟夕。

“我坐了十几个小时的飞机从巴黎回来，刚到就被你揪来参加这个什么慈善活动，连杯咖啡都来不及喝，再不抽烟提提神，我怕待会儿我会在慈善活动上直接表演睡觉，到时候谁给你当托儿啊。”陆竟夕摇下车窗，街道上喧嚣的声音跟风一起迅速灌入车内，驱散了一部分的烟味。

“好好好，你是这世上最伟大的托儿。”陆佳期也把另外一边车窗摇下来，“熏死我了。”

“那还不是看在你的面子上，从小到大，你的每一句话，我都当作圣旨。”

“陆总最疼陆小姐了，真是一个好哥哥。”开车的新司机讨好地插话。

陆竟夕听到这句话，脸色一黑，倒是陆佳期笑得灿烂：“我哥哥啊，可是这世界上最疼我的哥哥。”

陆竟夕不高兴地说：“小李，不该插嘴的时候不要乱插嘴。”

小李这才意识到自己说错了话，马上噤声不语了。

“你还跟那个警察住一起啊？”陆竟夕突然问道。

“什么叫那个警察，人家有名字的好不好，罗菲！”

“你说说你，豪车豪宅给你你不要，非要住个那么小的房子，还和个警察同住，到底怎么想的你。”

“房子太大，我住怕得慌，还是小房子好，住着温馨安全。”

“安全个屁。”陆竟夕凑到陆佳期的耳边，“小心哪天她就把你抓起来。”

“哎呀，别凑这么近，耳朵痒死了。”陆佳期才不把陆竟夕的警告放在心上。

她趴在车窗上，看着外面街道上的人群。

车窗外有几个孩子在玩纸飞机，被风吹得极高，有只纸飞机像是有了指引，直直地往她的眼前飞来。

白色的纸飞机就在她的眼前，她顺手拈了过来，鲜红色的指甲油配上洁白的纸飞机，像是两个极其不对称却又完美的组合。

“哪里飘来的垃圾？”陆竟夕把烟头掐灭了。

“纸飞机。”陆佳期盯着那纸飞机发愣。

车子停了下来，司机下车帮她把车门打开，恭敬且礼貌地说：“陆小姐，孤儿院到了。”

“终于到了。”陆竟夕下车伸了伸懒腰。

陆佳期放下手中的纸飞机，拿出镜子照了一下脸，确保妆容完整，才优雅地走了出去。

正午的阳光照在她的脸颊上，那是一张美得惊心动魄的面庞，鹅蛋脸，樱桃嘴，高挺的鼻梁，洁白的额头，肤若凝脂，特别是一双微微上扬的大眼睛，似乎含着潋滟的波光，让人一看就要动情三分。

加上她挎着一只香奈儿今年最新的限量款包包，一身宝格丽的时装，气场十足得像是要去走秀的大明星。

陆竟夕走到她的面前，把手伸出来：“走吧，我的宝贝。”

“谁是你宝贝啊……”陆佳期嘲讽地笑，转身对司机小李说，“你先找个地方休息一下，参加完活动我再电话你。”她的眼中带着若有似无的笑。

小李竟然被这一笑容羞红了脸。

“好的，陆小姐。”招架不住的小李几乎是落荒而逃。

“喂，你有没有搞错啊，我还在这儿，你就乱放电。”陆竟夕想捏她的脸，被她挡掉了。

“我说过几百次了，我们是兄妹，你做哥哥的无权干涉我！今天，以后，未来，都不可以。”陆佳期的强势，让人无法抵抗。

或者说，陆竟夕并不想抵抗。

2

天使孤儿院。

这是一间由“童心”玩具厂赞助多年的孤儿院，里面有许多被人抛弃的孩子，孤儿院因为有了赞助，孩子们的生活水平好了起来。

而今天他们的到来，是为孤儿院举办一次慈善活动。

这是陆佳期每年都会举办一次的慈善活动。

陆竟夕联系了几家大企业，让他们前来看孩子表演，同时也为这些孩子捐款。

大家碍于陆竟夕在鹭宁城的地位，多数还是赏脸的。

院长方姐已经在里面恭候多时。

“陆小姐，你能来我们很高兴。”

“今天有孩子们的表演，我肯定要来的。”陆佳期随院长走进孤儿院里。

孤儿院的大院中央已经布置好了，表演台，各种气球和花朵，小小的椅子摆得整整齐齐。

“佳期姐姐。”一个小男孩欢快地跑到陆佳期的面前，直接扑进她的怀里。

“喂喂喂，你个臭小子，谁允许你抱佳期的……”陆竟夕抗议地说。

“小武。”佳期亲昵地抱住他，在他白嫩的脸上亲了一口，留下了一个深深的口红印。

“你小子就知道占便宜。”陆竟夕盯着小武脸上的口红印，十分羡慕地说道。

“竟夕叔叔，你是嫉妒我！”小武一脸胜利地说。

“你是不是欠揍！”陆竟夕看着他拽拽的脸好想痛扁他一顿。

“你就是嫉妒，嫉妒姐姐亲我不亲你。”小武挑衅地看了陆竟夕一眼。

“你这孩子。”陆佳期捏了捏他可爱的小脸，“这小脸长得真好看。”

“小朋友们都做好准备啊，一会儿就要给大家表演节目了。”孤儿院的音响里传来副院长的声音。

“姐姐我先去准备一下，一会儿见。”小武懂事地和陆佳期挥挥手，像一阵风一样地跑开了。

“这小子，三年了还这么欠揍。”陆竟夕想起刚刚他挑衅的眼神，恨得牙直痒。

这个年仅八岁的男孩小武，是三年前陆佳期在路上捡到的。

三年前的某一天，陆佳期去河边散步，正巧看到一个孩子蹲在地上，呼吸困难，伸着胳膊向她求救。陆佳期立刻把他送到了医院，医生说他得的是哮喘，还好送来及时，救了他一命。

当问起他爸妈的时候，他沉默良久后，开口说道：“死了。”

“死了？怎么会？”

“跳河死的。”

小武说这句话的时候表情出奇冷静，完全不像一个五岁孩子会有的表情。

三天后，警察把一具打捞起来的女尸放在他的面前让他认。陆佳期清楚地记得，那是一具泡烂了面目全非的尸体，可是小武看到尸体的一瞬间，就开始掉眼泪，无声无息地掉泪。

陆佳期走过去，把小武抱在怀里问：“是你妈妈吗？”

他点头：“是。”

小武在陆佳期的怀里痛哭了一场，哭得歇斯底里，可是从那次之后，他再也没有哭过。

警察找不到小武的亲人，没有爸爸、爷爷奶奶、外公外婆，他就像是一个只有母亲的个体，可是现在连母亲也失去了。

他完全变成一个个体，简单的个体。

小武的母亲下葬后，陆佳期把他送到孤儿院，亲手把他交给院长。

陆佳期走的时候对小武说：“不论在哪里，都不要放弃自己，知道吗？”

五岁的男孩目光坚定地看着她，许久之后说：“你帮我取个名字吧。”

“你自己的名字呢？”

“我不记得了。”他眼中闪烁。

陆佳期心里一动，像是某个时期的记忆翻涌而来。

她明白那种不想记得自己是谁的感觉。

她摸了摸他的头：“从今以后你叫小武，武功的武。”

这三年她经常来看小武，开始只是送一些吃的，后来开始给他们不定期捐款，再后来发展到定期赞助。

反正她的家产不少，光是房产在鹭宁就多达十几处，更别说她的主业和副业了。

没人知道陆佳期其实是鹭宁城最大的玩具厂商“童心”品牌的董事之一，对外大众只知道陆竟夕，年纪轻轻便已身家过亿，拥有玩具厂、影视公司等多重产业。

而陆佳期，只是作为陆竟夕的妹妹而神秘存在。殊不知，整个陆氏经济的运营和陆佳期有着密不可分的关系。

3

慈善活动开场了，陆佳期坐在第一排，副院长介绍陆竟夕上台讲话。

陆竟夕睁了睁犯困的眼睛，走上台去，咳嗽了两声：“非常感谢各位慈善家光临这次的慈善活动，希望大家踊跃捐款，奉献自己的爱心，孩子们的未来，就拜托各位了。为了表示诚意，我们陆氏集团先捐出 100 万。”

陆竟夕说得有点敷衍，陆佳期看得出他非常疲惫，连续几天没有睡觉，匆忙赶回鹭宁却被她抓来，铁打的身体也吃不消。

“非常感谢陆总的慷慨，下面就由我们的董小武小朋友为大家表演一个节目。”

小武走上台，身姿挺拔，虽然只有八岁，可是稚气的脸孔上已经长出了清秀英俊的眉目，他对着大家鞠了个躬，拿过话筒：“今天这首歌，献给我最亲爱的佳期姐姐，希望她永远美丽，没有烦恼。”

“王子骑白马，星星不见了……”小武唱的是林忆莲的《纸飞机》，这是一首很老的歌，对于现在的很多人来说，都是陌生的。

陆佳期没想到小武会唱这首歌，在午后暖融的阳光下，小男孩稚气的脸孔清秀美好，时光一下子把她的记忆拉得很远。

她恍恍惚惚仿佛看到一个少年的身影，站在停满雀鸟的电线杆下，拿着纸飞机和她挥手。

那时候铁轨发出轰隆隆的声音，他欢快地穿过铁路线，跑到她面前。

“磊磊，磊磊……”突然有个男人的声音出现，满脸泪水，冲上台去把小武一把抱在怀里。

音乐戛然而止，台上的小武一脸茫然又冷漠。

院长赶忙上前：“先生，你怎么了？”

男人紧紧地抱住小武：“磊磊，爸爸让你受苦了，你跟爸爸回家好不好？”

坐在台下的都是鹭宁城有名的商贾大富，有人先把这个男人认了出来：“这不是林氏集团的老总嘛，怎么来这里认儿子了？”

“哪里跑来的爸爸？”陆竞夕看着陆佳期。陆佳期也一头雾水，不过她还是很快地走了过去。

“这位先生，你是不是认错人了？”陆佳期对小武的关心，就像对待自己的亲人。

“不可能，他就是我的儿子，他的妈妈是柳云珠。”男人像是疯了一样，明明是上好的西装，配上他失控的脸，完全没有了那套西装原来的气质。

陆佳期想起来小武的妈妈的确是叫柳云珠，她曾经在警察局的死者档案上见过这个女人的名字。

陆佳期问小武：“你认识他吗？”

小武用力摇头：“不认识。”

“不，你明明见过我，就在三年前，我还给你买了衣服，买了鞋子……”男人情绪高涨，他没想到小武竟然不认他。

陆佳期看着眼前这个男人，他说三年前他就给小武买过东西，小武怎么会说不认识他？而他既然知道小武是他的儿子，为什么又让小武流落到孤儿院?

一切的一切都像一个谜团，排山倒海地出现。

小武看他的表情那么冷漠和厌恶，不管缘由如何，至少目前小武并不想认他。

男人不肯放开小武的手，这种纠缠让陆佳期十分讨厌。

她伸手准备去把那双手从小武身上掰开，没想到她伸出手的同时，另一双手也伸了过来。

那是一双非常修长白净的手，指甲剪得干干净净，长长的指节像是枝蔓，轻巧地把男人桎梏小武的那双手给挪开了。

“不好意思，我堂兄他，有些失控。”好听而温润的声音，带着客气的疏离，可是却让陆佳期觉得那么熟悉。

陆佳期抬起头，一张过分英俊的脸出现在她的面前，分明的轮廓，一双凤眼带着好看的笑容，嘴角微微上扬。

陆佳期慌了神。

包括台下的陆竟夕。

本来还有些许困意，在看到眼前这个男人的一瞬间，陆竟夕所有的困意都消失了。

“你好，我是展凌萧。这位是林氏企业的长公子林翱先生，他今天是来看磊磊的，没想到刚刚听见磊磊唱歌突然忍不住情绪失控，我想应当是有感而发，并不是故意的，希望没有影响到你们的活动。”

展凌萧看着陆佳期，温文尔雅地解释着，他错把陆佳期当成孤儿院的员工。

陆佳期看着他，多年不见，他长得更加落拓英俊，颀长的身材搭配那张完美的脸，时光仿佛没有在他的脸上刻上岁月的痕迹。

她恍惚看到多年前那个阴雨绵绵的傍晚，他站在雨帘之后，十几岁的清秀少年，一双眼睛熠熠发光，看着你的时候，仿佛有水波流转，漂亮得让人留恋痴迷。

那是她一生中最好最好的时光。

陆佳期努力地去调整自己的心跳，生怕被对方看出她的反应，在确定自己平稳了之后，她冷冷地开口：“展先生是吧？”

“对，是我。”

“你们的出现已经严重影响了这次的活动，请你们离开。”

陆佳期冷着脸，完全不给面子地驱逐他们，这让展凌萧非常意外。

他原本以为只要他报出他们的身份和名字，就算对方不给面子，也至少不敢得罪，没想到眼前的这个姑娘完全没有要与他多言的意思。

“非常非常抱歉，不管有多少损失，我们都会一力承担。”展凌萧试图继续说。

“你以为有钱就能买到一切？”陆佳期哼了一声，“很多东西，不是你有钱就能买得到的！”

陆佳期的这句话，一下子击中了展凌萧的心，好像很多年前，也有一个人，和他说过同样的话。

陆佳期拉起小武的手，指着林翱问：“小武，你确定不认识他，对吗？”

小武点头：“对。”

陆佳期看着林翱：“小武说他不认识你，请你不要再来打扰他。”

“可是他是磊磊，我的儿子……”

“走，姐姐今天带你出去吃饭。”陆佳期没有听完林翱的话，头也不回地拉着小武离开。

陆佳期走过展凌萧身旁的时候，展凌萧闻到了一股小雏菊的香气，他转过头，阳光照在她雪白的脖颈上，隐约中，他看到她的脖颈后面，有一枚蝴蝶形状的刺青标志。

陆竟夕拿起放在凳子上的西装外套，跟着陆佳期走出去。

他走的时候，回头看了一眼展凌萧。

那个男人把手插在口袋里，侧脸在金色的阳光下英俊无限，好看得犹如上帝的宠儿。

无论过去多少年，展凌萧的出现都像仙人入世般，在他们庸俗的世界里带着袅娜的白烟而来，金光璀璨，刺眼夺目。

展凌萧感觉有人在看他，等他转头的时候，只看到陆竟夕站着的背影。

在孤儿院门前的榕树下，他拉着陆佳期的胳膊，低头和她说话，两个人的动作亲昵又和谐。

仿佛在某个记忆深处，他也曾看过这样的画面。

孤儿院的大门被缓缓地关上，他们两个人的身影也随之消失。

4

那么多熟悉的感觉，让展凌萧不禁想起了一个人。

一个许多年，出现在他的梦中，可后来再也没有遇见的姑娘。

“凌萧，怎么办啊？凌萧……”林翱拉着展凌萧，无助地问。

他转头看到了站在一旁的院长，开始指责道：“你们孤儿院到底怎么照顾孩子的？随随便便就让工作人员把孩子带出去！”

院长在旁边听了个大概，心里已经有了数：“这位先生您别激动，佳期小姐并不是我们的员工，她是童心玩具厂董事长的妹妹，也是我们孤儿院最大的赞助商。她对小武像亲弟弟一样，绝对不会伤害他的。”

“她凭什么带走磊磊！”林翱悲伤地问。

“您说的磊磊是？”

“就是刚刚陆小姐带走的那个孩子。”

“您说小武啊……小武是三年前陆小姐在河边救下的孤儿，他的母亲跳河自尽，陆小姐就把他送到我们孤儿院来了，这三年多亏了陆小姐忙前忙后让企业家给我们孤儿院捐款。所以您真的不用担心，她对孩子们都非常好，特别是小武。”

“你说这个孩子叫什么名字？”

“小武，武功的武，还是陆小姐给他取的名字呢。”

“小武，小舞……”展凌萧念着这个名字，像有一只沉在心底的手，正慢慢地从内心深处，一点点地伸了上来。

“他明明是我的孩子磊磊！”小武的冷漠让林翱感到很伤心。

“您既然说您是小武的亲生父亲，那您有相关的证明吗？”院长问。

“我……我没有……可是他就是我的孩子……”

“那等您把相关证明的材料备齐，再到我们孤儿院来，具体事宜再行协商，您看行吗？”院长虽然心里不想面对他，可是作为一院之长，依然保持着良好的素养。

“这……”

“好的，院长，我们回去会先搜集相关证据然后再来。今天真的很抱歉，我们的出现破坏了你们的慈善活动。所有的损失我们都会赔付的。”展凌萧再次道歉。

“可是……”

“回去再说吧。”林翱还想说什么，但是已经被展凌萧打断了。

展凌萧阻止林翱继续纠缠，今天的闹剧已经让他十分头痛。他一开始不想答应陪林翱来这里找什么亲生儿子，但是小妈开口求他，他又不好拒绝，只好陪林翱过来一趟，本来以为是个很好解决的问题，没想到这么麻烦。

展凌萧走到孤儿院门口的榕树下，这里似乎还留着陆佳期身上的气味。

那么熟悉的小雏菊的气味。

他点了一支烟吸了一口。

小武，小舞。

他默默在心里念着这个名字，像是有风轻轻地拂过水面，缓缓地吹入他的心里。

那些被尘封的记忆像是在命运的安排下，一步一步，又重新走到了他的面前。

5

展凌萧是十七岁时在安和巷遇见小舞的。

那年的安和巷，有着下不完的绵延细雨，以及散落在四处被细雨打湿的小雏菊。

它开在安和巷的每个角落里，与绿色的青苔为伴，小小的花瓣，点缀这绿色中的几抹色彩，徐徐绽放在这座略微喧嚣的城市中。

小舞穿着一件印着小雏菊花纹的的确良衬衫，蹲在安和巷一间平房的屋檐下逗弄一只雀鸟。

少女素净恬淡的脸掩在水汽之中，利落的短发垂在耳边，嘴角带着微微的笑意。

那天刚下过雨，雨水顺着屋檐滴滴答答地落下来，一颗一颗晶莹透亮，像是天然的珠帘。

展凌萧站在门口好半天，始终进退维谷，直到小舞抬起头，透过雨帘看见他。

方才看雀鸟的笑意顿时不见了，她看他时双眸冰冷得令人发怵，可是又那么熟悉，仿佛他在黑夜里的镜中照见的自己。

她上下打量着他，问道："你找老爹？"

"老爹？"

"董明伟是我老爹。"她淡淡地说。

展凌萧惊讶这个少女敏锐的判断力，她只是看到他，就知道他来的目的。

他那天的确是去找董明伟，确切地说，他想从这个男人口中打探到他母亲的下落。

那个从他出生就将他抛弃远走他乡的母亲，他十几年来只见过她的照片，在几个月前他无意间得知她回来了，他找了私家侦探去调查，说她最后一次出现的地方就是这里，最后见到的人是董明伟。

送来的照片上，他们两个人动作亲昵，就像一对恋人。

他想要找到母亲，渴望见一见她，所以他来到了这里。

其实从他第一次踏入这里他就后悔了，安和巷是个贫民窟，道路坑坑洼洼，房子是矮平房，住的人还特别复杂。

所以当他在这个肮脏乱七八糟的地方看到小舞的时候，他是有些意外的。

她像是污水中的一块碧玉，并不受周围的影响，静静地散发属于自己的光芒。

"你回去吧。"这是小舞站起身对他说的第一句话。

"我今天不见到他，我不会走。"展凌萧笃定地说。

"你就是见到他，也无济于事。"她的目光像是能窥探到他的内心。

"你什么意思？"

"这里不是你这种少爷该来的地方。"小舞对雀鸟吹了一声口哨，那些鸟听话地跳到她的手心里，她轻柔地抚摸鸟的羽毛，仿佛刚刚在和展凌萧谈的是天气。

"小舞，电视机修好了，你可以去看了。"从平房里走出来一个模样清俊的男孩，看上去比他们年长几岁，在看向小舞的时候，目光是宠溺而温柔的。

那是小舞从小一起长大的“哥哥”陆竟夕。

陆竟夕看见展凌萧：“这是谁？”

“问路的，问好路要走了。”小舞不想对陆竟夕说实话。

“我是来找董明伟的，叫他出来见我。”展凌萧当时天不怕地不怕，更不知道他的这句话会招来什么样的后果。

“找老爹的？”陆竟夕看着展凌萧。

“是。”

“我带你去见老爹。”陆竟夕也不多话，回答干脆。

展凌萧很高兴，可是小舞却愁容满面。

“哥，你让他走吧。”小舞的眼神中透着哀求。

“小舞，乖，在屋里看电视，哥一会儿就回来。”陆竟夕摸摸小舞的头，再冲着展凌萧说，“跟我走吧。”

展凌萧起初并不明白小舞哀求的眼神是什么意思，内心还在感激遇到了陆竟夕，否则今天肯定见不到董明伟，于是十分开心地跟陆竟夕走了过去。

小舞目送着展凌萧和陆竟夕消失在眼前，看他们转进了老爹居住的那个房间。

她深深地叹了口气，轻轻抚摸手里的雀鸟说：“鸟儿，我已经尽力了。”

展凌萧被带到转角处的里屋。

里屋的陈设非常简陋，只有一张床和一张桌子，桌子是红木制成，上面放着一盏翡翠色的古董灯，一根小小的藤条，不知道作何用。

董明伟戴着手套拿着工具正在拆卸一块进口的瑞士手表。

“老爹，有人找你。”陆竟夕说道。

董明伟没有抬头，他半眯眼半看古董表的机芯，不紧不慢地问道：“今天的功课都做好了吗？”

“都做了。除了……”

“除了什么？”

“除了小舞，她手受伤了，所以……我让她今天不用做功课了……”

“你还挺会替我拿主意的。”董明伟的声音虽然轻，却有难以抗拒的威

爱你，

是她一生最美，又最好的年华。

严。

“老爹，我不是……”

“把手伸过来。”董明伟打断他。

陆竟夕乖乖地把手伸到董明伟面前。

董明伟拿过桌子上细长的藤条，狠狠地在他手心里抽了三下，虽然只是三下，可是已经可以看见血肉。

陆竟夕却只是皱着眉头，没有发出半点声音。

“这是你替她受的惩罚。”董明伟说，“你先出去吧。”

“是的，老爹。”陆竟夕退了出去。

董明伟这才抬头看着展凌萧。灯光下，他的一张脸，清晰地映在展凌萧的眼里，那是一张英俊而有气场的脸庞，岁月的皱纹虽然爬上了他的脸和眼角，可是却只是让他更有魅力。

只是他的一双眼睛太过锐利，让人看着一阵发怵。

董明伟仔细打量着展凌萧，饶有兴趣地看着他：“像，真像，都一样那么漂亮。”他脱下手套，眯起眼睛，“你是凌萧？”

展凌萧被他强大的气场震慑住，本来想好要说的话，一时间都说不出来，只能傻愣愣地点头：“嗯。”

“你来找你母亲？”董明伟比小舞更加能洞悉人的内心。

展凌萧握紧拳头，强迫自己不要害怕：“我……我听说我母亲回来了……就……在你这里……”

“她没有在我这里。”董明伟笑着说。

“怎么可能？我找人查过，我母亲最后一次出现就是在你这里。”展凌萧不相信。

“我和你母亲是见过面，可是只是见过面而已，她很快就走了。”

“那我母亲去了哪里？”

“我不知道，她没有告诉过我。你请回吧。”

“我不走！你今天要是不告诉我我母亲的下落，我绝对不会走的。”

“你不走？”董明伟笑起来，他的笑容高深莫测，“我再给你一次机会，你走不走？”

“我不走！”展凌萧坚定地说，从他来这里开始，他就没有打算这么轻易离开。

“你不走，那……我只能送你走啦……”董明伟拍拍手，只见几个男孩从外面走进来。

“老爹，有什么吩咐？”其中一个男孩问。

“送展少爷出去，好好地教育教育他。”

“是。”

几个男孩过来拉展凌萧，他们看上去瘦弱，却个个力气大得惊人，展凌萧怎么挣扎都挣扎不开。

“你们要做什么？你们要做什么！放开我！”展凌萧惊恐地喊道。

几个男孩把展凌萧拉到了平房外不远处的铁轨上，那是一条专门用来给运输货物的火车行驶的轨道，斑驳的铁锈，两旁都是杂草，铁轨上空荡荡的一个人都没有。

他们把展凌萧绑在铁轨旁边的铁杆上，带头的那个男孩拍拍他的脸：“展少爷，再见了。”

男孩们笑着离开，展凌萧拼命地扭动自己的身体，可是绳子绑得太牢了，他根本甩不开。

远处火车的鸣笛声由远及近，像是死亡正在一步步接近，可是他却无能为力。

那是展凌萧第一次感到害怕、无助，绝望充斥着他，他只能缓缓地闭上眼睛等待死亡。

在火车快要开过来的时候，小舞从他身后方跑过来，拿着一把无比锋利的瑞士军刀，三两下就把绑住展凌萧的绳索割断。

在火车就要开过来的一瞬间，小舞一把将展凌萧拉到铁轨旁边。

轰隆隆的火车打着节奏与他们擦身而过，火车的车身摩擦着展凌萧的衣角，巨大的轰鸣就在他的耳边，他明显感觉到死亡与自己只是咫尺之遥。

他一个趔趄，吓瘫在铁轨旁边，整个人都在发抖。

“疯了，他们疯了吗？”展凌萧崩溃地大喊。

“你喊这么大声做什么？把他们喊回来，再给你绑一次？”小舞冷冷地说道。

“我死了，他们也要坐牢！”展凌萧叫嚣着，似乎只有叫嚣才能排解他心里的惶恐。

小舞嘲讽地笑：“他们连死都不怕，还怕坐牢？”

“你们就是一群疯子。”展凌萧怒吼。

“是啊，我们是疯子，所以你以后一定要离我们、离这里远远的。”

小舞在展凌萧旁边的碎石堆上坐下来，从口袋里拿出一个创可贴，熟练地撕开，贴在展凌萧受伤的脸上，说：“我只有这一个创可贴了，凑合先贴着脸吧。”

展凌萧看到小舞缠着纱布的手正在往外渗血：“你的手流血了……”

“可能是刚才割绳子太用力，把伤口拉扯到了，就这点小伤，过几天就好了。”小舞丝毫没有把这个伤口当回事。

展凌萧不可思议地看着她，她和他年纪相仿，讲话处事却完全不像同龄的小孩，他认识的女孩子，哪个不是磕到一点点就喊得地动山摇哭得稀里哗啦的，没有一个像她这样，完全不在乎，而且是发自内心地觉得是小事。

等火车开过去，一切都恢复了平静，他们两个人并肩坐在铁轨旁的碎石堆上看着火车。

小舞托着腮看他：“刚才让你走你不走，现在知道怕了吧？”

“谁怕了。”展凌萧死装坚强。

“你不怕啊？”小舞的手搭在他发抖的胳膊上，“那你抖什么呀？”

“我只是腿麻！”

小舞暗自笑了，摘了一朵路边的小雏菊放在手心里把玩：“承认心里的害怕，也没有什么可丢脸的啊。”

“你为什么救我？”展凌萧突然问道。

“因为你……”小舞突然靠近展凌萧，一双水汪汪的大眼睛盯着他的脸看，“长得好看啊，我喜欢所有长得好看的东西。”

少女的气息离他非常近，他的心没来由地跳得飞快。

“我又不是东西！”他狡辩，脸却红了。

“对我来说，长得好看的东西都一样。”小舞看他脸上的变化，笑了。

展凌萧慌乱地避开她的眼睛："你和董明伟什么关系？"

"我是他捡来的孤儿，我喊他老爹。"小舞轻描淡写地回答。

"孤儿……"展凌萧看着小舞。他没想到小舞的身世是这样的。

"你见过我妈妈吗？"

"没有。"小舞笃定地说，几乎不带一丝犹豫。

"你撒谎！你见到我的第一面就知道我是来找董明伟的，你肯定见过我妈妈。"展凌萧激动地拉住小舞。

"我没见过，你问一百遍，我也没见过。"小舞的回答非常冷漠。

"如果你知道她在哪里，你告诉我好吗？我一定会重重感谢你的，你要多少钱我都可以给你啊……"

"这世上，不是所有东西都可以用钱买得到的。"小舞打断他，刚刚脸上少女的神情不见了。

她站起来，拍掉身上的杂草，冷冷地说："这里不是你该来的地方，以后都不要再来了。"

小舞抬头，看了看阴沉沉的天空和电线杆上的雀鸟："一会儿又要下雨了，以后出门记得带伞。"

她像是叮嘱老朋友，又像是说给自己听。

"我先回家看电视啦。再见。"小舞轻松地与他告别。

"你叫什么名字？"

"叫我……后会无期吧。"小舞淡笑，倒退着和他挥手再见。

她摘了一根狗尾巴草，一边把玩一边哼着歌离去，悠闲的姿态又像是个无忧无虑的小女孩。

她衣服上的小雏菊在这个雨后的傍晚，像是融在蜜糖色中的一点点缀，简单，却又让人无法挪开视线。

后会无期，她说后会无期，她不想再见到他。

6

家中的车子停在了展凌萧的面前，司机从车上走下来，看到一身都是伤的展凌萧。

“三少爷，你怎么了？我立刻送你去医院。”司机把展凌萧扶到车上。

“你怎么知道我在这儿？”坐在车上的时候，展凌萧忍不住问道。

“我刚刚接到你同学打来的电话，说你刚刚被人抢劫，让我赶紧过来。”司机解释。

“爸爸不知道吧？”

“你放心，你同学交代过，让我暂时先不要对老爷和太太说这件事。”

“那就好。”展凌萧放下心来。

“那个女孩子可真有礼貌，声音也甜得紧。”

司机口中的女孩，肯定是小舞了。

她不仅认识他，知道他来的目的，还知道他家里的电话，她好像对他了如指掌。

而董明伟这个男人，住在这么平民的地方，还养着这么一大群孩子，他又是做什么的呢？

这里的一切就像一个迷宫，里面放满了各式各样的谜团，一个一个堆叠在展凌萧的脑海中。

太神秘，又太不可思议。

而最最要紧的是，这个男人，与自己那位从未谋面的母亲，有着千丝万缕的关系。

这个男人绝对不像他说的那样，不知道母亲的下落，直觉告诉展凌萧，董明伟在撒谎，他的背后一定隐藏着巨大的秘密。

展凌萧靠在车上，茶色的玻璃印出远处铁轨上空的电线杆，上面停着一排灰色的雀鸟，他的身上似乎还留有女孩淡淡的花香味。

闭上眼，那张素净的短发小脸，墨黑色的双眼在他脑海中放大。

是那个叫小舞的女孩。

那天晚上，展凌萧回到家里，随便找了一个自己被打的理由搪塞了这件事。

他坐在房间里，拿出画纸去画那个女孩的样子，当白纸上的轮廓渐渐清晰，他抱着那幅画躺在床上睡着了。

梦里，他看到那个女孩朝他走过来，拿手轻轻触碰他的脸，笑着说：“你长得真好看，我想要吃了你。”

下一秒，她雪白的牙齿中长出了尖角，一口咬在他的肩头。

他惊叫着清醒过来，发现自己身在一片漆黑夜色中。

他对自己做这个梦感到羞耻，对于长久以来对女孩视若无物的他来说，从来不觉得有哪个女孩会重要到可以出现在自己的梦境里。

他安慰自己，这不过是下午受惊过度的一个延伸，并没有别的意思。

他拉开门，想在别墅的走廊里走一走，排遣一下心里这份奇怪的感觉。

当他拿着水杯路过父亲书房的时候，他听到父亲和小妈在说话。

小妈是他父亲在他妈妈出走后再娶的一个女人，他喊她小妈。

本应该离开的展凌萧却贴近了父亲书房的门口，房内传来父亲和小妈的对话，声音不大，却足够清晰。

“她……回来了？”小妈问道。

“她约我今天见，可是我一直没有等到她。”父亲的声音有点沮丧，“她好像去了那个人那……”

“你要让凌萧知道吗？”

“不！绝不！我绝对不可能让他们俩见面！她不配！”

展凌萧手里的水杯打翻在地上。

还好地上铺的是地毯，水杯落在地上没有发出什么声响。

他匆忙地捡起了水杯往自己房间跑去。

展凌萧迅速地关上门，用被子紧紧地盖住自己的脑袋。

他躺在床上暗暗想，不管有多难，有多苦，他一定要找到母亲，这个世界上他唯一的亲人。

他想见她一面，这个从一出生他就没见过的亲人。

第二章 楚河汉界

不是每个人都有选择生活的权利，真相有时候只会让人更痛苦。

1

陆佳期坐在肯德基里，正在手撕一只吮指原味鸡，鲜红的指甲在酥香的炸鸡上肆意拉扯，鲜嫩的鸡肉一条一条被撕下来。一根完整的鸡骨被剔出，像是在展示骨骼的美丽。

小武看得目瞪口呆，几乎忘了吃自己的食物。

“姐姐，你好厉害啊。”小武佩服地说道。

“你陆姐姐会的可多着呢。”陆竟夕像是早已经习以为常。

陆佳期只是笑笑，把撕下来的鸡肉推到小武面前：“趁热吃，一会儿凉了就不好吃了。”

“陆姐姐，我也要吃。”陆竟夕捏起嗓子来说话，做着和他年龄完全不符的表情。

陆佳期笑起来拿油手戳他脸：“能不能好好说话！”

“那你给我剥一只！”

“不行！姐姐只能给我一个人剥！”小武不高兴地看着陆竟夕。

“我就吃。”陆竟夕趁着小武不备，拿出一条就丢到口中，“真好吃，我们家佳期剥的就是好吃。”

“姐姐，你看他！吃我的鸡肉！”小武用手护着自己面前的鸡肉，生怕陆竟夕抢走去吃。

“陆竟夕，你多大的人了，还和人家小孩子抢食物。”陆佳期无奈。

每次只要陆竟夕和小武在一起，陆竟夕就会瞬间变小孩子，像今天这种画面，这三年里一直不断重复上演，陆佳期早已经习惯。

陆佳期看着小武，这个她照顾了三年的孤儿，她一直以为他是孤儿，没想到他今天竟然冒出一个父亲。

“小武，你老实和姐姐说，那个男人，是不是你父亲？”虽然不想提起，可是陆佳期知道这是他们不得不面对的问题。

小武的脸色变了，刚才孩童般的天真瞬间消失了，脸上只有悲伤。

他垂眼低头，仿佛整个人陷入悲伤的回忆里。

“算了，你不想说就别说了，天大的事儿都有你佳期姐姐撑着！”陆竟夕虽然平时总和小武斗嘴，可是心底却也是把他当弟弟一般疼爱。他不想看到小武这么悲伤。

“小武，虽然你现在只有八岁，可是记忆是从小就开始拥有的，遇到问题不要选择逃避，因为不管你怎么逃避，问题都不会解决，你只有去面对，才能打败内心的恐惧。”

小武似懂非懂地看着陆佳期，依旧沉默。

“你和他一个小孩子说这么复杂的话做什么？”陆竟夕觉得陆佳期这些话太深奥了，哪怕是大人都不一定能明白，何况小武才八岁。

“姐姐不逼你，你想好了，什么时候想说什么时候再说。”陆佳期最终还是抵不过小武悲伤的眼神。

陆佳期不想看到小武这么悲伤，她知道强迫一个人去回忆他不愿意回忆的往事，是另一种痛苦和折磨。

可是她更害怕，把痛苦的往事埋藏在心底，会变成一生的噩梦。

2

出门的时候，天空下起了小雨。

是那种绵延的细雨，并不大，像雨雾一般，落在手心里如同棉絮一样无轻重，却能蔓延掌心。

天空灰蒙蒙的，刚才还干涸的地面顿时潮湿了起来。

陆佳期的心里却也因为这场绵延的小雨，一点点地沉了下去。

“哥，你送小武回去吧，我想自己走一会儿。”陆佳期对陆竟夕说道。

“我去给你买把伞。”

“不用了，前面就到我公寓了。”陆佳期指了指不远处自己居住的公寓。

“这周末你要不就在家休息，不要来古董店了。”陆竟夕迟疑地说道。

“不，我会去的，你等着我。”

“可是……”

“别废话了，快送小武回去吧，很晚了，别让院长担心。”

“好,那你自己路上小心。”陆竟夕还想说什么,可是话到嘴边又咽下去了,他知道现在这时候陆佳期最需要自己一个人待着。

“小武，你先跟竟夕哥哥回去，有什么事就给姐姐打电话。”陆佳期心疼地摸摸小武的头。

“知道了，姐姐再见。”小武懂事地点点头和陆佳期挥手。

陆佳期看着陆竟夕的车子开走，她转过身，白日里的伪装和艳笑在此刻全部都收敛了起来。

她从包里拿出一根长款的薄荷香烟，点燃，深深地吸了一口。

夹着烟，陆佳期走在下着细雨的街道上，早上出来时卷好的头发上沾满了白蒙蒙的雨雾，把她的鬈发一缕一缕地顺了下去，她并没有去理会。

夜里的鹭宁市，霓虹闪烁，车水马龙，路边的小黑摊开始陆续出来摆摊。

有小商贩冲她喊：“小姐要来一份炒饭吗？”

陆佳期停了下来，恍惚间，仿佛时光倒退，她穿着白色的裙子，站在霓虹闪烁的街道上冲着一个少年问：“喂，小少爷，要来一份炒饭吗？”

少年皱着眉头，俊俏的脸孔上满是鄙夷，却还是一口一口地把炒饭塞到嘴里。

也是这样的夜晚，这样的雨夜，他们端着一碗炒饭躲在雨棚下。

光影闪烁，那个人的脸精致得像是星星在散发光芒。

展凌萧，那个一别数年却始终在她心上妥帖存放的名字。

3

十年前，陆佳期的名字还是董小舞。

她和陆竟夕一样都是董明伟捡回来的孤儿。

一个弃婴，无父无母，和一群年龄相仿的男孩一起住在安和巷的贫民窟里。

那里鱼龙混杂，什么三教九流都有。

一个女孩想要在这种环境里生存下来，不仅要自力更生，更要玲珑八面。

从小，董明伟就教他们各种赚钱的技能，比如摆摊、拉二胡、讨饭，还比如开锁、行窃。

都是不光彩的技能，却是他们赖以生存的生活方式。

董明伟是个很实际的人，他明明白白地告诉他们，他没有闲钱养着吃白饭的人。

要想生存在这个世界上，只能靠自己。

虽然他们都喊董明伟老爹，可是这仅仅只是一个称呼而已，他们更像是一群帮董明伟做事的手下，从小培养的手下。

董明伟对他们每个人都非常严苛，不论酷暑寒冬，每天早上五点就要起床“练功”。

一排稚气未脱的小孩站在空旷的杂草坪上，练跆拳道，练武术，最基础的蹲马步都不允许马虎，到了下午练习二胡，手指在弦上按得出水泡出血都不能停下来。

那种疼，就像手指在刀尖上起舞。

可是光有练习是远远不够的，一到入夜，董明伟就会带着他们去到街上，挑选一个最适合下手的场合，让他们进行实地“练习”。

小舞清楚地记得当她第一次被推出去的时候，她走在都是人的街道上，却看着人群开始惶恐，远处的董明伟已经露出不耐烦的表情，她非常害怕，可是她又不得不去做。

最后，她找准了一个男孩，他刚从蛋糕店里拎着蛋糕出来，她看到他把钱包放在裤子口袋。

小舞走过去假装不经意地撞到他，当她要把手伸进男孩口袋的时候，正好被他看到了。

男孩大喊了起来：“小偷，小偷！”男孩的声音惊慌又充满了鄙夷，所有的人都朝小舞的方向看了过来，无数双眼睛盯在她的身上。

一种像是被人剥光了衣服的羞耻感扑面而来。

她吓得丢下钱包快速跑走。

回到安和巷，她跪在董明伟的面前。

董明伟拿着藤条把她打得满地翻滚，全身上下抽出一道一道的血痕。在她几乎痛得晕厥的时候，董明伟把她连人带行李一并丢到了巷子口。

留下的言语冰冷而无情："我们这儿不养没用的人。"

夜里的风冷如刀割，被人抛弃的恐惧爬上了她的心头，她痛恨在这里生活，痛恨过这样的日子，可是她更害怕这样孤独地死掉。

还好陆竟夕拿着棉被和药膏来看她，给她涂药，拿被子给她取暖，心疼地抱着她，才救了她一命。

第二天，陆竟夕带着她去求董明伟，跪在房间门口足足三天才让董明伟松了口。从此陆竟夕的腿就留下了病根，一到阴雨天总是会膝盖疼痛。

也就是从那天开始，小舞开始喊陆竟夕哥哥。

其他的人她都喊师兄，可唯独陆竟夕，在她心底，已经成了亲人。

为了不拖累陆竟夕，小舞一夜之间似乎变了一个人。

无论训练有多艰苦，她都不再喊一声疼，她很聪明，也很勤奋，学什么一下就上手。

人的聪明才智一旦发挥出来，就一发不可收拾。小舞每一项技能都是那一群孩子里面最拔尖儿的，董明伟无论教什么她都能一学就会。

再大一些之后，她开始每天给大家做饭，女孩子做饭的天赋真是与生俱来的，董明伟只是教了她几次，她就熟练掌握，再后来，早中晚饭都由她一手包办，到菜市场杀价买菜练得炉火纯青。

菜市场的叔叔阿姨看她一个女孩子每天要买那么多菜，加上她嘴甜，还带着陆竟夕这个小帅哥，他们也愿意多送一些东西给她。

小舞的聪明伶俐渐渐得到了董明伟的喜欢，他从最初对她刻薄，到开始有了一点点的偏爱，试问谁不喜欢长得漂亮又贴心聪颖的人呢？

董明伟把自己最娴熟的技能都教给小舞，等到小舞上中学的时候，她已经可以三秒开门，两秒开自行车，一只手颠锅，二十分钟做八个色香味俱全的菜，走过一个人的身边轻松就把对方的钱包取出来。

她的技能炉火纯青，从未有过一次失手。

当她的师兄弟为每个月的“任务”苦恼的时候，她已经可以有大把的时间轻轻松松站在书店里阅读课外书。

所谓的“任务”是董明伟规定的，每个月要拿回来一定数额的钱，剩下的才能归自己，如果规定的数额没有做到，要跪三天三夜兼打扫一个月的卫生，如果连续三个月都没有做足任务，就自动卷铺盖走人。

在董明伟的这种训练下，起初的二十几个孩子到最后只剩下不到十个，他们不学无术整日游荡在城市的各个角落，找准每一个赚钱的机会，时间久了之后，他们的收入越来越稳定，手法越来越高超，又因为是孩子，警察即使抓到，也拿他们没有办法。

他们里面的人有些不上学，就算上学也就是上个三流的学校，比如陆竟夕，只是在一所技校混一混。

在那么多孩子里，只有小舞从小学到中学读的都是重点，她成绩优异，次次都是学校的第一，优秀到每次升学都是保送，几所重点都提出免学费提前招她进校，她的出色让人望尘莫及。可是她从不参加学校任何活动，也不结交任何朋友，在学校里除了上课，几乎不会讲一句话，任何人都无法亲近她。

大家只觉得她非常神秘，背后都喊她“冰山美人”，他并不知道她真正的身份。

在小舞没有遇到展凌萧的这十六年，她都过着一种奔波的生活，可是还好有陆竟夕的陪伴，有那么多书可以看，她觉得自己已经很幸福了。

其实董明伟并没有强迫他们要用哪种方法赚钱，也有一些不愿意偷盗的孩子，可是他们太小了，就算在街边摆个摊也没有人关顾，而且摆摊太辛苦，随时可能遇到人找麻烦，到最后大多数人都选择了轻松来钱快的方式。

小舞从小就明白，这世上如果有捷径可以走，没有人愿意煞费苦心地让自己那么辛苦，如果一个人连吃饭都要战战兢兢，她便无暇顾及什么良心。

而展凌萧的出现，是她十六年来，第一次重新面对自己的良心。

4

小舞以为展凌萧在铁轨上吃了亏之后，应该学会了知难而退，毕竟那次的教训不算小。

可是她没有想到，展凌萧虽然没有再来安和巷，他们却在学校遇到了。

他不知道从哪里打听到她的消息，知道她在实验中学读书，很快便转到了这所学校。

那一年，她在全市最好的实验中学读高二，在学校里她是神一般的存在，却从来不和任何人说话交朋友，安安静静却大放异彩。

她只想简简单单地读完高中，和陆竟夕去往别的城市，远离安海，远离董明伟，离开这个肮脏又充满着无奈的地方，开始全新的生活。

陆竟夕也不让她去做那些危险的行当，因为一旦失手，势必会影响她来之不易的学业。

那时候的陆竟夕在附近的技校学习电脑维修，虽然他的学习成绩很烂，可是动手能力非常强，他经常给小舞雕刻各种物件，一块死板的木头，他可以做出一艘小船来，她喜欢首饰盒，他能有模有样地做一个出来。

小舞感激陆竟夕对她的照顾和贴心，在她阴暗的童年里，因为有了陆竟夕的陪伴，她才觉得自己还是一个真真实实的人。

如果说陆竟夕是一杯每天都需要喝的水，那展凌萧就是橱窗里昂贵的衣服，能让人驻足流连。

那天是一堂化学课，上课铃还没敲响，小舞坐在窗边看窗外的爬山虎，绿色的藤蔓漫过铁锈的窗棂一点点地覆盖了所有的光线。

化学老师踏进教室，身后跟着一个长得极其漂亮的男生。

那男生踏入教室的一瞬间，全班的女生都哗然了，此起彼伏的声音从四面八方传来，小舞抬起头，刚好与他的目光相对，他微笑着，一双招摇的凤眼，白皙的脸孔在晨光中像是散发着光芒，他身上的白衬衫妥帖干净，书包也规规矩矩地挂在身侧。他笑的时候露出珍珠般洁白的牙齿，灿烂得可以迷花所有人的眼。

化学老师介绍道："这是新转来的同学展凌萧。"

他礼貌地站在台上，灿烂地笑着："各位同学，以后请多多指教。"

有同学在后面嘀咕："这不是鼎鼎有名的富商展家的少爷吗？他们不都读的国际学校吗？怎么会转到我们学校来？"

小舞没有想到展凌萧会这么快就再次出现，而且是在她班级里，这让她有点隐约的担忧。

化学老师说："展同学，你就坐在……"

"老师，我坐董小舞同学旁边好了，我听说她是学霸，我想以后多和她学习学习。"展凌萧说得很随意，嘴角始终微微上扬，凤眼微微扬起，目光却落在小舞的身上。

"真麻烦。"小舞在心里喊了一句，脸上却皱紧了眉头。

展凌萧径直走到小舞旁边的空座位上坐下来，上课铃敲响第二遍，班长喊了一句："起立。"

整堂课小舞都没有听进去，心里一直在想要怎么把展凌萧这个麻烦给甩掉。

好不容易熬到了下课，小舞拿起饭盒去食堂，她完全没有想到展凌萧会跟着她，从教室到学校再到食堂，他所到之处都是焦点。

她几乎是在所有人的注视下走完这段路的。

买好饭之后，她坐在一个角落里，展凌萧端着一份和她一模一样的饭菜坐在她对面，也不吃饭，托着腮痴迷地看着她。

"你到底想干吗？"小舞强压着内心的怒火，压低了声音问他。

"好久不见。"展凌萧嬉皮笑脸地说。

"我们见过吗？"小舞冷冷地回。

"你这么快就把我忘了？"他表现出非常伤心的样子，"你可是我的救命恩人耶。"

"你别告诉我你是来报恩的？"

"对啊，我就是来报答你的救命之恩。"他吃着饭，好看的脸上挂着痞痞的笑。

"离我远一点。"小舞警告他。

"如果我说不呢？"展凌萧凑近她，一张俊脸就在小舞的眼前晃荡，"一日不见如隔三秋，我想你想得都快得病了。"

"我看你是有神经病！"小舞终于忍无可忍地大喊起来。

一瞬间，食堂里所有人都把目光聚拢在她身上，这对于一直在学校默默无闻甘于平淡的她来说简直浑身不自在。

小舞端起饭盒立刻起身，跑出了这个让她浑身不舒服的地方。

5

站在学校最角落的羽毛球场，小舞端着一盒冷掉的饭往嘴里塞，菜是她最爱的红烧大排，可是吃在嘴里却没有任何味道。

展凌萧的出现完全不在她的掌控之中，而看他现在的态度，完全是有备而来。

她救下的，真是一个天大的麻烦。

展凌萧在学校里，就像影子一样跟着她，无论她去哪里，他都是寸步不离地跟着她，哪怕她下课哪儿都不去，就坐在座位上发呆，展凌萧也趴在座位上，一张脸慵懒地贴在木头桌上，柔软的头发落下几缕在他的眉间，时不时地问："小舞，我们聊聊呀。"

"聊什么？"小舞没好气地问。

"你和我说说，我妈妈到底在哪儿？"展凌萧像台复读机一样每天都在重复这个问题。

"你现在是小学生啊？还在学习小蝌蚪找妈妈？"小舞没好气地回他。

"你不告诉小蝌蚪妈妈在哪儿，那小蝌蚪只能天天缠着你找妈妈了。"小舞这才发现，展凌萧不要脸起来，谁都没有办法。

"我真的不知道你妈妈在哪儿！"

"是吗？"小舞每次这样回答，展凌萧都露出一脸不信的表情。

这让小舞非常无奈。

学校里都在传展凌萧这位富人家的公子之所以转学到实验中学，都是为了学霸董小舞。这个流言把小舞推到了风口浪尖上，全校的女生一半羡慕，一半嫉妒，很多人在背地里说她假清高，她走在学校里，很多人看到她，都会忍不住多看几眼。

因为展凌萧的关系，小舞觉得自己已经快变成一个博物馆了。

当然除了成为博物馆，别的麻烦也接踵而来。

有一天放学，小舞好不容易摆脱展凌萧的纠缠，没想到刚走到学校门口，一辆摩托车直直地朝她这个方向开过来，火力十足。

如果在平时，要躲开是很简单的事情，可是那段时间小舞被展凌萧弄得总是有些心不在焉，等她反应过来的时候，摩托车已经撞上她了。

她摔倒在地上，手和腿都擦破了皮。

随后有几辆摩托车一起开了过来，把小舞围在中间。

一个穿着长筒靴的女生脱下头盔，蹲在她的面前，把她的脸捏起来："长得是挺妖媚的，难怪把凌萧迷得神魂颠倒。"

小舞看着眼前的女生，成熟的一张脸，穿着时尚，不算特别美丽，但也算有几分姿色。

这女生看她的目光，恨不得要把她剥了，很明显又是一个为展凌萧痴迷的姑娘。

没想到展凌萧魅力这么大，真是老少通吃。

"阿姨，你是从哪儿来的？"小舞笑着回答她。

女生在听到小舞喊她阿姨的时候，气得脸色都变了。

"你说谁阿姨？"

小舞看看左右："这里还有比你更老的吗？"

"找死！"女生扬起手一个巴掌打在小舞的脸上。

火辣辣的感觉，直接把小舞的脸上打出了五个手指印。

"笑笑姐打得好！你敢这么说我们笑笑姐真是活该。"旁边的女生也叫嚣着。

"知道怕了吧？"那个叫笑笑的女生得意地对小舞说，"你要是现在求我，我会考虑放过你的。"

小舞捂住脸，没有露出害怕的表情，只是看着她："在我的身后三米处有一个摄像头，这个摄像头可以拍到近十米范围的所有场景，你刚刚开车撞我，打我脸的过程已经全部被这个摄像头拍下来了，只要我现在报警，以故意伤人罪告你，你觉得，是谁比较麻烦一点呢？"

"你……你是故意的？"

"我故意？我故意让你开车来撞我？还是，我故意让你打啊？"

"你……"女生被小舞问得说不出话来，她本来是想吓吓董小舞，没想

我这辈子只有一个梦

那个梦，是你

QUANSHIJIE

全世界最爱我的 2 那个人消失了

▼ 非卖品

到董小舞比她想象中胆子还大。

“你别得意，你知道我们笑笑姐家是做什么的吗？会怕你的威胁？”

“林氏酒楼董事长家的千金小姐，安海大学视觉艺术专业大二学生，还有一个同父异母的哥哥。”

“你……你怎么知道？”

“林小姐这么出名，还上过娱乐版头条呢。你说如果你父亲知道你蓄意伤人，他会有多失望呢？我看报纸上说令尊可是一位严谨又传统的老先生呢，必然是不会包庇自己女儿的吧。”

林笑笑这才开始重新审视眼前的这位女生，看似简单无害，可是脸上胜券在握的表情，和对自己家了如指掌的感觉，让她从心底生出了一股凉意。

“如果没有什么事我就先走了。”小舞冲林笑笑挥手，手上的伤口正在往外流血，但是看她的表情似乎一点也不在乎。

她轻松地走出包围圈，快步消失在林笑笑的面前。

旁边一个女生走过来，咕哝说：“笑笑姐，这个女的太厉害了。”

6

一台投篮机前，小舞塞入两枚游戏币，正在疯狂地往里面投篮。

一个两个三个四个，每一个都正中篮筐，篮球机上传来尖锐的叫声，恭喜她表现出色。

游戏币全部打完，有人给她递了一瓶水。

小舞抬头看到了展凌萧的脸。

“喝啊。”

小舞没有动，只是看着他。

“怎么？怕我在水里下毒啊？”一双凤眼笑得十分好看。

小舞接过水，打开，一仰头猛地灌入自己的肚子里。

水喝到一半，她突然感到腿上冰凉，她垂下眼睛，看到展凌萧拿着冰袋给她敷膝盖和腿上的伤，一边敷一边拿酒精棉球给她清理伤口。

游戏机房的行人经过他们身边都忍不住停下来看一眼，这让小舞觉得很尴尬。

“你干吗？”

“我帮你处理伤口啊！又肿又脏的，不处理干净以后会留疤的。”展凌萧吹了吹小舞的腿，最后撕开一个创可贴贴在她的伤口处。

“好了。”展凌萧站起来，“把手伸出来。”

“能不能不要这么矫情？多大的伤啊？我又不是残废……”

“把手伸出来。”展凌萧打断她。

小舞只好乖乖地交出手。

展凌萧又把她手上的伤口清理一遍，再贴上创可贴。

“回去不要碰水，这些药每天换一次。”展凌萧把手上的药递给她。

虽然小舞觉得展凌萧很麻烦，可是看到他帮她忙前忙后，心里难免有一丝动容。

“你怎么知道我受伤了？”小舞拎过药来。

“我正巧路过，看见了。”

“看戏的感觉怎么样？大少爷？”

“我本来是想帮忙的，不过我想，你应该会比我处理得更好。”展凌萧刚走出学校就看到林笑笑甩了小舞一个耳光，他本来想上去帮忙的，可是他又很期待小舞是怎么应对的。

小舞的处理方式让展凌萧非常惊讶，她对一个陌生人竟然可以了如指掌到这种地步，而且她处理事情过分冷静，似乎从一开始就计划好了怎么对付林笑笑。

“该你出现的时候你不出现，不该你出现的时候就死缠烂打，真是个麻烦鬼。”

“我说过，只要你告诉我我妈妈的消息，我立刻消失在你面前。”展凌萧严肃地说。

“我也说过，无可奉告。”

“你到底是一个什么样的人？明明这么简单的一件事，你为什么就是不肯说？”展凌萧激动了，他的诉求一直都很简单，他只是想要一个消息，可是为什么小舞连一个希望都不给他。

小舞把矿泉水的空瓶子连同那一袋药统统丢进垃圾桶：“谢谢你的药，

不过以后请你不要多管闲事。”

她头也不回地离开篮球机，把展凌萧一个人留在身后。

从游戏城走出来之后，她叹了一口气，不知道展凌萧从哪里得来的信心认定她一定知道自己母亲的消息。

到底要怎样才能把他甩掉呢，原本平静的生活因为他的出现，已经变得和之前不一样了。

她救他，到底是对还是错?

陆竟夕骑着摩托车在外面街道等她，看到她身上的伤十分焦急地问：“你怎么了？”

小舞笑着说：“没什么，就是摔了一跤。”

陆竟夕看她不想回答，也没有强迫，只是把头盔给她戴上。

展凌萧站在商场里，看到陆竟夕给小舞戴头盔，动作细腻，宠爱有加。

他认得这个男生，就是上次带他去见董明伟的男生，这男生长得比一般的男生都高，五官清秀，隐约可见眉宇间的英气。

他想起小舞是那么贪恋好看事物的人，所以对于这个男生的颜，肯定也是喜欢的吧。

他看着他们两个离去的背影，傍晚的霞光是焦黄的暖，照在他们两个的白衬衫校服上显得那么般配，心里没来由地有了一丝空荡的感觉。

摩托车发动的时候，陆竟夕转过头来，朝他这个位置看了一眼。

两个人四目相对，虽然隔着熙攘的街道，可是他清楚地看到对方眼中的那丝挑衅。

他并没有认输，毫无惧色地与对方对视，两个男人之间无形的战役或许就是从那时候展开的，无人知晓，却心照不宣。

7

展凌萧偷偷叫了一辆车跟在他们后面。

陆竟夕的车在一间咖啡店外停了下来，他们把车停好，从容地走入那间咖啡店。

十分钟后，两个衣服破旧、打扮邋遢、头发稀疏、满脸斑点的人从里面走了出来。

如果不是他们手里拎着的包，展凌萧很难一眼认出来他们是谁。

他们捧着一束花，走到了一间夜总会的门前，在门口站了一会儿。红色的潋滟灯光打在地上，欢声笑语不断从里面传出来。

有一个男人从夜总会里走了出来，他们两个相视颔首走了上去。

小舞缠着那个男人问："先生，你买花吗？"

男人厌恶地推开她的手："走开！我不买。"

小舞抓他抓得更牢了："你就买一朵吧，随便买一朵送人。"

"走开听见没有，臭乞丐。"男人用力地拂开小舞的手，生怕她的手弄脏了自己的衣服。

小舞"啪"地一下摔在了地上，随后她惨痛地大叫一声："哎哟！"

陆竟夕一个上前紧紧抓住男人的衣领："你凭什么推我妹妹！"

小舞的手下突然鲜红一片，她开始凄厉地大哭起来："哥哥，我好疼。"

陆竟夕大喊："出血了！出血了！上医院！我们要上医院！你不能走，我现在要报警抓你！"

男人看到地上的血和小舞的伤，显然有些害怕，立刻说："别报警，你要多少医药费，你说我拿给你！"

陆竟夕伸出两个指头："两千！"

男人大喊："你打劫啊！"

小舞哭得更厉害了："哥哥，我痛！"

"那别说了，我报警！"陆竟夕说。

"行行行，今天算我倒霉。"男人不情愿地掏出钱包，数了两千块给他们，"快滚快滚，今天真是倒霉，怎么被两个乞丐缠上了。"

陆竟夕拿了钱，扶起小舞一瘸一拐地走了。

展凌萧在角落里围观了这一幕，惊讶得完全说不出话，小舞和陆竟夕配合得天衣无缝，简直是演技之王。

他们两个走到一处隐蔽的地方，小舞把假头套一摘，塞入包内，再拿出一块布在脸上擦了几下，破衣服反过来一面，就是一件普通的衣服。

最让人惊讶的是，她腿上手上的那些血，她拿着湿纸巾两三下就擦掉了，那只不过是人造的血浆而已。

小舞收拾完，将一头乌黑的头发甩了甩，清亮的双眸笑起来，仿佛是一个稚气未脱的小女孩。

陆竟夕对她竖起大拇指：“小舞，你演技越来越逼真了！”

“那当然，不能浪费我今天受的伤嘛。”

“走，收工吃饭。你要什么，哥哥都给你买，就当给你补身体。”

“那我可要吃好吃的了，绝对不和你客气……”

小舞和陆竟夕刚走了几步，就看到站在不远处的展凌萧。夜色的光影透过树叶打在展凌萧的脸上，他的表情充满震惊和无法置信，还带着满满的疑惑。

小舞没有想到，展凌萧会跟踪她，他脸上的表情已经说明，刚刚所有的一切他都看到了。

“哥，你先去老地方等我，我一会儿就来。”

“你……搞得定？”

“放心吧。”

陆竟夕看着小舞，又看看展凌萧，缓缓走开了。

小舞走到展凌萧面前，抬起头，对上他的眸子：“展少爷，你跟踪我们一路了，请问有什么指教吗？”

“你们是骗子团伙？”展凌萧好半天才问出一句。他之前对她处理林笑笑事件是佩服，现在只剩下鄙夷。

“你要这么认为，也可以吧。”小舞丝毫没有要反驳的意思。

“你怎么一脸无所谓的表情？难道你没有羞耻心吗？”展凌萧义愤填膺地说。

“羞耻心是什么？能当饭吃还是能给我带来快乐？”

“我没有想到你是这种人！”

“那只能说明你头脑简单。”小舞不以为意，“我上次就说过，让你离我远远的，谁让你又出现？”

“我……我是……”

“我知道，你就是想接近我打探你母亲的消息。不过你就是问我一百遍，我都是同一个答案，无可奉告。”

“你……”

“你现在是不是很失望，很震惊，很不可思议？你一定在想，没想到全校鼎鼎有名的学霸原来是个骗子，如果我告诉你，骗子只是你看到的一部分呢？真正的真相会让你更吃惊，你还会想知道吗？”

“我……”

小舞的话给展凌萧带来太大的冲击，他一时间缓不过神来。

小舞看着他：“真相有时候只会让人更痛苦，人啊，活在幻想中才是最幸福的。”

“你……你为什么要做这个？”许久之后，展凌萧问了一句。

小舞笑了一下，仿佛他问了一个很好笑的问题。

“不是每个人都有选择生活的权利。”小舞拍拍展凌萧的肩膀，“我和你说这些，是希望我们都可以退回各自的原点，过自己本来的生活，以后井水不犯河水。”

小舞说完这些，便消失在夜色里。

这段时间，她理解展凌萧为了找到母亲的急迫，所以始终没有为难他，可是既然他已经看到了她的另一面，她觉得非常有必要和他说清楚并且划清界限。

许多年后，小舞坐在监狱里看着灰暗的天空，她才明白当初自己为什么那么急着和他撇清，哪怕她那么不愿意承认，哪怕她的理智控制她让他远离，可是他的脸，从她见到他的第一面起，就已经印在了她的心上。

让她想靠近，又害怕靠近。

第三章 天涯海角

纵使世界给我风光无限，没有了你，所有的一切，不过是暗淡沉星。

1

罗马挂钟在仿古砖的墙面上敲了三声。

黑胶唱片里放着舒曼的《蝴蝶》，空洞的房间里只有桌前的古董翡翠灯发出昏黄的灯光。

展凌萧坐在藤椅上，光线顺着他精致的五官缓缓流动。

他的手里拿着一张黑白照片。

一个穿着校服的女孩坐在斑驳的铁轨上，她的头顶是一排一排的电线杆，上面停着乌压压的雀鸟，她的脸极瘦，利落的短发被风吹起。

那是他十七岁时偷拍过的少女。

这个从小生活在鱼龙混杂的贫民窟里以各种行骗偷窃为生的学霸少女，这个让他看清虚假现实活得几乎残忍的少女，这个他曾经给予她承诺又亲手毁灭了的少女。

他找了她整整五年，可是她就像是失踪了一样，从这个世界上凭空消失了。

他没有想到，还会在鹭宁见到她，确切地说，见到了一个外表和她完全不同，其他地方却像极她的女人。

“展三少，你要的资料已经发在你的邮箱。”

打开邮箱，所有的资料显示一切正常，那个叫陆佳期的女人真的是陆竟夕失散多年的妹妹，他们自幼父母双亡被送往孤儿院，随后两兄妹被不同的家庭收养，他们在五年前相认，一起搬到了鹭宁，创办了“童心”玩具厂。

短短五年的时间，陆竞夕把一家玩具厂打理得有声有色，成为鹭宁新晋的企业家。

而陆佳期在公司并没有任何职务，是个不折不扣的闲散人员，平日里仅仅是出席各种名流名媛的社交活动，以及常去她捐助的几所希望小学发放物资。

她长得妖娆貌美，待人接物又十分妥帖，从不与任何名媛结交朋友，翩翩而来，悄然而去，美丽而神秘。许多商贾公子都对她青睐有加，可她却对谁都若即若离，始终没有固定下来。

从资料上看，她是一名非常乐善好施的社交名媛。

在所有的资料中，展凌萧特别注意到了一条，陆佳期并没有和陆竞夕住在一起，而是住在市中心的一间豪华公寓里，和她同住的是一名女刑警罗菲。

“女刑警……”像是某种确认的信息。

隔着屏幕，展凌萧笑了一下，刚刚紧锁的眉头放松了下来，嘴边浮起兴奋的笑容：“我就知道是你……”

展凌萧按了一下打印键，陆佳期的照片通过彩色打印机，被打印出来。

一身红色的长裙外面裹着一件宝格丽的外套，走路的姿势似乎都带着风，特别是那张脸，微微地扬起来，透着倨傲的自信。

“董小舞，无论你变成什么样子，你还是小舞。”展凌萧摸着照片上的陆佳期，轻轻地把脸贴了上去，“我的小舞。”

2

第二天，陆佳期接到了孤儿院院长的电话。

院长说林翱带着律师拿着资料到孤儿院来了，现在正强行要把小武带走。

陆佳期睡得迷迷糊糊，听到这里立刻跳了起来：“院长，我马上过去，你千万不要给他们办手续。”

她随便拿了一件衣服穿上，头发都还来不及梳，出门的时候罗菲正好赶回来拿落在家里的资料。

罗菲是陆佳期的室友，鹭宁公安局的刑警。

“哇，真是太阳打西边出来了，我们的陆大美人居然这么早就起床。”

按照陆佳期的生物钟，一般都是睡到中午才自然醒。

“没办法，谁让有帅哥等着我去解救呢。”陆佳期整理好衣服，抹好口红，拿手随便捋了几下微卷的长发。一个妖娆美丽的女人立刻出现在镜子前。

“我就知道，能让我们大美人早起的，也只有帅哥了。”罗菲拿上资料，和陆佳期一同下楼。

“要不要我载你一段路？”陆佳期问。

“不用了，看你着急得，还是先办正事。”罗菲体贴地说。

“还是你最体贴，周末给你做好吃的。”陆佳期去地库拿车的时候，捏了捏罗菲的脸。

一路上飞奔而驰，陆佳期完全不顾及被拍了多少张超速的照片，终于在十五分钟后抵达孤儿院。

到了孤儿院，她直接走到院长办公室，里面的人已经僵持不下。

“院长，我今天必须要把磊磊带走。”林翱的声音充满着强势。

这次林翱没有带展凌萧，而是另一名女人跟随。

“林先生，我理解您的心情，可是现在小武并不想跟您走，不知道您是否能以孩子的意愿为出发点……”

“他那么半点大的孩子有什么意愿？我是他亲爹，我有权带走他！”林翱拿着 DNA 亲子鉴定报告，像是有了护身符。

“院长，我们已经按照认领的要求办好了手续，也有医院出具的亲子鉴定报告，一切都按正规流程走，按照法律规定我们是可以领走这个孩子。”说话的女人身材高挑，穿着一身黑色的职业套装，一头清爽利落的短发，脸上只是化了淡淡的妆，一副职场干练女强人的样子。

陆佳期一眼就认出她了，她就是当年那个打扮得和太妹一样的林笑笑，这么多年过去了，她居然成了一名律师。

“可是……”院长焦急地蹙眉，突然看到站在门口的陆佳期，像是看到了救星，“陆小姐，你来了。”

陆佳期踩着高跟鞋走了进来。

“你这个女人，又来做什么？笑笑，上次就是她阻止磊磊和我相认，肯定是她在磊磊面前挑拨离间，让磊磊这么讨厌我！”

这世界上有一种人，明明自身愚钝如猪，却还喜欢用自己的愚蠢来恶意揣测他人，和这种人对话，多一秒都是浪费生命。

陆佳期直接忽略林翱，走到林笑笑面前："林律师你好，我是陆佳期。"

"陆小姐知道我？"林笑笑打量着陆佳期，在来之前她就听林翱说过这个女人，坊间只有关于陆佳期的传闻，她却从未见过本人。

现在站在她面前的，只不过是一个长得过分漂亮的女子，眼角眉梢都透着一股风情，仿佛随便两个眼神就能把人勾走。

"鹭宁城有名的金牌律师林笑笑小姐，我怎么会不知道呢。"陆佳期笑得妩媚，"是这样子的，小武是我多年前在河边救下的一个孩子，这么多年相处下来有感情了，我上次也问过孩子的意向，他并不想和林先生回去，俗话说强扭的瓜不甜，孩子跟林先生回去，也不会开心，这又何必呢？"

"磊磊是我林家的孩子……"

"哥，你先别说话。"林翱想说什么，被林笑笑打断了。

"陆小姐，我们很感谢你救了磊磊一命，为我们林家保住了这条血脉，孩子如果到了我们家我们肯定会保证他的生活，无论怎么样也比在孤儿院好千万倍。另外从法律上来说，你和磊磊并没有任何血缘关系，你作为一个陌生人，无权干涉他的事情。"

林笑笑的话说得很明白，我们感谢你，也请你不要多管闲事。

听完，陆佳期只是笑笑，拨了一下自己的头发："林律师说得非常有道理，你们家的事情的确和我没什么关系，不过小武都在孤儿院住了三年了，也没见你们来看过他一次，现在突然又是心肝又是宝贝的，是什么意思呢？"

"那是我不知道磊磊在孤儿院！我也在找他！"林翱强辩。

"噢？是吗？"陆佳期把这三个字拖得很长，反问道。

"怎么不是！"

"我听说小武妈妈在五年前就带小武去你们家认祖归宗，但是你们都不认，还把他妈妈赶出去了，后来小武母亲得了重病，你们连一分钱都没出过，她走投无路才去跳河自杀的，这事儿你们难道也不知情？"

"我……我不知道……"林翱的话语里开始闪烁其词。

"陆小姐，你不要吓唬我哥，他以前是浑蛋，是做得不对，但是他现在醒悟了，一个人还不能浪子回头了吗？”

“浪子回头那是电视剧，我这辈子见过最多的，只有江山易改本性难移。”

“你……”林笑笑竟然被陆佳期堵得说不出话。

“好了，不兜圈子了。”陆佳期从包里拿出一份资料，“这一份是你哥的体检报告，上面清楚地写着你哥的精子数为0，这就不难解释，他为什么会突然浪子回头了。”

陆佳期把报告放在林笑笑手里：“林家是大户，像我这种小老百姓自然是斗不过的，不过，请个律师发个新闻稿的钱我还是有，打打官司，再上上新闻，我想，到时候你们林氏股票一定会让你们老爷子血压飙升。哇，那我这个陌生人还做了一件大事儿呢！想想还有点小激动。”

“你……你这是威胁！”林笑笑刚刚还冷静自信的脸，瞬间紧张了起来。

“我威胁？这里有这么多人，林律师可不要乱说哦！这么大的帽子，我可戴不起。”陆佳期叹口气，“如果你们真的这么需要这个孩子，你们就应该多来看看他，给他爱，给他关怀。不付出就想得到，天底下没有这种免费午餐。”

陆佳期从包里拿出护手霜，当着大家的面慢悠悠涂了起来。

“院长，我们家小帅哥呢？我想去看看他。”

“这会儿应该在宿舍吧。”

“行，那这事儿就先这样了啊。”

陆佳期头也不回地走了出去，阳光照在她雪白的脖颈上，露出颈后那只蝴蝶文身。

林笑笑心里一惊，这个看似漂亮无脑的女人，却让她有种似曾相识的感觉。

像是很久很久以前，自己也遇到过这样一个对手，仿佛只要在她面前，就能被她不费吹灰之力把自己所有的面具一把撕下来。

那么心思聪慧又行为缜密的人，这世上怎么还会有第二个？

“笑笑，就这么算了吗？”林翱没想到，这个姓陆的女人每次只要一出现，总能破坏他的好事。

“现在还能怎么办？你想让爸气得爆血管吗？你之前都干吗去了？整天就知道在外面风花雪月，公司也不管，孩子也不要，现在丢个烂摊子让我们收拾，上次还拖凌萧来……”说到展凌萧，林笑笑突然停住了，展凌萧也见过她了？那他会不会也和自己有同样的感觉？

一股不好的预感在林笑笑心中蔓延。

3

陆佳期在去小武宿舍的途中遇见了展凌萧。

说是遇见，倒不如说是发现。

他偷偷跟在她的身后，陆佳期起初并不知道是他，只是觉得有个人鬼鬼祟祟地跟着，等快到宿舍楼下的时候，她一个转身把展凌萧抓住，按在地上。

“哪里来的小贼敢跟踪你姑奶奶。”陆佳期从小就是练家子，就连陆竟夕都不是她的对手。

展凌萧被突如其来的动作吓了一跳，一条胳膊像是快要断掉那般撕裂地疼，但是出于男人的自尊，他只是闷哼了一声。

他痛苦地抬起头，陆佳期看到是他，赶紧松开手。

这是陆佳期在上次重遇后第二次见到他，手心还在微微冒汗，她一直给自己暗示，不要慌，不要让他看出破绽。

“不好意思。”

“你还是和以前一样，一不高兴就上手。”展凌萧也不恼怒，还笑着站起来说。

“展先生说的话我可听不懂。”

陆佳期没有要和他继续纠缠的意愿，径直走到宿舍里。

没想到刚走进去，她就看到宿管阿姨急吼吼地从里面跑出来：“不好了，小武不见了，我找了半天都没找到他。”

“你说什么？”陆佳期一听到小武不见了，立刻紧张了起来。

“小武不见了，我找遍了整个孤儿院都没看到他，不知道他跑哪里去了，早上他一看到林先生来，就吓得跑掉了……你说他会去哪里啊！”

陆佳期转过身，朝门口跑去。

她知道小武是个特别敏感的孩子，林翱的出现对他来说是一个很大的打击，陆佳期怕他做出什么傻事。

陆佳期坐上车，没想到车子这时候给她闹情绪，打了几遍都没有点着火。

有人敲了敲她的车窗，陆佳期抬头，是展凌萧。

他站在车外说："你要去哪里？坐我的车去吧。"

陆佳期想了想，现在找小武要紧，也顾不上和他赌气，立刻下车打开展凌萧的车门，坐上了驾驶座。

"我来开吧。"展凌萧提议。

"别废话。"陆佳期显然不想与他过多地交谈。

陆佳期开车很快，一路上风驰电掣，踩得油门轰轰响。

车子开到鹭宁城的河边，她打开车门跑下车，沿着鹭宁河开始寻找。

她绕着鹭宁河走了半圈，终于在河边看到了小武。

他站在栏杆前，目光呆滞地看着远处。

陆佳期走过去，一把将小武抱着："臭小子，吓死姐姐了你。"

"姐姐，我不想和他走……就是他害死我妈妈的……不是他我妈妈根本不会跳河……我恨他，我恨他，我恨死他……"小武靠在陆佳期的怀里，像是有了港湾，突然放声大哭，平时伪装的坚强，在这一刻消失殆尽。

"不怕，不怕，有姐姐在，姐姐不会让你做你不想做的事情。"陆佳期抱着他，安抚他脆弱的心灵。

小武哭了好一会儿，才渐渐平息下来。

在回孤儿院的路上，展凌萧给小武买了炸鸡和炸地瓜条，他吃了几口立刻眼睛放光："姐姐，这个特别好吃，你吃一口！"

"你吃吧，姐姐不饿。"陆佳期摸摸他的头，孩子就是孩子，有好吃的就忘了悲伤。

展凌萧开着车，看到后视镜里陆佳期温柔的样子，她这么多年依然没有改变，依然像当初那样习惯性掩藏她真正的善良。

车子开到孤儿院，院长和宿管阿姨已经在门口等他了。

陆佳期帮小武整理了一下衣领："小武，你已经是大孩子了，以后做什么事情都不可以这么冲动，知道吗？"

"我知道了姐姐。"

"有事就要去解决，没有什么事情是解决不了的。"

“姐姐，对不起，我以后不会这样了。”

“乖，快回去吧。”

小武进了孤儿院，陆佳期目送他的背影走远。展凌萧站在她的身边：“你觉得让他留在孤儿院是最好的选择吗？”

“这世上的事情没有绝对的好与坏，只有利不利于自己，伤害不伤害别人而已。”陆佳期看着展凌萧的脸，“以伤害别人为名义的爱，都是自私的借口。”

她的话击中了展凌萧的心。

“陆小姐非常像我曾经的一位朋友，她的名字叫董小舞，翩翩起舞的舞。”

“真是个好听的名字。”

“她消失很多年了，我怎么找都找不到她。”

“一个不想让你找到的人，又何必勉强去寻找呢。”陆佳期笑笑，“今天谢谢你，我先走了。”

“我送你。”

“不用了。

陆佳期在门口拦了一辆车。

展凌萧看着陆佳期坐出租车离去，鹭宁正午的阳光打在他的眼睛上，他抬起头，把手放在阳光下，手臂上因为陆佳期刚刚的“擒拿”留下了青色的痕迹。

他把手放在鼻尖，上面还留着一股淡淡的香水味，用力地去闻，似乎带来阵阵花香，像是把他带回那个十几岁的夏天。

4

在展凌萧亲眼看见了董小舞和陆竟夕的“行骗”手段后的很长一段时间里，他的脑子里始终无法平静。

展凌萧只知道董明伟并非善类，可是却万万没有想到他那些养着的孩子，原来只是他赚钱的工具，而小舞也是其中的一员。

她那么娴熟的行骗手段，如行云流水般的专业技术，像是排练过几百场戏的演员，真情实感，毫无破绽，虚假得让他震惊。

那个在学校里人人称道的学霸，那个走路目不斜视眼高于顶的冰山美人，那个看着他的时候带着天真的少女，怎么会是这种人？

人性的丑陋面真是杀了他一个措手不及。

而她却丝毫没有一丝羞耻感，而是理直气壮地告诉他，这些不过是生活的现实和残酷。

那时候的他又怎么会知道什么是生活的残酷呢？

对他来说，唯一的不幸就是母亲的抛弃，父亲的冷漠，让他生活的这十几年，内心孤独冰冷。

他们是两个完全不相交且有着天差地别的人。

所有的讯息都在让他远离这一切，远离这个与他身份相差十万八千里的人，他们是天地，是云泥，看不到希望，没有未来。

他也想过远离她的。

不要去纠结母亲在哪里，不要去寻找那个困惑的答案，离开这里，过回他平静安逸的大少爷生活。

可是不行。

他渴望知道母亲的行踪，就像他渴望靠近她一样。

追随着她的身影，看她每天的一举一动，竟让他本来平淡的生活有了一种不一样的感觉。

他甚至买了追踪器趁她午休的时候装在她的手机里，之后无论她在哪里，他都能一目了然。

她一般会选择在周五晚上下手，地点大部分是夜总会、高档会所门口，他们行骗的方式有很多，有时候是装摔倒，有时候玩仙人跳，她大多数时候只和陆竟夕合作，偶尔会拉别人。他发现小舞是那一群人里面唯一的女生，却也是所有人的主导。

她的高智商头脑，放在哪里都是翘楚。

展凌萧并不想看到这样的她，那么邪恶，一点也不美好。

在掌握了他们所有的行踪后，展凌萧决定开始破坏他们的行动。

根据追踪器的显示，每次他都跟到他们的行动地点，只要他们一出现，他一定会跳出来破坏他们。

起初小舞并不理他，换地方更加谨慎，出门也更加小心，可是无论她怎样注意，展凌萧都能第一时间找到她。

有一次，她和陆竟夕以为好不容易甩掉了他，在远郊的一个地方找到了一个冤大头。

对方正被陆竟夕吓得一愣一愣马上就要掏钱了，展凌萧突然走过来说：“叔叔，你先走吧，你的钱我帮你给。”

展凌萧拿出钱包，掏出三千块：“够不够？不够我还有？”

对方没想到还有这种神经病，立刻撒腿就跑了。

“展凌萧，你到底什么意思？”陆竟夕愤怒地问他。

“我今天已经让你们表演了十五分钟，算是很给你们面子了吧？”展凌萧笑得特别无害，“你们不就是要钱吗？骗人可是有风险的，万一失手被抓可就糟了。”

展凌萧扬着手里的钱：“我说过，你要多少钱我都可以给你，大家各取所需，你们也不要这么辛苦。”

“你别以为我不敢揍你！”陆竟夕抓住展凌萧的手，“断人财路，犹如杀人衣食父母，你知道吗？”

“只要你把我母亲在哪儿的消息告诉我，我一定离你们远远的。”

“你真卑鄙。”陆竟夕说道。

“我卑鄙？你们偷东西骗人就不卑鄙？我破坏你们行骗我就卑鄙了？你们可真是强盗逻辑。”

“你懂什么？你从小在蜜罐子里长大，吃的是山珍海味，穿的是绫罗绸缎，要什么都是一句话的事情，而我们，我们不靠自己早就饿死在路边了！”

“哥，不要和他说那么多，像他这种有钱人家的大少爷，怎么可能明白我们的处境。”小舞冷冷地看着展凌萧，“你要知道你母亲的消息，我今天就告诉你，我的确见过你母亲，她来过安和巷，也和老爹说过话。可是很快她就走了，我们谁也不知道她去了哪里。”

“就这么多？”展凌萧抬头，像是不相信。

“是的。”小舞笃定地回答。

“我能相信一个骗子的话吗？”展凌萧语出讥讽。

“你问我，我告诉你，相不相信，那是你的选择。”

“你以为你随便说两句话就能把我搪塞过去？我告诉你，我母亲根本没有离开过安海，我查了她所有的购票记录，她是买了一张去往台湾的机票，可是那天她没有上飞机，连取消航程都没有。她最后一次出现就是和董明伟见面，一定是董明伟这个变态把我母亲藏起来了！”

“你说谁变态，你……”眼看陆竟夕的一拳就要揍上去了，小舞拉住他：“哥，别说了，我们回家。”

小舞狠狠盯着展凌萧，拉起陆竟夕离开。

展凌萧看着小舞拉着陆竟夕的手走远，在刚才那场对局中，他仿佛胜利了，他逼得小舞和陆竟夕不得不退让，可是他的心里却没有一点胜利的感觉。

5

当天晚上，小舞决定找展凌萧好好谈谈。

再这样下去，她无法预料他会做出什么让人无法控制的举动。

她开始后悔自己救了这个人，现在让自己陷入了这个进退维谷的局面。

出门前她已经想好，如果今天还是谈不拢，她就申请转校。

她知道展凌萧每周五上完课都会在学校的音乐教室练琴，可是她今天去的时候被告知展凌萧刚刚被人叫到学校天台上去了。

音乐楼的天台平日里很少有人上去，上去的人不是打架斗殴就是学习压力太大闹自杀。

显然展凌萧今天遇到的是前者。

她走到天台，看到展凌萧被几个人围住，带头的人叫赵嘉，是国际学校出了名的小霸王，也不知道今天为什么来找展凌萧，不过看那个阵势，好像并不乐观。

这家伙今天肯定要挨揍了，小舞站在角落里，一副看好戏的态度。

果然她还没站两分钟，那个人突然就把展凌萧抓住按在地上，几个人围着他就开始一顿狠揍。

展凌萧被揍得一句叫喊都没有，只是发出痛苦的呻吟。

霞光从天空落在展凌萧的身上，他蜷曲着身体痛苦地扭曲着，让小舞看得于心不忍。

“真是个麻烦鬼。”小舞背着书包走过去。

展凌萧没有想到小舞会上来，怕那群人对她不利，他紧张地喊道：“你来干吗？快点下去！”

“哟，居然有人来帮忙啊？”赵嘉看着小舞，“这小姑娘长得还挺标致的。”他凑过去拿手要摸小舞的脸。

“你别动她！”被踩在脚下的展凌萧大喊。

“你自己都被我踩在脚下了，还想为别人出头？”赵嘉蹲下身拍拍展凌萧的脸，“你喜欢这个小妞啊？”

“赵嘉，你有什么冲着我来，别为难她。”展凌萧的声音是愤怒的，但是身体却被人死死按住不能动弹。

“我听说你放着国际学校不上要转来这所高中是为了一个女生，看来传闻是真的啊。难怪笑笑那么伤心，那我更要看看这个女孩有什么过人之处了。”赵嘉笑着站起来，“把他按住了。”

“是，老大。”旁边的几个男生加大了手上的力道。

“董小舞，你还愣着干吗，快跑啊。”展凌萧拼命地大喊，紧张得一张脸都揪起来了。

小舞却一动不动，一直冷静地看着这一切。

“有点胆子嘛。”赵嘉看着眼前的女生，如果换成是别人早就吓得花容失色跑掉了，可是她不仅没有跑，还特别冷漠地看着他。

那种眼神，仿佛没有把任何人放在眼里。

“你就是赵嘉？连锁超市大王的独子？”小舞的脑子是一台人肉记录仪，只要是她看过的，便会过目不忘，而且作为董明伟最得意的弟子，董明伟从小就让他们熟读城中所有政商名流的情况，精细到产业以及家族内部的关系。所以虽然她没有见过他们，可是对于他们的资料背景，她了然于心。

“没想到你还知道我，难道你早就对本少爷有什么想法？”赵嘉有点得意。

“我向来对长得难看的草包一点兴趣都没有。”小舞冷冷地回答。

“你说谁是草包！”赵嘉气得大叫，他最痛恨别人喊他草包。

“次次考试都是倒数，请了多少家教都没有用，除了吃喝玩乐什么也不会，能一路顺利读书全靠你家里有钱，连技校学生都比你有文化，你不是草包是什么？”

赵嘉完全没想到小舞对他的情况这么清楚，还以此来数落他。

“真是伶牙俐齿的一张嘴，我一会儿就让你跪地求饶！”赵嘉走过去，想用对付展凌萧的方法对付小舞。

结果他的手还没碰到小舞，就已经反被她一把扣住，只听到一阵“咔嚓”的声响。

“啊……”赵嘉发出惨烈的叫声。

周围几个小弟看到赵嘉这样，立刻松开展凌萧冲过去：“老大，你怎么样了？”

“还不快给我上，把这个小妞给我办了。”

几个混混冲向小舞，可是别看他们身躯健硕，在小舞面前却丝毫不顶用，连她的一根手指头都没有碰到，个个都被她打得趴在地上叫苦连天。

小舞望着一地哀号的男生，表情充满不屑：“刚刚是谁说要让我跪地求饶啊。”

众人的目光齐刷刷地看向赵嘉。

小舞笑着看着他：“赵大少，这样吧，你现在和我说，我错了，我是个不折不扣的大草包，我就放你走，怎么样？”

“你做梦……啊……”赵嘉的“梦”字还没说完，脸上又挨了小舞一脚，顿时摔在地上。

“我错了，我是个不折不扣的大草包，求求你放过我吧。”赵嘉最后没办法，只好求饶。

“大点声，我听不见。”

“我是个不折不扣的大草包！”

“说得不错，内容很正确。”小舞走到展凌萧的身边，“我一般是不打人的，但是你要是动我的人呢，我会把你打得不是人哦。”

“我知道了，我知道了，我以后再也不会打展少爷了。”

“那就回吧，伤口要小心处理，可不要落下病根哦。”小舞叮嘱，仿佛他的伤不是她所为。

赵嘉和几个小弟连滚带爬地跑出了天台。他们刚跑出去，就传来天台门“咔嚓”一声被锁起来的声音。

赵嘉隔着门叫嚣道："今天你们就在这儿吹冷风过夜吧，冻死你们！咱们的账，以后有的是时间好好算！"

6

展凌萧跑过去，用力地去推，可门被反锁了，他怎么用力都打不开。

"这门肯定锁死了。"小舞找了块干净的地方坐下来。

展凌萧拿出手机，还没来得及打出去一个电话，手机就自动关机了。

"搞什么名堂！"他显得非常愤怒。

"别挣扎了，明天会有打扫的阿姨来开门。"小舞说。

"你的意思是，我们今天要在这里过夜？"展凌萧顿时提高了分贝。

"或者你可以选择对着下面大喊，看看有没有人来救你，不过我提醒你，这里可是十七楼。"

展凌萧看了看锁死的门和没电的手机，知道挣扎是没有用的，只好沮丧地走过去，坐在小舞旁边。

"刚才……"

"你别误会，我不是想帮你，我只是看不得蠢人自以为是而已。"

"没想到你功夫这么好。"

"你想不到的事情多了去了。"小舞一伸手，已经把展凌萧口袋里的钱包拿在自己的手上，"这个钱包就当我美人救狗熊的感谢费吧。"

她的动作之快，让展凌萧十分吃惊。

"我被打的时候，怎么没看到你来救我。"展凌萧听到她喊他狗熊有些不高兴。

"你活该，我干吗要救你？仗着自己有一张招蜂引蝶的桃花脸四处勾搭姑娘，这种朝三暮四的行为被人揍不是应该的吗？"

"我哪有朝三暮四啊，我到实验中学这么久，只追过你一个女生啊！"

小舞拿着钱包的手顿了一下。

"我说的……我说的不是那种追，是追问的追……"展凌萧慌乱地解释着，却越讲越乱。

小舞"扑哧"一声笑出来："解释什么？我长这么好看，你追我很丢人吗？”

“不是，我不是那个意思……”

“之前在我和我哥面前还挺能说的，现在到我这儿就结巴了？”

展凌萧发现他每次单独和小舞在一起，就很容易语无伦次。

“你怎么会突然来这里？”

“我不是突然，我是专门来找你的。”

“找我？”

小舞从口袋里掏出一个东西丢在展凌萧的手上：“这个还给你。”

那是展凌萧装在小舞手机上的追踪器。

展凌萧一脸被人识破的尴尬。

“我就说我这一个月怎么走哪儿都有你，原来你在我手机里装了追踪器。大少爷！有必要这么夸张吗？”

“我只是想知道你在哪儿……”展凌萧支支吾吾，小声说道。

“为了你妈你可真是无所不用其极……”

“我也不是……”展凌萧看着小舞的脸，后半句话迟迟没有说出口。

“行了，别编理由了，我看着都累。你说我好心好意把你从铁轨上救下来，你又是破坏我名誉又是破坏我生意，你也够恩将仇报的啊！我真后悔救了你。”

“那你后悔认识我吗？”展凌萧突然问。

小舞没想到展凌萧会问这句话，顿时愣住了，他的目光专注地看着她，天色昏暗，他的一双眼睛犹如璀璨的星辰熠熠发光，看得她心里发软。

“我告诉你，我下个月就申请转校，过了今天，咱俩各不相干。”

展凌萧不知道怎么的，在听到小舞说出这句话的时候，心没来由地刺痛了一下，她那么厌恶他、排斥他，着急地和他分道扬镳，那种急切的样子，让他很难受。

好像他在别人面前武装起来的盔甲在这一刻统统消失了。

“你是不是挺讨厌我的？”展凌萧可怜巴巴地看着她。

“是，我讨厌你，我不想再见到你。”小舞想也没想就回答。

风有些大，吹在展凌萧的脸上，他额前的几缕碎发落在他那双漂亮的凤眼上，此刻那里面装着莫名的忧伤。

那种忧伤让小舞心里隐隐有些疼。

她并不讨厌他，而是讨厌他的所作所为，她更讨厌自己对他一而再地让步。

对于她这种人来说，心软是最大的忌讳，而她对他，已经破例太多次。

小舞不再去看展凌萧，走到天台门边的位置，坐下来，闭上眼。

漫漫长夜，她不想再去看眼前这个男生，她不想因为自己的心软，让自己陷入永无止境的麻烦之中。

她靠在门边睡着了，风餐露宿的生活她已经习惯了，何况只是在天台过一夜。

早上她醒来的时候，看到地上都是水渍，她的身上披着一件校服的外套。展凌萧浑身湿透地靠在她的旁边，手里紧紧抓着一块木板。

木板上都是水，可是她的身上却是干干净净没有弄湿一点。

展凌萧听到了动静也醒了过来，正好看到小舞在看他。

“你醒了？没有着凉吧。”他关心地问道。

“你拿着块木板做什么？”小舞没有回答，只是盯着他手里的木板。

“昨天晚上你睡着后就下雨了，我怕你淋湿，找了块木板给你挡挡。还好雨不大，只是小雨。”展凌萧笑起来，真诚的样子非常天真灿烂。

“所以你就拿着这块板子一直站到雨停？”

“是啊！啊……你干吗打我？！”

“你是不是猪脑子啊？我从小风餐露宿皮糙肉厚的能有什么事儿？要你在这边充什么护花使者。”小舞把外套脱下来披到他的身上。

“我知道你很能干，我也知道你什么都可以，可是你再能干也只是个女孩子啊！女孩子，不都需要别人保护的吗？你哥可以保护你，为什么我就不可以？”展凌萧说得万分委屈，“我什么都不会，我能做的，只有这么一点点了。”

小舞这才发现展凌萧的手全都皱了起来，看样子是被雨水泡了太久。

心像是被什么东西温暖地包裹着。

天台的门被人打开，打扫卫生的阿姨看到他们两个人非常惊讶：“你们怎么在这里？”

“昨天有同学恶作剧把门反锁了。”小舞回答。

“现在的学生啊，真是要命，你们怎么样？身体都还好吧？真是作孽啊，在天台上过了一夜。”

“阿姨我们没事，回家休息下就好了。”小舞拉过展凌萧，“走吧，赶紧回家。”

适逢周六，又是清晨，学校里空无一人，他们并肩在学校里走着，一句话都没有说。

校门口有一株巨大的榕树，茂密的枝条从树干上垂坠而下，卖早点的阿姨刚刚摆好摊。

是当地有名的糯米包饭，小舞停下来，从口袋里拿出钱：“阿姨，我要两个糯米包饭，要放肉松和鸡蛋。”

白色的糯米在小小的板子上摊开，铺好，再放上肉松、鸡蛋、油条以及炒香的芋头丝，包成一颗圆圆的饭团。

“拿好了。”

小舞接过饭团递给展凌萧一个：“吃吧。”

展凌萧从来没有吃过外面的早点，这是第一次吃，一入口是浓浓的糯米香气，包裹着他的味蕾。

小舞吃得很大口，完全没有顾忌什么形象，空气里全是雨水褪去后的清新气味，展凌萧的心里没来由地感到一丝温暖。

一片树叶落在小舞的脸上，他伸手帮她拿开。

她停下来，被这样亲昵的举动弄得有些不好意思，一双眼睛看着他，像是清晨里透明的水珠。

展凌萧缓缓地说道：“如果我以后不缠着你，也不破坏你做事儿……你能不能……不转学？”

他的声音小心翼翼，原本俊俏的脸上全是青紫的伤痕，可是那些他都并不在乎，他更在乎的是她的答案。

有车子在他们面前停下来，一个小姑娘从车子里跑下来：“三哥！”

那个小姑娘一下子扑到展凌萧的怀里：“你一个晚上没回来，欢欢担心死了。”

“三哥知道只有你担心我。”展凌萧摸摸她的头对小舞说，“这是我妹妹，展凌欢。”

“这个姐姐好漂亮啊，是三哥的新女朋友吗？”展凌欢人小鬼大。

“噢？新女朋友？”小舞特意把“新”字说得很大声。

“别乱说，你三哥什么时候交过女朋友！”展凌萧阻止展凌欢继续说下去。

“嘻嘻，三哥害羞了。”展凌欢抱着他的胳膊，“快回家吧，今天晚上五哥过生日，大家都好忙好忙。”

“忙得把我都忘了……”展凌萧自嘲地笑笑。

他转过身，看着小舞：“那我先回家了。”

“脸上的伤可以拿热毛巾敷着。”小舞忍不住叮嘱。

展凌萧牵着展凌欢的手坐上了豪华轿车，车子开动的时候，他忍不住趴在车窗上回头去看小舞。

小舞并没有走，还站在那棵榕树下，手里拿着没吃完的糯米饭，静静地看着他的方向。

她冲他挥了挥手，脸上挂着淡淡的笑容。

他喜欢看到她的笑容，哪怕很少很淡，可是却能让他感到开心。

他趴在车窗上，看着街道上零星闪过的人群，在心里轻轻地说了一句：我真想追着你，到天涯海角。

很多年之后，展凌萧离开安海，离开小舞，成了有名的艺术大师，他接受了许多采访，站在世界最闪亮的地方。

可是那时候他才发现，世间微尘里，他纵使再风光，都不及那一日与她在榕树下并肩同看的那一缕晨光。

第四章 演技之王

无论在外面伪装得多么坚强的人，都有自己的软肋。

1

陆竟夕的古玩店，开在城北一条幽静的古巷尽头。

长而狭窄的巷子，蜿蜒曲折，巷子的墙面上用水彩手绘出大片大片的小雏菊，古旧的砖瓦仿若褐色的土壤，那些小雏菊仿佛像是有了生命般，栩栩如生地绽放。

陆竟夕躺在一把老式的藤椅上，正在闭目养神。

店里在放《琵琶语》，依稀可听见潺潺的水流声，店中摆放着玉耳杯、翡翠盏、琉璃梳，以及吊在屋顶上各式各样的古灯。

幽暗又略带古意的一间店，可见店主人的品位。

“陆老板真是好雅兴。”陆佳期掀开门前的珠帘走了进来。

“佳期姐来了。”长相稚嫩的小助理阿昭正端着水果从里面走出来，“刚切的水果。”

本是非常普通的麒麟西瓜，阿昭偏偏把每一片都切成菱形，放在花朵形的骨瓷碗内，顿时生出不少食欲。

“切得可真好看！”陆佳期一边夸奖一边拿手抓了一块往嘴里送，沾着西瓜汁的手就往阿昭脸上摸，“我们阿昭啊，越长越好看了。”

“佳期姐又取笑我。”阿昭羞红了脸，把盘子放在茶海上，赶紧跑到里面去了。

“你这小助理，可真害羞。”陆佳期脱了外套，干脆坐下来吃西瓜。

“你这小姑娘，真不害臊！”陆竟夕看着她。

“我哪里是小姑娘？我分明是老女人了，你见过老女人还害臊的吗？”陆佳期悠然自得，完全不觉得有什么不妥。

“你真是老嫩通吃啊。”

“我只对长得好看的有兴趣。”陆佳期吃着西瓜，“下次，你让阿昭给我切点叉烧腊肉什么的，每次来你这里都只有水果和茶，我都吃腻了。”

“我这儿可是古玩店，叉烧腊肉？万一蹭到我的宝贝怎么办？”

“整天就知道你那些宝贝，不就是一堆破石头吗？”

“价值连城的宝贝怎么到你那儿就成了破石头了？”

“哦，对了。”陆佳期从包里拿出一台电脑，打开。

电脑上出现一栋古旧的别墅：“喏，看看。”

“这是……”

“林家老太爷的一座位于城郊的别院，经过我这两个月的挨个盘查，东西应该在这个别院里。”

“可是这里没什么人看守，不像是会藏宝贝的地方。”

“越是没人的地方，越是有古怪嘛，有钱人都喜欢自作聪明。”

“你确定？”

“错不了。”陆佳期胸有成竹地说，“这笔买卖做完，我们又可以多捐助几所希望小学了。”

“你最近可要当心，有人盯你盯得可紧了。”陆竟夕摸着手里的白玉镂空扳指。

“今时不同往日了，就他那点小伎俩，盯得了谁？”陆佳期知道陆竟夕说的是展凌萧，“不过他们是什么时候来鹭宁的？我怎么没有听说。”

“也就是今年才搬来的，至于为什么搬到鹭宁来我也不太清楚，不过看展老爷子投钱的手笔，颇有在鹭宁定下来的意思。”陆竟夕把手里的资料推到陆佳期面前，“这是展家的全部资料，你看看。”

厚厚的一沓资料在陆佳期手中快速翻阅，不消一会儿工夫就已经全部刻录在脑中。

“这就看完啦？”陆竟夕虽然知道她看东西的速度比一般人快，可是还是惊叹她的记忆力。

“看完了。”

“现在展老爷子的产业一部分由展凌萧打理，一部分归老五展凌歌打理。他们大哥展凌杨是人民医院的大夫，基本上不管家中事，所以三兄弟里只有展凌歌是展凌萧最大的劲敌。”

这两天，陆竟夕已经把展家的现状调查得一清二楚。

陆佳期看着展凌歌的照片：“这个人，怎么有点眼熟啊？”

“这个展凌歌和罗菲好像是旧相识。”

“旧相识？”陆佳期停下来，她向来对八卦感兴趣，“怎么个旧法？我怎么没听菲菲和我提过。”

“我估计啊，就是一些年轻时候的风月往事，太伤心了不想让人知道呗……”陆竟夕看着陆佳期没有说下去。

陆佳期假装若无其事，继续吃盘子里的西瓜。

当最后一块西瓜都吞到肚子里后，她看了看表：“我先回去给菲菲做饭了，她最近办案办得太辛苦，我得给她做点好吃的补补。”

“你对别人都比对我好。”陆竟夕吃醋地说。

“你万事都有阿昭伺候，不缺我一个。”陆佳期把手放在盆里洗了洗，再拿纸巾擦干，最后抹上护手霜。

“明天老地方集合。”陆竟夕说。

“收到。”陆佳期做了一个 OK 的手势，提上她的 LV 包包，踩着十厘米的高跟鞋走了出去。

2

陆佳期在附近的菜市场买了当季最新鲜的食材，在厨房里忙了两个小时，一桌丰富鲜美的饭菜就上桌了。

最后一个菜端上桌，罗菲正好开门进来。

“我在门口就闻到香味了。”罗菲一闻就知道有好吃的。

陆佳期今天做的是江南吴越特色的本帮菜，有桂花糖藕、炒芦笋、西芹百合肉片、锅烧河鳗、油爆大虾、黄焖栗子鸡，汤是腌笃鲜。

连米饭都是用上好的东北大米，一颗颗晶莹饱满，香气四溢。

罗菲迫不及待地拿起筷子夹了一块栗子鸡放到嘴里："太好吃了！"

"快去洗手，洗完再来吃。"陆佳期把头发束在脑后，一张脸褪去妆容，依然妩媚动人。

陆佳期就是这样，明明生了一张十指不沾阳春水的脸，家务却样样精通。

罗菲洗完手，坐在桌前，忍不住大快朵颐。

陆佳期看着罗菲大口吃东西，脸上难得有满足的表情，心里十分开心。

她第一次见到罗菲，在那么多要租房子的人里面，罗菲显得最瘦小，别人争得你死我活，罗菲却一动不动，不争不抢一副听天由命的样子让她一眼就注意到了。

当她问到职业的时候，她才知道罗菲是警察。

心里一种古怪又刺激的想法油然而生，她当即就把罗菲留下来了。

从她认识罗菲的第一天开始，她就发现罗菲很少笑，平时工作严谨，一丝不苟，回到家也很少说话，很多时候，都是独自坐在角落里发呆。

罗菲的心里像是隐藏着巨大的悲伤，用工作麻痹自己，强迫自己去忘记，然后把自己放在一个厚重的茧里。

只有她每次做菜给罗菲吃，罗菲才会放下包袱，把自己完全投入到食物中去。

陆佳期发现这点后，就经常下厨给罗菲做丰富的饭菜。

每次看罗菲把菜统统吃完，露出满足的表情，她也会跟着开心。

她发现，能为一个人洗手做羹汤，也是一件很幸福的事情啊，不管对方是朋友还是爱人。

罗菲抬头看到陆佳期在发呆。

"佳期，佳期……"罗菲喊她。

陆佳期这才反应过来："怎么了？"

"你怎么心不在焉的？"罗菲发现今天陆佳期和平时有些不一样。

陆佳期想到她今天在陆竟夕那儿看到的资料。

"菲菲，如果一个曾经你很爱的人，突然出现在你的面前，你会怎么做？"

陆佳期这句话好像一下子戳中了罗菲，她停下来思考着。

“我会不敢靠近他，又渴望靠近他。”罗菲的眼中像是装满了心事，“他就像我身上的一根软肋，不管假装得有多坚强，只要触碰到他，所有的伪装都会顷刻消失。”

“软肋。”陆佳期低声念着这两个字。

夜幕低垂，窗外的夜色像是已流逝的旧时光，它温柔地张开怀抱，引领你走过去。

3

如果每个人都有软肋，那么少年时期的展凌萧一定是董小舞的软肋。

在她出生的十七年里，董明伟一直告诫他们所有人，不要对任何人投入感情，要把自己练成铁石心肠，只有拥有坚硬的内心，才能让人在这个世界上生存。

当时小舞并不明白董明伟这句话的意思，直到遇到展凌萧之后，她才知道，人一旦有了软肋，就等于失去了自己。

本来准备摊牌后就转学的小舞却在天台事件之后改变了想法。

回去的路上，她一想到展凌萧小狼狗一样的眼神，她就再也狠不下心了。

周一，当她从老师办公室里走出来的时候，一眼就看到一直等在办公室楼下的展凌萧。

他紧张地走到小舞面前，还没等她开口，就抢先问：“你不是和老师说转学的事儿吧？”

“你这么怕我转学啊？”小舞偏头看他。

他低着头，难得露出不好意思的表情。

“我要真转了呢？”小舞故意逗他。

“你转哪里我就跟你到哪里。”展凌萧想也没想大声地说。

声音清脆响亮，就像情窦初开的少年。

他说完这句话脸涨得通红，都不敢去看小舞。

“我只是想和你在同一所学校上学，可以天天看到你就够了……”

“哦？天天看到我啊？你对我有什么企图？”

“我没有企图！我就是想和你做个朋友而已！”展凌萧整张脸已经红到脖子根了。

“真是个麻烦鬼，甩都甩不掉。”小舞假装无奈地扶额。

“你还是要走吗？”展凌萧低声说，“如果你真的那么讨厌我，那就算了，我也不缠着你了……”

展凌萧失落地转过身准备要走。

“我想吃初花家的握寿司，你明天给我买来。”小舞扬着声音在展凌萧身后大声说道。

展凌萧这才反应过来，高兴地转头：“这么说你不走了？”

“我看这两年，都甩不掉你这个麻烦鬼了。那我还费心费力地转学做什么？”

“真的吗？”展凌萧担心了两天，以为被判了死刑，现在听到小舞这么说，像是被解放了。

“不过你得答应我几个条件。”

“什么条件？”

“第一，我没有找你你不要来找我；第二，我做什么你不许干涉我；第三，我没钱的时候，你要拿钱给我花。听到没有？”

“听到了听到了。只要你不走，你说什么我都答应你。”展凌萧的脸上露出灿烂的笑容。

“以前没感觉你这么蠢啊，怎么突然变蠢了呢？”小舞觉得展凌萧现在听话得令人不可思议。

后来，展凌萧和小舞并肩坐在铁轨上看电线杆上的雀鸟，他对她说：“当一个人喜欢另一个人的时候，才会变蠢，我喜欢你，所以我愿意为你变成另一个自己。”

多么动人的情话，仿佛是这个世界上最美的光景。

4

展凌萧收起了玩世不恭缠人要命的态度，开始一本正经地学习，打篮球，参与学校的活动。

本来一所死气沉沉的重点高中因为展凌萧的到来，有了不一样的变化。

一个坐着豪车来学校的富家少爷，长着一张剑眉星目帅气的脸，而且待人接物温文尔雅，对谁都笑脸相迎。他只是站在学校里，就犹如天上的星星坠入凡间，璀璨得让人挪不开眼。

小舞所在的班级每到下课的时候，教室门口都会挤满了前来看他的女生。最可怕的是，他每次打篮球，篮球场必定被挤爆，就连学校的走廊外面，也全都是女生倚在栏杆上抻着脖子看他。

他符合所有少女心中对白马王子的想象，是所有女生津津乐道的神话般的人物。

还好小舞没有那些少女的花痴毛病，她依然安安静静读自己的书，和陆竟夕穿梭在这座城市里“捞钱”，他们把钱一部分上交给老爹，一部分存起来当未来的生活费。

生活从来没有给她犯花痴的时间，她也不允许自己有半点的走神。

有时候她坐在教室里，透过窗户看到下面密密匝匝的人群，女生们脸上都洋溢着兴奋的笑容，操场上的展凌萧穿着篮球服在阳光下奔跑。

十七岁的少年，身体节节拔高，身材比例像是黄金分割过的完美。

特别是他笑起来，是极灿烂的，一双凤眼又平添了几分妩媚，嘴角上扬的时候，双眸中都带着笑意。

对美那么挑剔的小舞，也不得不承认，展凌萧的的确确是一个非常惹眼的美少年。

他的美，有一种不属于这个年龄的妖娆和光华。

展凌萧总喜欢抱着球对着教室里她的方向挥手。

一阵阵的尖叫声此起彼伏，小舞头疼地把窗户关起来。绿色的爬山虎遮挡住了她所有的视线，也挡住了窗户外面的那道目光。

展凌萧每天都会从家里带各种各样的东西给小舞吃，今天是意大利进口的手工巧克力，明天是从日本空运来的三文鱼，后天又是法国出名的欧培拉蛋糕。

他把这些东西堆在她面前，小心翼翼略带讨好地说：“小舞，这个可好吃了，你尝尝。”

“我不吃，以后别带了。”小舞每次都冷漠地回绝，埋头继续写她的作业，无视展凌萧眼底的失落。

全班的女生都向她投来羡慕的目光，她们不懂为什么董小舞对展凌萧不闻不问甚至冷漠，他却依然对她万般好。

全校开始盛传，展凌萧这个在国际学校呼风唤雨的大少爷，就是因为董小舞才转到了这所高中，董小舞这个平日里只有在放榜的时候被人讨论一两天的名字突然就被推上了风口浪尖。

很多人慕名前来看她，却是落寞而归。

谁让她成绩优异囊括所有考试科目的第一名，而且生得肤白貌美，仿佛没有缺点的样子。

这样的女孩就算被人捧在手心里，也是常理之中的吧。

两个人就这样相安无事地度过了一段时间，这期间，展凌萧信守承诺没有再缠着她，也没有干预她和陆竟夕的“活动”，平时连话也不敢和她多说，生怕惹她不高兴。

很多女生给展凌萧送情书，他当着小舞的面撕掉，扔到垃圾桶，偶尔也有男生来找小舞，她还没出门，那些人就被展凌萧赶走了。

展凌萧在董小舞身边，就像是一只兢兢业业守门的小狼狗，忠犬般护着，不许任何人靠近。

奇怪的是，小舞并没有排斥展凌萧的这种行为，有时候看他像护食一样护着她，她只觉得很好玩。

谁让展凌萧长了一张皓月光华的脸，哪怕不说话，只是这样直直地盯着你看，你便想要缴械投降。

5

没过多久，就是一年一度的中秋节，往年过中秋，学校最多发发月饼算是过节，可是今年市里提倡要丰富学生的课外活动，所以出了一套适合学生的交谊舞，目前还在推广期，想借用中秋节这个名头，让全市五所重点中学联合比赛。

本来比赛这种事情很正常，市里每年都要出各种各样的新花招，与小舞没什么关系。

可是这次的比赛，局长为了让优等生做一个表率，想了一个特殊的规定，每所学校出三个队伍，而且年级第一的资优生必须参与。

每所学校年级第一的资优生名单早已经在局长手里，除非得了重病，否则想要临时换人几乎不可能。

当年级主任把这个消息公布出来的时候，事不关己趴在桌子上看书的小舞瞬间清醒过来。

“小舞啊，这次你一定要给学校好好争光。”年级主任走到小舞的面前，一脸期待地看着她。

“主任，我不会跳舞。”小舞非常为难地起身说道。

“不会可以学嘛，这套舞很简单的，而且这次还有设计这套交谊舞的老师亲自指导，保证你拿下第一！”

“第一？主任，我真的不会跳舞！”小舞一听到跳舞就很头大，没想到主任还想让她拿第一。

“你学习成绩这么好，建模比赛、各种奥赛都是冠军，记忆力更是过目不忘，小小舞步怎么可能会难得到你。”主任以为她只是在推脱。

“就是嘛，董小舞那么厉害，有什么是她不会的，她肯定拿个第一名回来。要不然枉为我们实验中学第一学霸的称号了。”

“无所不能的董小舞，怎么会害怕参加交谊舞比赛啊。”别的同学在一旁起哄。

“可是……”

“别再说啦，这事儿就这么定啦，你准备准备，过两天交谊舞的老师会在安海大学的舞蹈教室教课，你过去学习就行了，最近的课你自由安排，要请假什么的直接和我说，都给你批。”主任说完还拍拍小舞的肩膀，根本不给小舞再说话的机会就走了出去。

小舞沮丧地坐下来，一张脸皱成一团，焦虑得不知道怎么办才好。

中午放学，小舞没有胃口吃饭，拿着羽毛球拍去学校的羽毛球场打球。

羽毛球场在学校旧停车场的后面，一块已经荒废的地，四处是破旧灰败的墙壁。

小舞拿着羽毛球拍把球打得高高的，一下两下三下，小小的羽毛球在空中轻盈弹跳，她瘦小的身体随着球左摇右摆地晃动，直到能量消耗完她才感觉自己烦躁的心得到了纾解。

她不知道自己打了多少下，当她仰头仰到脖子酸痛停下来的时候，却看到展凌萧拿着饭盒站在旁边看着她。

“我不是跟踪你哦，我是看你中午饭都没吃就出来了，给你拿点吃的过来。”展凌萧生怕她误解，赶紧解释。

小舞看着他，正午的太阳照在他的脸上，额头上全是汗。

他把手里的饭盒端到她面前：“你饿吗？要不要吃点？”

小舞没有说话，默默看着他。终于，她接过饭盒，找了个空地，席地而坐，大口大口地吃起来。

“你是不是不想参加跳舞比赛？”展凌萧洞悉了她的烦恼。

她停了一下，咬了一口鸡腿。

“如果因为练习没有空赚钱的话，我可以给你。”展凌萧拿出一沓钱放在她手里。

小舞看着展凌萧给她的钱，一瞬间有点哭笑不得。

“大少爷，我真是谢谢你哦。”小舞把钱拿过来，一点也不客气地放到自己口袋里。

“那个交谊舞比赛……我能做你舞伴吗？”

“我才不要。”小舞答得飞快。

“我不会拖你后腿的，我从小就跳舞，跳舞我最在行的。”

“我管你在不在行，总之，我不要你做我的舞伴。”最后一口饭吃完，她把空盒子丢给展凌萧。

“可是，我已经和老师说了……”展凌萧拿着饭盒可怜兮兮地站着，“老师……也同意了……”

“取消，听见没有？你要是敢来做我的舞伴，我会打你，你信不信？”小舞做了一个握拳的姿势，示意她不是在和他开玩笑。

“可是……”

“可是什么可是，没有可是！”小舞转过身，根本不给展凌萧说话的机会，拿着羽毛球拍扭头走掉。

展凌萧捧着空空的饭盒，心里涌起一股失落：“为什么你愿意和别人跳，就是不肯和我跳！”

6

小舞果然说到做到，当天她就去主任那里找主任换了舞伴。

她的舞伴是三班的文艺委员宋义，从小就跳芭蕾的一个男生。

那两天展凌萧有些沮丧，做什么事都提不起精神，他一想到小舞要和别的男生跳舞，要近距离地接触，他就浑身没劲儿，像是有什么东西堵在胸口。

好几次想开口和小舞说这件事，她都是冷着一张脸把他打回去。

到了周末要排练的时候，展凌萧一整晚都没睡好觉，第二天一大早爬起来，偷偷摸摸地去了安海大学，他先把一个窃听器装在教室里，然后躲在音乐教室对面的大楼里拿着长筒望远镜看他们排练。

认识小舞之后，他才发现自己有偷窥人的癖好，躲在角落里，全神贯注地看着她做着每一个动作，心情是那么美好。

排练很不顺利，非常简单的交谊舞，所有人在老师的指导下都顺利地学习着，可是小舞却完全跟不上大家的节奏和舞步，两个人单独排练的时候更糟糕，她不停地走错步子，撞到舞伴的身上和踩到他的脚上，惹得整间舞蹈教室的人都哈哈大笑。

小舞红着一张脸却还要硬着头皮跳，教跳舞的老师非常严厉，对于小舞的笨拙完全不能接受：“你怎么这么笨？这么简单的舞步都学不会？”

一个下午过去，别的同学已经能完全把这套舞跳下来，只有小舞还跳得乱七八糟。

好不容易熬完下午的排练时间，小舞已经看到舞伴脸上的嫌弃和不耐烦。

“我先出去买个水啊。”宋义对小舞说道。

“今天下午真不好意思，拖累你了。”小舞对宋义有些抱歉。

“没关系的，你是新手，不会很正常，慢慢学就好了。”宋义虽然嘴上安慰她，可是他游离的眼神已经出卖了他。

宋义走后，小舞对着舞蹈镜继续练，走了几个步子，还是别别扭扭。

小舞沮丧地看着镜子，她不想告诉别人，在任何事情上都是 TOP1 的董小舞，只有跳舞这一个短板，董明伟曾经也想教她跳舞，他说跳舞可以塑造一个女人最美的姿态，可是董明伟耐心地教了她整整一个月，等所有的师兄弟都学会了，她依然不会。

老天故意和她开玩笑一样，让她长了一副纤细高挑的身材，却让她成为一个跳舞白痴。

好在她在别的事情上都能做足一百分，董明伟也就不强迫她学这个技能。

舞蹈是她的噩梦，是她永远都不想去触碰的。

她没有想到自己会有面对它的一天，而她更不想让别人知道她的这项缺点。

包括展凌萧，特别是展凌萧。

所以她才拒绝了展凌萧做她舞伴的邀请。

回答得那么干脆，不带一丝考虑，就是不想让他发现，无所不能的董小舞，竟然在跳舞上是个白痴。

舞蹈教室的空气有些闷热，小舞想出去走走，经过一条林荫小道的时候，正好看到宋义和一起来排练的女生坐在石凳上聊天。

一起比赛的几个女生略带嘲笑地说："那个董小舞还说是学霸呢？连个这么简单的交谊舞都学不会，真是笨死了。"

"可不是，谁和她搭档谁倒霉，可怜的宋义啊。"几个女生一边喝水一边笑。

"主任找我的时候和我说她多厉害多厉害，我还挺期待呢，没想到跳起舞来这么难看，像什么呢？就像一只企鹅。"宋义说完还学着小舞笨拙的舞步走了两步。

他们在一言一语地吐槽着小舞，仿佛因为有了她，他们变成统一联盟战线。

小舞站在树林后面，没有上前，也没有作声。

她并没有因为听到这些话感到难过，她甚至有点庆幸，还好展凌萧没有看到这样笨拙的自己。

她转过身走了几步，蓦然听见身后一声惨叫响起。

她转过头，看到宋义的身上不知道怎么的被人淋了一身水。

水是从教学楼上倒下来的，一张男生的脸一闪而过。

宋义愤怒地大喊："是谁？！谁这么没有公德心？"

展凌萧拿着水桶大摇大摆地从教学楼上走下来，他一出现，刚刚叽叽喳喳的女生瞬间停止了说话，一双双花痴的眼睛全都盯着他看。

“展凌萧，是你拿水泼我？”

“啊？我泼的是人吗？我刚刚感觉这里好臭，不知道是什么散发出来的，没想到是你啊？”

“你是不是找打？”

“你打我试试看啊，你舅舅可在我们家公司上班噢。”展凌萧一脸无赖，又拽到天上去的样子，偏又长了一张好看得让人嫉妒的脸，狂妄却让人无法讨厌。

宋义本来还想发怒，听到展凌萧这么说，只好闭了嘴，自认倒霉。

“跟你这种人，说话都是浪费时间。”宋义昂着头，一甩头就走掉了。

7

宋义走后，几个女生围在展凌萧的身边。

“帅哥，你是哪所学校的啊？”

“长得好帅啊。”

“……”

女生们叽叽喳喳起来没完没了。

展凌萧也是好耐心，一张脸始终笑眯眯的。

小舞刚刚听到她们背后说她，她都没有什么感觉，现在看到她们围着展凌萧，心里倒是有些不痛快。

眼见一个女生要把手搭在展凌萧的身上，董小舞用力扯了一下树枝。

树叶扑簌簌地落下，引起哗哗声响，几个女生循声看过来。

“董小舞。”有个女生看到她，先喊了出来，“跳舞智障不在教室里练习来这里做什么？”

“帅哥，我给你说哦，听说她是实验中学的学霸，但是跳舞跳得超差的。”

“是吗？”展凌萧一双桃花眼微微眯着。

小舞看着展凌萧，一下子被人家揭露缺点令她心里有些不舒服。

展凌萧会和别人一样嘲笑她吗？

没想到下一刻，展凌萧走到她面前，一把将她揽进自己怀里：“不好意思哦，她是我女朋友。”

刚刚还一脸得意的女生看到这一幕，全都变了脸色。

换在平日里，小舞肯定要把他搂她的手拧骨折，但是现在这个场面，她一点也不想动。

欣赏别人花容失色的样子，是她最喜欢做的事情。

她知道展凌萧是在帮她。

演戏是她最在行的一门技术，在这件事情上，她从来没有输过。

小舞立刻调整状态，拿出她的演技：“都让你别来了你还来，烦不烦？”她故意噘嘴，装着不满意的样子，语气里全是撒娇。

“我不是想你了嘛。”

展凌萧温柔地低头看着她，眉头紧皱，用责备的语气说道：“我让你别来参加这种低颜值低智商的比赛，你非要来，你看这一起学习的人都是什么水平啊？长得丑八怪似的还喜欢讲别人坏话，都不知道哪里来的优越感？她们出门的时候都不照镜子的吗？起床不会被自己的脸吓到？”

小舞被展凌萧的话逗乐了，忍俊不禁地笑：“别这么说人家，长得丑又不是她的错。”

“那也是。”

两个人一唱一和的，身后那群女生早已经气得变了脸。

“今天练习得累不累？”

“特别累，脚都起泡了。”小舞可怜巴巴地说。

“一会儿给你揉揉。”展凌萧宠爱地摸摸她的头，“走，带你去吃好吃的。司机在外面等着呢。”

两个人相拥着离开了那群女生的视线。

他们走之前都不屑再看那群女生一眼，仿佛她们刚刚说的一切都像是一场滑稽的笑话。

8

走到没人的地方，展凌萧和小舞对视一秒，两个人同时忍不住大笑起来。

“你看她们刚刚那个表情，好像吃了粑粑一样。”小舞笑得很灿烂，“她们一定没有想到，拼命要巴结的帅哥，会这样吐槽她们。”小舞开心地笑着，展凌萧从来没有见过她这么放肆地笑。

展凌萧在一旁陪着她笑。

“你的演技还真不赖，不比我哥差。”小舞拍拍展凌萧的肩膀。

“我可不是在演戏，我是认真的。”听到小舞提到别的男生，展凌萧一脸不开心。

“所以你又认真地跟踪我了是吗？”

展凌萧没想到这么快被小舞识破，有些尴尬：“我没有跟踪你！我一大早就来学校等着了。这不是跟踪！”

“一大早来学校等着，看了我一天，你这不叫跟踪，叫偷窥。”小舞戳破他。

展凌萧知道在董小舞面前，所有的伎俩都会被快速戳破，她是那种丝毫不给人留面儿的人。

“我本来不想出现的，我就是想默默地看着你，要不是听到他们欺负你，我也不会出来。”

“就你这点料你还英雄救美啊？你忘了上次是怎么被揍的了？要不是这次情况特殊，你靠脸靠家里蒙混过关，下次说不定又要我救你。”

“可是我不能眼睁睁看着别人欺负你啊！”展凌萧说得很大声，每一个字都铿锵有力。

小舞的心里一暖，轻笑着走近他，看了看他的脸：“不过一张漂亮的脸蛋，身家雄厚的背景，有时候也能成为强大的武器啊。”

展凌萧被小舞这样近距离盯着，一动不动，话里透着沮丧：“可是这些武器对你来说，一点也不管用。”

两个人走到安海大学的一间连锁超市，有人在门口卖冰激凌。

“要两个香草冰激凌。”小舞拿过冰激凌，看着一旁发愣的展凌萧，“还不快付钱！”

“哦哦。”展凌萧赶紧从口袋里掏出钱。

小舞坐在塑胶跑道的看台上，吃着冰激凌。

展凌萧以为另一个是给他的，没想到小舞把两个都攥在手里，左一口右一口，根本没有要分给他的意思。

展凌萧看着她："她们这样说你，你为什么不生气？"

"我为什么要为了无聊的人说的话去生气？她们平凡的生活只剩下这么点乐趣了，干吗要打断？"小舞反问，"而且她们说得没错，我是跳舞白痴啊。"

"所以你之前烦恼的不是钱，是这件事？"

"主任说让我拿第一，我不拿个倒数第一就不错了。"

"那你为什么不让我做你舞伴，我比宋义那个喜欢在背后嚼舌根的娘娘腔强多了。"

小舞把冰激凌吃得只剩一个蛋壳："你看到没有，这个冰激凌，什么都好吃，可是这个蛋壳很难吃，可是这个冰激凌改变不了这件事情，又不想让别人知道它的蛋壳难吃，它只能隐藏起来，因为它想做一支十全十美的冰激凌。"

展凌萧这一刻才知道，小舞不是嫌弃他讨厌他，而是她不想把自己不好的一面展现给他看，不想让他知道她身上的缺点。

她表面上装着不在乎，心里却很在意他的看法。

这几天郁结在心里的烦闷，此刻都烟消云散了。

"喜欢冰激凌的人，是不会在乎它的蛋壳好不好吃的。"展凌萧目光熠熠地看着小舞。

小舞咬着空空的冰激凌蛋壳，低着头没有说话。

"我说过，我们是朋友，朋友怎么会嫌弃你的缺点呢？而且在我眼里，你一直都是那个无所不能天不怕地不怕的学霸董小舞，怎么可能被一个小小的交谊舞打倒。"

小舞抬头看着展凌萧，他的目光透着真诚和美好，额头上细碎的发随着风轻轻摆动。

"我教你跳舞吧！这一次我保证，不会让你输的。"展凌萧笑起来，白净而温润。

"那你可要做好被虐的准备了。"小舞吓唬他，"我跳起舞来可是很吓人的。"

"那就让暴风雨来得更猛烈些吧。"

两个人不约而同地笑起来，风吹过他们的眼角眉梢，秋日傍晚的风，缓缓地带去了甜蜜的温柔。

第五章 甜蜜回忆

最甜蜜的回忆，也是伤人最深的毒药。

1

展凌萧成了小舞的新舞伴。

一切兜兜转转，回到了最初的安排。

宋义非常不服气这样的安排，在学校四处编排小舞是个跳舞白痴。

人人称羡的学霸董小舞终于有了一个缺点，这让许多本来就不喜欢小舞的女生终于找到了一个话柄。

她们肆意地聊着这个话题，在看到小舞的时候有意无意地提及，好像只有通过这样的方式，才能发泄她们心中对小舞的不满。

女孩们的嫉妒心，永远像是张牙舞爪的小恶魔。

遗憾的是，她们高估了小舞的冷漠，也低估了小舞的自律。

小舞既没有拒绝展凌萧的示好，也没有对她们的攻击产生半点介怀。

对于别人的嘲讽，小舞从来不会放在心上，所有人的声音在她这里她都自动屏蔽。

唯一令她困扰的，只有怎么练都糟糕的舞步。

展凌萧是一个严格的舞伴，她走错的每一步都会被他严厉地纠正出来，一定要求她做到最好。有时候她明明觉得自己已经做得很好了，可是展凌萧却严苛要求她做到一百分。

“这个动作你要再过来一点才更好，另外你的表情不能这么冷冰冰的……”

他摆正她的脸，修长的手轻轻地拂过她的脸颊，一遍遍地纠正她所有错误的动作，在她累得满头大汗的时候帮她擦去额头上的汗渍。她每一点小小的进步他都会笑着鼓励，毫不吝啬地夸她："我们小舞真棒。"

"什么我们小舞！谁是你的……"小舞脚下还在记着舞步，嘴上却不能输。

他正好一个动作把她拉到自己面前，一瞬不瞬地看着她，坚定地说："总有一天，你会是我的。"

窗外的风吹在两个人的身上，英俊的脸像是在和她郑重地宣誓，她的手握在他的手心里，这个她一直看不上的富家公子，不知在何时已经走入了她的心里。

她的舞步凌乱和身体的不协调，在他的眼中都是那样微不足道，他愿意陪她去克服。

小舞感到自己心跳剧烈，整个人恍惚起来。那一刻，她只想任由他带着她，在青春的岁月里，任意翩翩。

一天下来，展凌萧的脚已经被小舞踩肿了，她才总算有了一点进步。

"今天已经很不错了，我相信多练几天肯定会更好。"展凌萧恋恋不舍地松开她的手说。

"你直接说我笨不就得了呗，干吗说这种话安慰我？"小舞最讨厌别人虚情假意。

"我哪儿有安慰你啊，明明是你给我机会让我多占你几天便宜。"展凌萧笑着说。

"你还真敢说？不怕我揍你？"

"你现在可舍不得揍我。"他凑近她，小舞被他突如其来的靠近吓了一跳。

"你揍了我，谁教你跳舞啊。"展凌萧看着小舞被吓到，心里乐开了花。

"展凌萧，我觉得你学坏了。"

"我这是被你激发了潜能。"

两个人随意地聊着天，像两个熟悉的好友，虽然只是一些简单的闲聊，却感觉彼此距离近了不少。

一种从未有过的亲近，在两个人的世界里慢慢滋生。

他们收拾东西走出舞蹈教室。

小舞这才发现展凌萧走路的姿势有些不自然，突然想起来今天练舞踩了他一天，估计这会儿他的脚已经被踩肿了。

“你的脚没事儿吧？”小舞盯着展凌萧的脚问道。

“放心吧，还没残废。”展凌萧打趣道。

“你要真残废了，我可没钱赔给你爸。”

“我爸才不会在乎我的生死。”展凌萧说得很轻松，眼中却有藏不住的悲伤。

也是从那天开始，小舞发现展凌萧并没有她起初看到的那么快乐，他吊儿郎当玩世不恭对谁都笑眯眯的样子，其实不过是把自己伪装起来的一个面具。

戴着面具生活的人，多数都不会快乐。

小舞走过去，拍了拍展凌萧的肩膀：“别那么沮丧嘛，万一你真的残废了，大不了下半辈子我管你。”

“你管我？我有那么没用吗？”

“目前看来，是这样啊。”小舞讲话从来不留情面。

“如果下半辈子我们还在一起，我一定要给你最好的生活，绝对不会让你再出去坑蒙拐骗。”展凌萧说完坑蒙拐骗突然停了下来，他知道自己说错话了，小舞最不喜欢听到这四个字。

果然，小舞没有接话，只是低着头，一直看着脚下的路。

以前别人说她是骗子是小偷她一点也不生气，可是展凌萧这么说的时候，她的心里，突然有点介意。

她介意她在他心里的形象，只是一个坑蒙拐骗的小贼。

“我不是那个意思，我只希望你能像正常的女孩一样无忧无虑地生活，简简单单快快乐乐的。”他说这句话的时候，语气里是深深的关切。

小舞知道展凌萧是为了她好。

可是展凌萧并不明白，有些东西，从一出生就已经注定了，这一条路，她走了很久，已经无法停下来了，所以她根本没有别的选择。

她并没有责怪他，因为她知道，别人没有过过她的生活，根本无法理解她怎么会变成这样。

2

那段时间，小舞除了学习就是在练习舞蹈，哪怕是在家里做饭的时候，她的脚也没有停歇。

师兄弟们都笑她转性了，怎么突然有勇气面对自己的舞步了，她只是笑笑谁都没有搭理。

为了练得更好，她总在半夜偷跑去附近的铁轨上练习。

夜里的铁轨空荡荡的，焦黄的路灯朦胧地笼罩下来，她站在铁轨上，仿佛回到小时候练功的时候，那么勤奋刻苦地学习每一项复杂的技能。

她在铁轨上一遍一遍地跳着舞步，一遍一遍地忍受自己身体的笨拙。

学什么都轻易上手的小舞，第一次感受到天资愚钝带来的辛苦，许多东西对她来说只要去做都唾手可得，唯独在这件事上她举步维艰。

承认自己并不十全十美，也需要很大的勇气。

好在经过她的不懈努力和展凌萧的指导，她的舞蹈终于有了很大的进步。

一个月后的中秋比赛上，当小舞穿着校服踩着舞鞋和展凌萧在台上翩翩起舞时，所有守在电视机前等着看好戏的人都大跌眼镜。

她的姿势、表情，就连一个转身和回眸都十分到位，每一个动作都踩着节拍，平凡的校服在她修长的身上仿佛是一件散发着万丈光芒的彩裙，身体在台上摆动的时候，轻盈得犹如一只蝴蝶。

展凌萧和小舞站在一起，仿佛郎才女貌的一双璧人。

当他们谢幕的时候，所有的灯光聚集在他们的身上，那种闪耀的璀璨，似乎要透过屏幕传送出来。

他们默契完美的舞蹈得到了评委的一致好评，毫无悬念地拿下了这次比赛的第一名。

局长亲自为他们颁发奖杯，当沉甸甸的奖杯交到他们手里的时候，小舞的心里第一次有了一种满足的快乐。

那种因为不懈努力而获得的成功，比轻而易举得到的荣耀更让人觉得珍贵。

原来再不擅长的事情只要努力去做还是有机会获得成功。

这是她十几年的生活里从未有过的一种感受。

她内心非常感激展凌萧帮助她突破了这次学舞蹈的障碍。

老师要为他们庆祝，可小舞不喜欢人多的场面，她拉着展凌萧偷偷跑掉了。

他们奔跑在安海的街道上，手里捧着金光灿灿的奖杯，感觉从来没有这么开心过。

当他们跑到束水街一间女装店的橱窗前的时候，小舞突然停了下来。

橱窗里陈列着一条白色的连衣裙，上面缀着无数的小雏菊花纹，还有几只蝴蝶，炽白色的灯光打在它的身上，美得像是公主的羽衣。

这条裙子的标价是一千。

对于当时只是学生的小舞来说，无疑是一件奢侈品。

“好漂亮啊。”她由衷地说。

“买吧。”展凌萧把一个红包递给她，这是他们比赛获得的奖金，不多不少正好一千块钱。

小舞摇了摇头，眷恋地看了一眼，随后走掉了。

“为什么不买？就当奖励自己这段时间的辛苦练习啊。”展凌萧并不理解她的行为。

“奖励自己的方式有很多，可是我更愿意选择与自己最匹配的那一种。”小舞说得很轻松。

“为什么？你明明可以拥有，为什么不去得到？”展凌萧不明白。

“遥不可及的东西，我从来都不会痴心妄想。”

展凌萧突然有点心疼小舞这种认命和不奢求，他多想她像一个普通的女孩那样，渴望一样东西，就去得到它，而不是瞻前顾后地考虑她是否配得上。

他多想，多想让她摆脱这种命运。

可是当时的他那么弱小，弱小到不知道怎样帮她。

小舞在街边的小店买了两罐啤酒，递了一罐放到展凌萧的手里。

“来，为我们拿到第一干杯！”

“这就算庆祝了？”展凌萧觉得不可思议，他没见过这么随意的庆祝。

“有啤酒，有月光，有榕树，还有我这个美人陪着你，还不算庆祝啊？”

“你这么一说，好像还挺隆重。”展凌萧笑起来，拉开易拉罐的拉环。啤酒的气味涌了上来，是很陌生的味道，他盯着啤酒发愣。

“愣着干吗？你不会这么大了都没喝过酒吧？”小舞不敢相信。

“谁说我没喝过酒！”展凌萧硬要逞强，端起啤酒一饮而尽。

“慢点喝，喝快了容易醉。”小舞提醒他。

可是已经晚了，展凌萧一罐啤酒已经下肚。

酒精直接冲上了头，他的脑子有些晕晕乎乎，全身上下都充斥着火辣辣的暖意，白皙的脸颊瞬间绯红。

“小舞，我看你，怎么有两个……”展凌萧迷迷糊糊地说。

“不会醉了吧，早知道不让你喝酒了。”小舞摸摸他的脸，“脸都红了。”

展凌萧突然抓住小舞的手，小舞吓了一跳。

“我这段时间……表现得好不好？”展凌萧的语气像是个想要人表扬的小孩。

“好好，表现特别好。”小舞只能像哄孩子一样哄着他。

“那……那我要你奖励我一下……”

“奖励什么？”

他低下头，借着酒劲儿靠近她。

小舞被他突如其来的靠近吓了一跳，俊朗的一张脸，嘴唇红红的像是朵娇艳的花，差一点就要碰到她的嘴。

她吓得直接在他头上狠狠敲了一下。

“啊……”展凌萧吃痛地叫了一声。

“好了，奖励过了。”她与展凌萧拉开一段距离，这才松了一口气。

“这不算……你……你赖皮……我都还没有……”

“还没有什么？还没有来得及要无赖是吧？”小舞翻了个白眼，“别在你姐姐面前玩这套，不管用！”小舞戳破他那点小心思。

“那你陪我跳一支舞总可以了吧。”展凌萧得寸进尺。

“我们都跳了一个月还不够啊！”

“那都是为了比赛，我要你陪我跳一支我们两个人的舞蹈，只属于我们两个人。”

“只属于我们两个人。”小舞念着这句话。

“May I？”小舞还在思索，展凌萧已经对她伸出了手。

小舞看着他，莞尔一笑，把手伸了出去。

他们跳的不是比赛的舞，而是华尔兹，这是有一天他们休息的时候展凌萧教她的，她只是寥寥练过几次，跳得并不好。

可是今天她把手搭在他的肩膀上，若有似无地靠着他，不用考虑比赛，不用考虑舞姿，只是全心全意地把自己交给他，这种感觉十分美妙。

展凌萧白皙俊朗的脸近在咫尺，目光迷离又温存，他轻轻地摇摆着身体，像是醉了，又像是没有。

他靠在小舞的耳边说：“你知道吗？你跳舞跳得真的很糟糕。我每天晚上回家都要拿冰块敷脚。”

“酒后吐真言，终于愿意说实话了。”小舞以为他要开始吐槽她。

“可是我却很喜欢那个，跳舞跳得很糟糕的你，因为那个你让我觉得，我和你并不遥远。”

小舞的心跳漏了一拍，有点期待，又有点害怕。

“你什么都会，好像没有什么事情可以难倒你，只有在跳舞的时候，你才像一个小女孩，会因为进步而开心，会因为做不好而生气，那个你，真的好可爱啊。”

“展凌萧……”

“有时候我真的很嫉妒陆竟夕，他可以天天陪在你身边，做什么你们都在一起，而我只能远远地看着你，偷偷地跟着你，生怕你跑了，不见了，就像我妈妈一样。我知道她还在这座城市，可是我怎么找也找不到。”

眼前的少年像在说呓语，又像在对她表白，他的眼睛似夜空中的星，里面全都是她的样子。

那样地悲伤，那样地深情。

展凌萧把头搭在小舞的肩膀上，宽阔的手臂拥抱着她，声音低沉：“小舞，我好像喜欢上你了。你，喜欢我吗？”

这句话，像是往平静的湖水里投下的一颗炸弹，让人措手不及。

她似乎听见了自己心跳的声音。

街上有玩滑板的少年经过他们身边，对着他们两个吹口哨。

小舞缩在展凌萧的怀里，她第一次靠他这么近，他的怀抱真温暖，像是冬日里最和煦的阳光，温暖得让人不愿意离开。

她抬起头，看着展凌萧，这个少年眼中迷离，脸色微红。

她看着他的俊颜，深深叹了一口气："你喝醉了。"

一棵巨大的榕树下，没有音乐，也没有观众，周围的一切都静止了，只有他们两个人。

如果时间可以静止，小舞真希望这支舞永远都不要结束。

3

陆佳期从黑暗中醒过来。

室内散发着一股淡雅的香草和姜花的香气，白色的帕尔马香氛蜡烛装在穆拉诺岛生产的精透玻璃杯中，在夜里拢出一丝柔和的光芒。

这是她常年都不能离开的气味。

好像只有闻着这些源源不断散发出的香氛，才能让自己身心愉悦。

她借着蜡烛的火，点了一支烟。

烟味和花香交融，低劣和高雅碰撞，起初不情不愿，后来渐渐适应彼此，融合在一起。

她坐在镜子前开始化妆，浓密的假睫毛，璀璨的眼影，以及出自巴黎设计师最新款的长裙。

一切准备妥当，她拉开房门，罗菲正好从房间里出来。

"这么晚你又出去？"罗菲睡得迷迷糊糊。

"这个点，夜生活才刚刚开始。"陆佳期笑着，踩着她的高跟鞋走出去。

和一个机敏的警察生活在一起，更能时刻提高她的警觉性。

陆竟夕的车已经等在楼下。

一辆黑色的吉普，藏在夜色中，与黑夜融合在一起。

"又化这么浓的妆。"陆竟夕对陆佳期的妆总是不满意。

"这是对我们表演的尊重！"陆佳期挑眉，拿着布把陆竟夕的眼睛蒙住。

"我不看你，干吗每次都那么提防我。"陆竟夕极度不满，"我真搞不懂，你在家换好不就得了，每次都要在车子里换，让人浮想联翩。”

“我在家换好出来？是生怕人家不知道我要去干吗是吗？”陆佳期把陆竟夕眼睛上的黑布拿下来，此时的她已经换上了利落整齐的长衣长裤。

“干完今天这一票，我可要去塞班岛度个假。”

“干完这一票你要去月球都行。”陆竟夕发动车子。

陆佳期舒服地伸展着手臂靠在椅背上，转头时看到马路边站着一个男人。

一动不动，像一座雕塑一样。

那个男人穿着一件灰色的西装，仰着头痴痴地看着她们公寓的方向。

他的脸孔干净帅气，身姿挺拔，像是偶像剧里的男主角，可是他的脸上充满了阴郁，眼中是满满的寂寞。

陆佳期想起陆竟夕给她看过的照片。

这是展家的五公子展凌歌，和罗菲有着千丝万缕联系的展凌歌。

他手里拿着一个娃娃，穿着素白裙子的娃娃，与他灰色的西装形成鲜明的对比。

他痴情地看着公寓的方向，盯着罗菲房间的窗户。

那是一个人对另一个人痴心牵挂的样子。

这样的表情，她曾经也见过。

关上窗，她看了看表，凌晨一点五十分。

4

车子一路开往城郊，在一栋古意盎然的别院附近停了下来。

这是城中巨商林氏企业老爷子名下的一间别院，平日里供老爷子种花养鸟，看着十分不起眼。

据闻，林老爷子多年来一直有收藏古董的习惯，那些古董很多都是非法文物，从全世界各地收购而来，藏处隐秘。

而他们今天的目标，是一只乾隆年间的鼻烟壶。

经过陆佳期三个月来的地毯式搜索，她将林老爷子名下所有的房产都查了个遍，逐个踩点，终于发现了这个不起眼的小别院。

陆竟夕戴着夜视镜扫了一下别墅外围，虽然没有保镖守护，却装了最新款的摄像头。

陆佳期拿着一台小型电脑，上面有别院内部和花园的实时画面。

“怎么样？查到东西在哪儿了吗？”陆竟夕轻声问。

陆佳期目不转睛地盯着屏幕：“二楼，书房。”

她把屏幕上所有的画面切出来：“花园有五个摄像头，我们只要躲开这三个，从后面爬上二楼窗户，里面有一套瑞士最新的红外线防盗系统，鼻烟壶应该就在这个房间里。”

“明白。”陆竟夕点头。

陆佳期把电脑收起来，戴上夜视镜。

两个人朝别院里面走去，先是巧妙地避开了别院外的摄像头，再绕到别院的后门，沿着外壁攀爬，灵巧地爬到三楼的窗户边。

窗户外装有铁栅栏，哪怕是极瘦的孩童都无法进入。

陆佳期先用一根细小的铁丝把窗户锁打开。

确定窗户打开后，陆佳期侧着身站在小小的缝隙中，月光下，她原本庞大的身体正在一点点地缩小，像一团柔软的海绵，一点点压缩，再一点点地进入。

她进入之后，陆竟夕尾随其后。

这是陆佳期和陆竟夕从小练就的缩骨功，每次在这种时候就派上大用场。

一进到书房，一股淡淡的茶香迎面而来，古香古色的书房墙壁上挂满了画。

“东西在哪里？”陆竟夕问。

陆佳期认真地研究了这里的布局，除了一个大书柜和一张茶几，整个房间里最醒目的就是满墙壁的画。

陆佳期轻轻地吹了一声口哨，一只白色的文鸟从屋外飞了进来。

她拿着一颗珠子放在鸟鼻子前，鸟闻了之后在室内飞来飞去，最后停在了一幅《小琳娜》的画前。

“乖宝贝，干得好。”文鸟又飞了出去。

“鼻烟壶就在这幅画的背后。”

“画的背后？”陆竟夕摸着下巴，“你确定？”

“这是林老爷子最喜欢的那串手串上的珠子，他那么喜欢鼻烟壶，鼻烟壶上肯定也有这个气味，我让啾啾闻了一下，错不了。”

“你在这儿等我。”陆竟夕把东西丢给陆佳期。

“我去吧。”陆佳期知道陆竟夕不想她冒险。

“别废话，这套红外线系统我比你熟悉。”陆竟夕不给陆佳期争辩的机会，抢先一步。

只见他灵巧地穿过所有的红外线，最后终于来到了那幅《小琳娜》的画作前面。

他把画掀开，里面果然有个暗格，暗格里放着一个匣子。

“这有一个匣子！”陆竟夕把匣子拿出来，是一个非常古旧的墨绿色匣子，托在手里沉甸甸的。

陆竟夕缓缓地打开这个匣子，一个乾隆年间的鼻烟壶赫然出现在眼前。

琥珀色，灵芝形，纹饰是鲤鱼龙门，带着几百年岁月的光泽。

是他们一直想要找的那个宝贝。

陆竟夕把鼻烟壶小心翼翼地装入随身携带的黑色绒布袋里。

黑夜中两人相视一笑，那是多年以来养成的默契。

5

谁也不会想到，陆竟夕和陆佳期隐藏在青年企业家身后的真实身份，其实是公安局一直在寻找的神偷“飘”。

他们专挑一些不良商人下手，将偷来的宝贝贩卖出去，赚取的钱用以资助贫困山区，为孩子们建希望小学，给孤儿院捐款。

他们把不义之财拿来帮助有需要的人，靠自己的努力把一家玩具公司经营得蒸蒸日上，他们活在黑暗里，可是他们一点也不孤独。

曾经他们靠行骗和偷抢去获得更好的生活，现在他们却用这些技能帮助更多需要帮助的人。

陆佳期躺在车子里，把那只鼻烟壶放在鼻尖嗅了嗅。

“我记得老爹以前最爱鼻烟壶了，尤其喜欢琥珀的，有时候拿在手上一整天都不松手。”陆佳期想起董明伟，在那个混乱肮脏的安和巷里，他总是一丝不苟穿着他的中山装，像是一个文人雅客，英俊的脸掩在翡翠灯后，不停修着一块又一块的手表。

从他的眉宇里，依稀能看见他年轻时候的俊朗风姿，她年幼的时候曾揣测董明伟曾经遭遇过什么？为什么要养着一群孤苦无依的孩子过生活，硬生生把自己折磨成一个沧桑大叔。

“那还不是因为鼻烟壶是人家送他的，要不然他能有多爱惜。”

“可惜啊，信物在，人却不在了，又有什么用呢？”陆佳期想到董明伟直到死都握着那只鼻烟壶。

“老爹这一辈子，就毁在一个情字上。说来真是好笑，他从小就教我们不要对任何人付出真心，可是他最后，却死在他的真心上。”

陆佳期看着车窗外的草木，仿佛看到安和巷空荡的草坪上，董明伟手执一本书，对着一个女人读诗。

读的是李商隐的《无题》。

相见时难别亦难，
东风无力百花残。
……
晓镜但愁云鬓改，
夜吟应觉月光寒。
……

董明伟的温柔只会在一个女人面前展现，那个哪怕经过岁月风霜他都放在手心如珠如宝的女人。

那个女人，是展凌萧的母亲——柳云霜。

6

董小舞见过柳云霜。

在展凌萧没有来安和巷之前。

柳云霜穿着一身香云纱的翡翠绿旗袍，幽暗的墨绿上盛开大片的牡丹花。她的乌发层层盘起，精致的妆容搭配一张极尽柔媚的动人脸庞，一颦一笑间仿若民国年间旧上海的名伶。

小舞看到她才恍然明白，董明伟为何那么偏爱墨绿色。

这个仿若画卷中走出来的美人，即便已入中年，却依然透着一股妩媚的韵致。

她斜斜地倚着门框，对着董明伟莞尔微笑，霞光翩翩落在她的身上，那一瞬的妩媚，真叫人恍了神。

董明伟这个平日里少言寡语、冷酷薄情的男人，第一次双眸中有了炙热的光。那是一种痴恋的目光。

“霜儿，你回来了。”董明伟顾不上吃饭，急匆匆地走到门口，一把抱住她。

“孩子们都看着呢。”柳云霜娇嗔地说道。

所有人都好奇地盯着他们看，董明伟转过头，冷脸相对：“吃你们的饭，别到处乱看。”

他转过头又极尽笑意：“霜儿我们出去说，这么些年你都去了哪里了……”

董明伟的声音渐行渐远，最后消失不见。

“这个阿姨长得真好看。”有个师弟说道。

“她和老爹什么关系啊？看老爹那样子恨不得吃了她。”旁边的师弟笑着接话。

“估计是旧情人吧。”

“吃你们的饭，别管那么多，小心给老爹听到扒了你们的皮。”陆竟夕敲敲碗筷，大家都噤声了。

陆竟夕对柳云霜的到来并不好奇，仿佛一早就知道了。

那几天董明伟难得的开心，每天早出晚归，说话的时候嘴角都不自觉带着笑，空闲的时候总哼着歌。

人仿佛都年轻了起来。

小舞知道都是那个女人的功劳。

小舞把收集来的资料拿出来查阅，发现柳云霜竟然是城中有名的富商展宏的第二任太太，可是在生产后的三个月就留下一份离婚协议离家出走，她的离开一直是一个谜，至今未解。小舞没想到柳云霜竟然是董明伟这么多年朝思暮想的女人。

董明伟天天把家里的宝贝东西带出去，那些都是他平日里非法盗取来的，件件价值不菲。

没多久，他又两手空空地回来，过几天又倒腾一些新奇玩意儿出去。

这样来来回回几天，所有人都以为董明伟和柳云霜好事将近了。

没想到，董明伟某一天突然在家里大发雷霆。

有个师弟把他的一个茶杯打碎了，本来也不是什么值钱的东西，他却拿着皮鞭差点把师弟打死，还好陆竟夕及时拦下。

小舞是个非常敏感和懂得察言观色的人，她察觉到董明伟的暴怒并非因为师弟做错事，而是他的心情非常糟糕。

虽然董明伟在极力地掩饰。

她生怕又出什么事端，所以留了个心眼，那几天她都睡得很浅。

有一天半夜，她刚睡下，迷迷糊糊地听到屋外有动静。

她悄悄地下床走了出去，看到董明伟背着一个麻袋回来。

他把麻袋背回自己的房间，然后蹲下身把地板上的一块地毯掀开，地毯下面是红色的仿古砖，当一块一块的仿古砖被搬开之后，出现了一个长方形的凹洞。

董明伟背着麻袋钻进那个凹洞。

出于好奇，小舞推开虚掩的门走过去。那凹洞下透出来暗黄色的光亮，一条长梯逶迤直下。

那个下面，是一间密室。

她蹲在凹洞上往下看，董明伟把麻袋解开，里面竟然装的是一个人——柳云霜。

柳云霜被五花大绑捆起来，头发凌乱，嘴里塞着一块布，一脸惊恐地看着董明伟。

“十几年前你狠心地离我而去，十几年后你还要狠心地抛弃我，柳云霜啊柳云霜，我为你守得头发都白了，得到的却依然是你的虚情假意。”

柳云霜拼命地摇着头，嘴里艰难地发出呜呜声。

“以后你就在这里，什么地方也别想去！我在哪儿，你就在哪儿，你永远都甩不掉我，我们永远都不分开。”董明伟低声笑着，喑哑的嗓音不像是从喉咙里发出来的。小舞看不清他的表情，可是隔着那么遥远的距离，也能让她感觉到不寒而栗的恐惧。

董明伟看着柳云霜，一点一点地靠近她，那个美艳妩媚得像一朵娇花一样的女人，在董明伟面前仿佛像被折断了的枝丫，他完全不顾及她的害怕和颤抖，疯狂地扒着她的衣服，像一只被刺伤的野兽，正在疯狂地吞噬自己的猎物。

小舞惊讶得差点要叫喊出来，陆竟夕捂住了她的嘴，拉着她离开了那个地方。

回到房间，小舞紧紧地把门关上，害怕得不知所措。

“哥，老爹他、他这是犯罪啊！”小舞很害怕，不知道该怎么办，“我们要不要报警？”

“报警？你想让警察来把我们全都抓起来？”陆竟夕在笑她的提议太天真。

“可是、可是那个女人……”

“你现在立刻上床去睡觉，明天醒来就当什么事都没有发生。”陆竟夕冷静地对她说。

“怎么可以当什么事都没有发生……明明……”

“那是你的错觉，小舞，听哥的话，快去睡觉。”

小舞爬上床，陆竟夕帮她把被子盖好。

小舞在恐惧中睡着，睡醒之后天已经亮了，想起还没有做早饭，她立刻爬起来，发现陆竟夕已经帮她把家里所有人的早饭都做好了。

董明伟从屋外走进来，穿着他灰色的长衫，头发梳得一丝不苟，像往常一样正襟危坐，吃着早点。

她站在门口，突然有些不敢走进去。

“小舞，过来吃饭。”董明伟淡淡地说。

她仔细地去听，没有别的声音，没有异样的表情，所有的一切都像是她自己的幻觉。

她平静下来，假装什么事情都没有发生过，走了过去。

7

那天之后，陆竟夕再也没有提过那晚发生的事情，生活依然在有条不紊地进行，可是小舞的心里，却装了一个巨大的秘密。

不能对任何人说的秘密。

这个秘密像个气球，在她心里一点点地被吹大，哪怕掩藏得再好，可是她知道，终究会有被人识破的一天。

直到她看到展凌萧。

他长得那么像柳云霜，那样光华动人的眉眼，仿佛就像一个模子刻出来的。

她第一次看到他，没来由地对他有些愧疚，可是她更害怕董明伟会对他做出什么可怕的事情，所以她着急让他走。

董明伟那么爱他的母亲，又怎么会愿意看到一个背叛自己的产物出现在自己面前。

所以那天她才会救下在铁轨上的他。

她从来没有想过会再遇到他，更没有想过和他会有后来一系列的接触。

她极力地控制自己，却无法阻止自己一步一步朝他的方向更加靠近。

直到展凌萧问出那句话，她突然就慌了。

“我喜欢你。你，喜欢我吗？”

她不是没有听过别人的告白，从她上初中开始，喜欢她追她的男生就络绎不绝，她在听别人讲这句话的时候，仿佛在看他们演一场戏，她像看戏的观众，丝毫没有反应。

可是展凌萧说这句话的时候，她慌了。

她听见自己心跳的声音，像是春天里种下的种子，正要开始发芽。

她分不清真假，分不清好坏，只知道自己的心里，有一块地方，变得不一样了。

8

小舞回到家里，辗转难眠，满脑子都是展凌萧在榕树下对她说的话。

她好像把自己陷入一场困局里面，无法走出去。

她偷偷地走到董明伟的房间门口，她知道从那天后，董明伟再也没有睡在自己的卧室，他一直陪着柳云霜，睡在“地下”。

她拿出铁丝，快速地把门锁打开，慢慢地走到董明伟的房间。

地毯下是一个巨大的洞，董明伟正在给柳云霜梳头。

她的长发及腰，几乎没有一根白发，董明伟珍视地把她的头发捧起来，小心翼翼地贴在自己的脸上。

柳云霜已经没有表情，痴痴地看着一个地方发呆，刚来时的潋滟婉转统统不见了，她像一个没有灵魂的玩偶，任由董明伟摆布。

“霜儿，你永远那么美。连你生的孩子都和你一样美。”董明伟摸着她的脸，像一个为爱痴狂的疯子，“可是你为什么不给我生啊？我也想要有一个和你一样漂亮的孩子。”

董明伟拼命地摇晃柳云霜的身体，牛奶一样光滑白皙的身体，仿佛透着食物的香气。

董明伟把柳云霜压在床上，健硕的身躯覆盖在她身上，宽大的手掌轻轻抚摸着她每一寸肌肤。

“霜儿，霜儿我爱你……”董明伟的嘴里不停地重复着这句话，伴随着沉重的喘息。

小舞虽然年龄不大，可是她却知道董明伟在做什么。

她站起身，缓缓地走开。

她没有了最初的惊恐，只剩下平静和悲伤。

爱一个人，却无法得到，要用这样极端的方式来获取，是多么可悲。

她开始有一点明白董明伟为什么对他们那么残酷，或许只有通过残酷才能时刻提醒自己，不要做愚蠢的事情。

这是两个可悲又可怜的人。

小舞只身一人走在铁轨上，夜晚的铁轨边上，残破路灯在闪闪烁烁。

她在铁轨上来回地走着，仿佛怎么样也走不到头。

“小舞，你是不是喜欢上了展凌萧？”陆竟夕的声音在她的身后响起。

小舞转过头，她没想到陆竟夕会出现在这里。

“哥，你在说什么？”小舞想逃避他的问题。

“你不可以跟他在一起，也不可以喜欢他。”陆竟夕当机立断地阻止道。

“我没有喜欢他。”小舞试图反驳，可是这句话她自己说得都心虚。

陆竟夕走近她：“如果展凌萧知道他妈妈变成这样，你觉得他会怎么做？

如果他知道你一早就知道了这件事却在瞒着他，你觉得他会怎么想？”

“那个后果，是你和我都无法承担的。”陆竟夕循循善诱，“即使你和他在一起，你也是活在煎熬里。哥是为了你好，哥不希望你受到一丁点的伤害。”

小舞看着陆竟夕的眼睛，那里流露出的担忧使她动容。

陆竟夕不是她的亲哥哥，可是这么多年，他却像一个亲哥哥一样对她，凡事都以她为先，把她放在第一位。

“哥，我知道该怎么做。我不会让你担心的。”小舞垂着头，笃定地做了决定。

陆竟夕摸摸她的头：“哥真希望你现在就毕业，我们离开安和巷，离开老爹，离开这里所有的一切，去过自由自在的生活。”

“会有那一天的。”小舞天真地想。

只是陆竟夕没想到，他终于等到了那一天，却是在几年后的监狱大门前。

他那么极力地想要保护好小舞，可是他们最终，还是没能摆脱命运的枷锁。

第六章 徐徐回望

生活总是在推动着我们向前，逼迫着我们决定，它处处充满了惊喜，也随时都是陷阱。

1

入夜后的环球商城，仿若鹭宁的一颗明珠。

古欧的建筑，圆弧形的水蓝色玻璃穹顶，新中式和欧式的完美结合，连墙岩上的雕花都传达出古罗马的华贵。

陆佳期穿着一件宝格丽的连身装，头发恰到好处地挽成一个髻，发上点缀一片意大利名师制作的银叶发饰。

她站在展示台上，显得端庄而恬淡。

今天是“童心”玩具厂入驻环球商城的开业典礼，陆佳期原本从来不参加这样的活动，可是商城负责方却提出要她出席才能让他们在商城最黄金的位置拥有一个铺位，偏偏这座商城左邻中环，右入市区，是个绝好的位置，失去这个商铺略微有些可惜。

所以，陆佳期非常捧场地出现在了这里。

活动有条不紊地进行着，活动项目进行到一半，中途请来了十几个可爱的孩子展示他们的玩具。

童真童趣，一切都在井然有序地进行。

活动接近尾声的时候，一个孩子拿着气球走到陆佳期的面前。

“阿姨，那边有个叔叔让我把这个气球给你。”孩子指向人群。

顺着孩子手指的方向，陆佳期看到了展凌萧。

他穿着一件白色的衬衫站在人群中，环着手臂冲着她淡淡地笑着，透明穹顶的光流泻下来，坠在他的嘴角，含着笑意的凤眼微微扬起。

他来了很久，却不声不响地站在人群中，默默注视着她的一举一动。

陆佳期有点懊恼，自己怎么没有看到他。

他指了指天空，像是一个暗号。

商城里突然开始播放《千千阙歌》：徐徐回望，曾属于彼此的晚上，红红仍是你，赠我的心中艳阳……

是陆佳期最爱的一首粤语歌。

主持人拿着话筒说："今天我们这儿有一个寿星，让我们一起祝福她，生日快乐。"

几个孩子推着蛋糕出来，是一个巨大的翻糖蛋糕，蛋糕上没有名字，没有蜡烛，只画着大片大片的小雏菊。

展凌萧拿着气球站在人群中，气球上写着："小舞，生日快乐。"

仿佛时光倒退，星辰变迁。

也曾有个少年，站在学校的树下，拿着气球对她说："以后年年岁岁，我都要陪在你身边给你过生日。"

她靠近他，闻着他身上的味道，那样温暖的味道，似乎永远都忘不了。

"今天我们童心玩具的活动有幸请到展家的三公子展凌萧先生出席，大家都知道，展家是我们鹭宁的大商家，展三公子年少从伯克利毕业，这么多年来热衷艺术事业，是一位不折不扣的艺术家……"主持人滔滔不绝地介绍着。

展凌萧从人群中走出来，眉眼风流，似有万丈光芒倾于一身。

他只是站着，就引来无数女生默默驻足、尖叫。

"今天展三公子来给童心玩具捧场，是不是有别的目的呢？"主持人故作神秘地问道。

展凌萧淡淡地笑着，扫过众人好奇的目光，拿过话筒，看着陆佳期道："我今天只是来捧一个好朋友的场，并没有什么别的目的，希望大家可以多多支持童心玩具。"

虽然没有指名道姓，但是主旨已经相当明显。

他就是为了捧陆佳期的场而来，真是给了她好大的面子。

若是对旁人，陆佳期还会勉强配合表演，可是面对展凌萧，她完全没有社交的念头，只是冷着脸退场。

展凌萧放下话筒一路追过去，拥挤的人群自觉地给他让出一条道。

待陆佳期走到停车场，展凌萧依然在她身后穷追不舍。

对展凌萧的纠缠，陆佳期有些不耐烦，脚下的步子凌乱，眼睛也完全没有去看路。

一辆车正好倒退出来，按着喇叭。眼看着车子差点要撞上她，展凌萧一把把陆佳期拽过来，抱在怀里。

“怎么走路的！”开车的人打开车窗谩骂。

“不好意思。”展凌萧道歉。

车主骂骂咧咧地把车开走了，展凌萧自始至终都把陆佳期抱在怀里，像是护住自己心尖上的一枚朱玉。

温暖带着好闻的男人气味，对陆佳期来说，熟悉而又陌生。

“展先生，你可以放手了。”陆佳期冷冷地看着他。

“我不放。”他牢牢地抱着她，目光熠熠。

“展先生，请自重。”陆佳期挣扎着，却又不想对展凌萧动武。

“你身上好香。”他凑近了去闻，鼻尖在她的脖颈上轻轻地划过。

陆佳期感到自己身体一阵战栗。

“你再不松手，就别怪我不客气。”陆佳期握紧拳头。

“我倒是很想知道，你对我怎么个不客气法。”展凌萧把陆佳期压在墙角，一双手臂围着她，俊脸靠过来，近得仿佛要贴上她的脸。

“展凌萧，你不要逼我！”陆佳期对展凌萧的亲近感到非常排斥。

“小舞，你脸红了。”展凌萧笑，在他面前，她还是会害羞。

“才没有。”陆佳期瞪着眼，不甘示弱地看他。

“只有董小舞，才会有这样的眼神。”展凌萧目不转睛地盯着她，“这么多年你去哪儿了？为什么我都找不到你？你知不知道，我有多想你。”展凌萧低下头，眼神迷离。

“我说了，你认错人了！”陆佳期拼命地躲避，她觉得展凌萧一定是疯了，他到底知不知道自己在做什么？

“你为什么要躲？你以前不是最喜欢这样逗我吗？那时候你的身上也是

这么香，眼神仿佛有电一样，你只要看着我，我浑身就酥酥麻麻的，只想这样死在你的怀里。”

展凌萧伸出手摸着陆佳期的脸：“你为什么会换了一张脸，是不是陆竟夕给你安排的？你们现在是什么关系？”

“展凌萧，你疯了。你知不知道你在做什么？”陆佳期冷静地提醒。

“我是疯了，我只要一看到你，我就变成疯子。”展凌萧笑起来，笑得有些诡异，“当年，你为什么……啊……”

展凌萧话还没有说完，就被人从后面用电棍打了一棒。

陆竟夕从他身后走出来，一把接过被电棍打晕的展凌萧。

“他都快吃了你了，你还不动手？”陆竟夕扫了陆佳期一眼。

“我动手不就穿帮了吗？以后我哪里还甩得掉他啊。”陆佳期理所当然地回答，刚才的窒息感消失了，现在才敢大口大口地喘气。

“现在就算不动手，你也甩不掉他。”陆竟夕把展凌萧扶到墙角放下，“他啊，现在花了巨资在调查我们。”

“真是个麻烦鬼。”陆佳期叹气。

陆竟夕打开车门：“快上车吧。”

“就这么把他放在这里？”陆佳期嘴上说着不在乎，可是担心的眼神却出卖了她。

“放心吧，一会儿会有保安来把他带走。不会出事的。”

陆佳期上车后，一直不放心地靠在车窗上看，直到看到保安把展凌萧扶起来，才放心地坐回座位。

“你还是放心不下他。”陆竟夕总是能一眼把她看穿。

“我明明换了一张脸，他为什么能一眼认出来？”车子开出停车场，陆佳期幽幽地说。

“展凌萧从小就是一只小狐狸。不对，是披着小狼狗外套的小狐狸，什么事情能瞒得过他呢。”

陆佳期轻轻地笑：“看来你的怨念，比我还深。”

“这么多年我经常在想，如果当年你没有遇到他，现在的一切又会是什么样子呢？”

“可惜这世上，从来没有如果。”陆佳期躺在椅背上，“生活总是在推动着我们向前，逼迫着我们决定，它处处充满了惊喜，也随时都是陷阱。”

如果没有遇到展凌萧，现在的陆佳期就不是她了。

可是人生，从来都没有如果，两个人从遇见的那一刻起，就注定了一生一世的羁绊。

2

十七岁的董小舞曾经不止一次地想过要和展凌萧断绝关系。

一种青春期的暧昧情愫夹杂在一个黑暗的秘密里茂盛地生长，让人贪恋、向往，却又无比恐惧。

这种恐惧和喜欢的混合体像是遍布的野草，只待星火燎原的那一天，所有的茂盛都会被一夕燃尽。

那种被无数恐惧包裹的幸福，无时无刻不在吞噬着小舞的内心。

她开始吃饭没有食欲上课提不起精神，就连最爱听的粤语歌磁带坏了也懒得管。

展凌萧发现了她的变化，以为是那天他唐突的表白惊吓到了她。

他小心翼翼地观察她的一举一动，帮她打饭、装水、买零食，把家里的CD带来给她听，下课也不去打篮球，就陪她坐在座位上写作业。

听话得就像小舞养的一只宠物。

更可怕的是，小舞的脾气开始展露出最坏的一面。展凌萧写作业，她骂他蠢，打水的时候把水倒了说水太烫，就连打羽毛球展凌萧帮她捡，她也要嫌他捡球的姿势不好看。

“你怎么这么笨？你怎么这么蠢？你怎么什么事情都做不好？”小舞用最厌恶的口气来骂他。

她以为她这么做，展凌萧肯定会发脾气，然后甩头就走，可是展凌萧偏偏不生气，扬着一张笑脸看着她：“我这么蠢，你可以多教教我嘛。”

小舞看着他讨好的俊颜，决绝的话顿时说不出口。

有一天放学，小舞说想吃学校街对面那家的冰激凌，展凌萧背着书包冲过马路去买。

那是放学的高峰期，街道上车水马龙，展凌萧拿着两个冰激凌站在马路对面焦虑得直跺脚，连红绿灯也不顾，一路闯红灯跑过来。

路上的车子都在按喇叭，好几次展凌萧差点被车子撞上。

小舞揪着一颗心，隔着马路遥遥地看着他，她脑子里开始幻想此时过来一辆车，把展凌萧撞飞，这样所有的一切都结束了，故事到这里全都停止，她不用日日为这个人煎熬，更不用在得到和背弃之中两难。

可是当展凌萧拿着甜筒走到她跟前，像献宝一样把两个冰激凌放在她面前的时候，她又心软了。

“小舞吃吧，有些化了。不够我一会儿再给你买。”他额上的汗水顺着脸淌下来，少年青涩而俊秀的脸庞透着光亮，目光里是亮晶晶的暖。

“我不想吃了。”她冷淡地说。

“那你想吃什么？”展凌萧跟在她的身后，不知疲倦地问。

她停下来转过头看他：“你不觉得我很难伺候吗？你不觉得我很坏吗？”

“我觉得你很好啊。”展凌萧低头，“而且……我愿意……愿意伺候你。我就想待在你身边，你怎样对我都没关系。”展凌萧的声音越来越小，像个在表白的小媳妇，脸上泛起一片绯红。

小舞去看展凌萧手里的冰激凌，已经全部化在了他的手里。

她拿过剩下的蛋筒，咬了一口，酥脆甜腻，每一口似乎都能甜到心里。

就像眼前的这个男生，给了她无尽的暖，让她想推却又没有勇气推开。

她痛恨展凌萧令她煎熬地活着，却又沉溺在他的温暖之中。

她痛恨却又深深地迷恋这种感觉，像被人喂了毒药，在疼痛中心甘情愿地等待死亡。

3

那年的冬天来得特别早，刚刚进入十二月，天空中开始飘起了小小的雪籽。

小舞在和陆竟夕一起做“任务”的时候不小心摔伤了手，展凌萧着急得又是带她去医院，又是每天叮嘱她换药。

尽管小舞一再地表示不用这么夸张，可是展凌萧却还是坚持带她定期检查。

因为动静太大，很快连展凌萧的父亲展宏都知道董小舞的存在。

于是在展凌萧生日那天，展凌萧的父亲特意让展凌萧邀请小舞去他家参加生日宴会。

小舞本来不想去的，可是拗不过展凌萧的盛情邀请，她实在推辞不掉。

那是小舞第一次去展凌萧的家。

那是一栋建在风景区的豪华大别墅，门前有一个大得可以打高尔夫球的绿色草坪，别墅外的花园里种满了进口的花卉，用人们进进出出地忙碌着。

来的人并不多，却清一色的都是女生，里面有与展凌萧青梅竹马一起长大的林笑笑以及与展家有生意往来的各家名媛小姐，她们打扮得花枝招展，正在殷勤地和展凌萧聊天。

小舞穿了一件桃红色的长裙，从陆竟夕的小电驴上走下来。

黑发被大风吹散，露出一张清新秀丽的容颜。

“哥，要不我回去吧。”小舞来了却又没有勇气走进去。

“你回去也没心思做事儿，回去干吗？”陆竟夕虽然无奈，可是又不想她不开心。

“我这样拖拖拉拉的，是不是挺没劲儿的？”

“我们活到现在，做过几件有劲儿的事儿？”陆竟夕拿过一个袋子递给她，“忙了一上午的心意，别忘了。”

展凌萧大老远就看到陆竟夕，他每时每刻都出现在小舞的身边，每次出现都让展凌萧觉得刺眼，可是展凌萧却没有办法把他赶走，这让展凌萧很是懊恼。

“有没有搞错啊，居然还有人坐电动车来？”林笑笑看到远处的小舞，忍不住在一旁嘲笑。

展凌萧根本没把林笑笑的嘲笑放在眼中，丢下所有人，直接奔向小舞。

陆竟夕的车子开远，小舞站在原地，拎着袋子，没有动。

“你来了。”展凌萧跑到她面前，有些踌躇，又掩不住内心的欣喜，只是伸出手，帮她把凌乱的头发捋顺。

这个亲昵的举动，让身后一群女生倒吸了一口气。

展凌萧平日里虽然讲话轻浮，却从来不主动靠近任何人，更别说做出这么亲昵的举动。

那种对一个人藏不住控制不了的喜欢，任谁都能看得出来。

“生日快乐。”

展凌萧看到小舞手上拎着的袋子：“这是给我的吗？”

“嗯。”

展凌萧把袋子里的盒子拿出来，一个圆形的保鲜盒里装着一块黄澄澄的米糕，蓬松，散发着牛奶和鸡蛋的香气。

“你亲手做的，肯定很好吃。”展凌萧开心地把盒子紧紧抱住。

“三哥！你拿着什么好吃的？我也要吃！”展凌欢不知道从哪里跑出来，像是故意要破坏展凌萧的好事。

“才不给你，这可是你小舞姐送我的爱心蛋糕。”展凌萧像护着宝贝一样护着手里的蛋糕。

“小气鬼，谁要吃你的蛋糕，下次我生日的时候，让漂亮姐姐给我做个更大的！哼！”展凌欢看着小舞，“漂亮姐姐，好不好？”

“好，下次你生日，姐姐给你做个更漂亮的。”小舞不知道为什么，对展凌欢总是有种与生俱来的喜欢。

“姐姐你知道吗？你可是三哥第一个请来家里的女同学。”

“是吗？那你三哥平时都和男生玩啊？”

“是啊，你看我三哥长得那么好看，之前我可担心他的取向呢。”

“你乱说什么！”展凌萧给了展凌欢一记栗暴。

“漂亮姐姐，三哥打我！”展凌欢捂着脑袋告状。

“这丫头平时总爱看耽美小说，都被带坏了，你别理她。”

“我哪有被带坏！”展凌欢不服气。

“还顶嘴！”

“三少爷，四小姐，晚宴马上开始了，老爷夫人让你们进去。”有用人上前说道。

“好的。”展凌萧点头。

展凌欢拉着小舞的手：“漂亮姐姐，我们快点进去吧，让你看看我大哥和五弟，说不定你看了他们，就要移情别恋了。”

“展凌欢！”展凌萧一副要吃人的神情。

小舞在一旁笑着，看得出展凌萧和这个妹妹的感情非常要好。

展凌欢就是她从小最渴望成为的那种女孩子，无忧无虑丰衣足食，活在童话的世界里，天真烂漫。

任谁看了，都忍不住想多疼惜她几分。

4

说是生日宴其实就是一场普通的家宴。

展宏和展太太坐在主人位，客人坐在右侧，五个孩子齐坐在左侧一排。

年龄从大到小，男的英俊帅气，女的娇美灵动，这让小舞这种在家里见惯美男的，也有些吃惊。

董明伟对美有执着的癖好，不好看的孩子他从来不会捡回来，可是展家不同，这是血脉，一脉相承的好基因。

展宏的英俊和董明伟不分伯仲，四十多岁的中年男人，却极度意气风发，一身轻奢的西装被他穿得无比华贵，举手投足又有商人的精明老到。他身边的展太太，虽年近四十，却保养得仍然像二十多岁的女明星一般，处处透着一股婉约恬淡。

听说展太太是展宏娶的第三任妻子，在没有嫁给展宏之前是香港某知名电影公司的签约女星，出嫁后息影了，为展宏诞下一男一女，一心在家相夫教子。

展家有两个女孩、三个男孩，老大展凌杨是医科大学的高才生，老二展凌芸也是高分保送到财经大学，老四展凌欢刚刚上初二，老五展凌歌还在读初一。

这些资料小舞早就已经熟记于心，可是却是第一次见到真人，果真是耳闻不如见面，展家的孩子个个天资聪颖长相非凡。

尤其是老五展凌歌，虽然才刚上初一，却已是眉目俊秀，一双忽闪的大眼，如同琥珀一样，充满着好奇，又如同水般纯净。

他和展凌萧完全不一样，展凌萧是笑中带着深沉，懂得察言观色，从善如流，可展凌歌不同，他还像一块璞玉，纯粹干净。

“漂亮姐姐，这是我五弟展凌歌，长得好看吧？”展凌欢欢快地介绍，说完还不忘瞟展凌萧一眼。

展凌萧不悦地回她一个眼神。

“姐姐你好。”展凌歌乖巧地说道。

“你好。”小舞也礼貌地回应。

“三弟，这个小姑娘长得可真好看啊。”展凌杨故意给展凌萧竖了个大拇指。

小舞被说得有些不好意思。

“咳咳……”展宏一咳嗽，大家都闭了嘴，包括一直叽叽喳喳的展凌欢都噤了声，可见大家对展宏都充满了敬畏。

展凌萧的父亲展宏不动声色地看着小舞问：“你就是董小舞？”

小舞点点头：“叔叔好。”

“果然是一个很漂亮的姑娘，难怪我们凌萧自从转学之后，每天都魂不守舍的。”

“爸……你说什么呢。”展凌萧皱眉。

小舞只是笑笑，没有回答，她听出了展宏话里有话。

“我说的是事实嘛，你这个同学魅力真的很大啊。”展宏的口气半开玩笑半认真。

“人家小姑娘第一次到我们家来做客，你说这些做什么？看人家小姑娘吓得。”展太太出来打圆场，“今天是凌萧的生日，小妈没什么好送的，找人给你弄了一件球衣。”

“哇，这可是梅西签名的球衣啊……”有识货的人认了出来。

“阿姨真的好有心啊。”

“谢谢小妈。”展凌萧对展太太送的礼物并没有表现出多大的热情，只是礼貌地拿过去。

以小舞从小练就的洞察能力，她一眼就看出展凌萧在这个家中有着与别的孩子完全不同的疏离。

由于展太太开了这个头，大家开始纷纷送上各自准备好的礼物。

从瑞士手表，到非洲象牙，就连限量的坦克模型都有，全是价值不菲的东西，每一件都够小舞吃好几年。

她想起她送展凌萧的礼物，是她早上花了两小时才蒸出来的米糕，本来是想让展凌萧尝尝她的手艺，不过此刻在这些昂贵的礼物面前，她的手打米糕显得十分滑稽。

“不知道你送了什么礼物？”林笑笑故意问小舞。

所有人都好奇地看向她。

“漂亮姐姐送了三哥一个蛋糕！”展凌欢特别骄傲地说。

“这么贤惠？我倒是很想看看这个蛋糕是什么样子的？”

有用人正好把那盒米糕端了上来：“少爷，我把这米糕热了一下……”

“欢欢你说的蛋糕不会就是这个吧？既没有奶油也没有慕斯，连水果都没有，也叫蛋糕？”林笑笑惊呼。

众人更加吃惊。

“这个不是蛋糕，只是我做的米糕，配料很简单，鸡蛋、小米、牛奶和面粉。”小舞不卑不亢地解释，她从来没有觉得米糕有什么问题，因为那是她吃过的最扎实的糕点。

“这种廉价的粗粮你也拿得出手？”旁边的名媛显得不可置信。

“穷人就是穷人，连送的东西，我们都没见过。”林笑笑大声地笑起来，“安和巷那种贫民窟大概也就吃得起这种廉价粗粮了。”

“安和巷是什么地方？”

“穷人住的地方。”

“凌萧怎么会跟那个地方的人来往……”

姑娘们叽叽喳喳地聊着，话语里带着不可置信。

展凌萧皱紧了眉头，如果不是在家，他肯定要发飙了。可是现在在家里，在展宏的面前，还有这么多的人，他看了看展宏严肃的脸，嘴巴抖动了一下，最终还是没有发出声来。

“粗粮怎么了？粗粮也是粮食，更何况，这是漂亮姐姐亲手做的，比你们那些什么手表啊、包啊，来得用心多了。”展凌欢看不下去了，忍不住出来替小舞出头。

“欢欢你这话是什么意思？你的意思是说，我们的东西都比不上这个破粗粮？”

“你别一口一个粗粮说得那么难听，你会做吗？你现在去做一个给我尝尝？”展凌欢也毫不示弱。

“谁稀罕做这种烂东西！”

“你才烂！”展凌欢跳脚，差点要站到凳子上。

“都给我闭嘴。”展宏用力拍了下桌子。

刚刚战火弥漫的现场一下子又安静了下来。

“欢欢，你都十五岁了，整天吵吵闹闹的，一点女孩子的样子都没有。”展宏不悦。

“爸，是笑笑姐，她总挑事儿。”

“笑笑姐是客人，有你这么对待客人的吗？何况你笑笑姐和你三哥还是青梅竹马一起长大的，你现在帮着一个外人来和她吵架，你对吗？”展宏特意把“青梅竹马”和“外人”这六个字说得很大声，像是故意说给小舞听的。

“爸！你怎么这么说！”展凌欢气急了，甩了脸子。

“好啦好啦，怎么为这么个小事儿就吵起来了。”展太太冲展凌欢使眼色，“欢欢，你也真是的，今天是你三哥生日，你这样吵吵闹闹的还让不让你三哥过生日了？亏得你三哥平时那么疼你，你怎么一点也不知道体谅人。”

“你们都欺负漂亮姐姐，我不高兴！”展凌欢生气地交叉着手。

展凌欢生起气来，谁都拿她没有办法，一时间整个局面僵持不下。

“欢欢，生气的女孩可就不漂亮了。”小舞先打破尴尬，事情明明是围绕她展开，可是她却丝毫没有放在心上。

“你尝尝这个米糕，看看是不是真的好吃？”小舞拿起筷子夹了一块米糕，放到展凌欢的碗里。

展凌欢把米糕夹起来送到嘴里：“哇，好好吃，还有一股蜂蜜的味道呢。”小女孩就是小女孩，气性大，忘性也大。

“这蜂蜜可是我们自己家养的，纯天然无添加，美容养颜。”

“三哥，你也尝尝，可好吃了。”展凌欢把米糕夹到展凌萧的碗里，“就咱俩吃，谁也不给！”

“你这丫头！吃我东西还装大方。”展凌萧嘴上这么说，手上已经夹了一块米糕放到嘴里，有滋有味地咀嚼。

尴尬的争吵被小舞轻描淡写的几句话带过了，展家众人对小舞的好脾气和临危不乱刮目相看。只有展宏从头到尾看小舞的眼神都是严肃深沉，让人捉摸不透。

厨房开始上菜，晚餐吃的是混合餐，澳洲牛排、马赛鱼羹、巴黎龙虾、鸡肉沙拉，还有一早空运过来的三文鱼、北极贝、海胆、金枪鱼。最后上的甜点是舒芙蕾和马卡龙配一份杏仁羹。没有固定的菜式，但是食材都是最新鲜顶级的。

吃牛排的时候，小舞拿着刀叉，笨拙地切着肉，刀叉和盘子发出巨大的声响，又惹来一阵发笑，但是她脸上丝毫没有尴尬的神情，切完之后拿筷子夹起来一口一口地吃着，脸上完全没有不悦，依旧吃得非常愉快。

这种镇定自若、悠然自得的神情倒是让坐在对面的展家兄弟姐妹看得目瞪口呆。

晚宴快要结束的时候，大厅里放起了音乐。

用人开始收拾餐桌，林笑笑随着旋律在大厅翩翩起舞，她的舞姿动人，看得出是有很强的功底，每一个动作都婀娜多姿。

小舞站在角落里，望着金碧辉煌的大厅，四处走动的用人，以及眼前跳舞的人，所有的绚烂对她来说都那这么不真实。

这里仿佛是另一个世界，一个她从未踏足过的璀璨世界，她一走进，就能真切地感到自己的贫瘠。

她清楚地认识到，这是一个她可以不在乎，却永远无力改变的世界。

展宏端着红酒杯走到她的面前："看到了吗？这里所有的一切都与你没有任何的交集。"

展宏的话伴随着音乐清晰地钻入小舞的耳朵里。

"我不管你接近凌萧的目的是什么，但是你在他身上，什么都不可能得到。"展宏的表情在笑，在外人看来像是在和她亲切地聊天，可是他说的话却透着深深的警告和厌恶。

"我没有想过在他身上获得什么。"小舞说得不卑不亢。

"你别以为我不知道董明伟和你什么关系？一个被骗子养大的女孩，能清白到哪里去？”展宏淡笑，目光是那样地从容自若，似乎早已摸清小舞的底细。

“让自己的孩子活在卑微和谎言之中的父亲，又能好到哪里去呢？”小舞虽然年纪小，可是在任何人面前，都不会露怯。

“你……你和凌萧，是天与地的差别，就别做什么灰姑娘的梦了。”展宏刚刚胜券在握的表情有了一丝惊惧，只能用恐吓的语气出声警告。

“我从不做不属于自己的梦。”小舞笑着，并没有因为展宏的话感到卑微。

原来这顿饭，是一场鸿门宴，展宏只是为了借机警告她。

展凌萧走了过来：“你和我爸在聊什么？”

“没什么。”小舞轻描淡写地带过，“我回去了，今天谢谢你的招待。”

5

小舞漫无目的地在景区里行走，明明是即将入冬的天气，她却感到身上有股深深的寒意。

虽然在人前她总能云淡风轻假装没事，可是展宏的话，始终在她耳边环绕，挥散不去。

本以为只是吃一顿简单的晚餐，没想到展宏对她有这么深的成见。

他只是以吃饭为名，让她看清现状，明白局势。

以前和展凌萧在学校上学，她从来没有感受到这么巨大的差别，可是今天所有的一切都是她亲眼所见，豪宅、用人、生活，都遥远得如同宫阙。

一个富家阔少爷，一个贫穷诈骗女，他们中间，横着千千万万的沟，有家庭，有世俗，有那么多的距离。

而她赖以维系的喜欢，在那些鸿沟面前，显得那么微不足道和渺小。

那个看似愿意为她全心全意付出真心的展凌萧，在他的父亲面前懂事讨巧，努力扮演一个好儿子的角色，连一句忤逆的话都不敢说，他那么胆小，却又那么可怜。

小舞走到一片长满青苔的栈道上，栈道的中间空了一大块。

上面写着“前方施工，请勿往前”。

她探头望下去，栈道下面是一个巨大的黑洞，乌压压的一片，什么都看不见。

多像她和展凌萧中间的那个黑洞。

“小舞。”展凌萧在她身后喊她。

她转过身，看到展凌萧手里拿着一个披肩，看得出因为他追得匆忙，额头上满是汗。

“你怎么来了？”

“我本来想送你回家来着。看你一个人在这里走，就没打扰你。”

“不要再跟着我了。”小舞有些疲惫地说，“从现在开始，不要再跟着我了。”

“你什么意思？我们不是都说好了吗？我陪在你身边，你不会赶我走的。”

“你再这样跟着我，也没有任何意义，只会让我们都痛苦。”小舞一语道破。

“我是不是哪里做得不好？你可以告诉我，我统统都可以改。”展凌萧听小舞这么说，有些慌张。

“算了吧，展凌萧。”

“什么算了？”展凌萧有种不祥的预感。

“你不要再对我这么好了，也不要再为我做任何事，没有用的，我们根本就是两个世界的人，不管怎么努力，我们都走不到一起去。”

“你为什么这么说？是不是我爸对你说了什么？你不用理他……”

“不用理他吗？”小舞打断他，“那刚刚在饭桌上别人都在奚落我的时候，你为什么一句话都没有说？”

“我……我只是……”展凌萧一时语塞。

“你要在你爸爸面前做一个好儿子，所以你不敢说，你怕说了他会讨厌你，会影响你在他心中的形象，对不对？”

“我……”

“你明明不喜欢林笑笑，不喜欢那些乱七八糟的小姐，可是你父亲生意需要，你就要把她们都请回来，和她们周旋，和她们聊天，为了讨你父亲的欢心，是不是？”

“……”

展凌萧没想到小舞会全看出来，他只是一味地想要在父亲面前扮演好儿子的角色，他没想到这些是另一种变相的懦弱。

“其实你心里明白，你离不开你父亲的庇佑，你不能忤逆他，你找一个你父亲完全不可能会接受的女孩，这件事本身就是错的。”

“不……我会努力的，我会改变这一切，我会改变父亲对你的看法，你不用担心，我们还有时间……”

“我们没有时间了。”小舞打断他，“我们身在两个不同的牢笼里，哪里都冲破不了。”

“你都没有试过，你怎么知道冲破不了？”

“我为什么要尝试？从小到大，我最痛恨的就是迎合别人，生活已经让我身不由己，为什么我还要活在别人的期望里？”

“你喜欢我，我也喜欢你，只要我们在一起，有什么事是不能改变的呢？”展凌萧抓着小舞。

“你别天真了。”小舞甩开展凌萧的手，指着那个破洞的栈道，“你看到那个黑压压的洞了没有？我们之间，横着千千万万个这样的洞，你跨不过去，我也跨不过来。不如趁早了断。”

“不，我不要和你了断，我这辈子，只要你一个。”展凌萧紧紧地抱住小舞，像疯了一样。

“你放手。”

“我不放。”

小舞的拳头落在展凌萧的身上，展凌萧吃痛地松开手。

她深深吸了一口气，强迫自己冷静：“我会离开实验中学，你以后都不要来找我，我们永远都不要见面了。”小舞丢下这句话，头也不回地朝前面走去。

风刮在脸上，像刀割一样疼。

“好，董小舞，你不是说我们中间横着巨大的鸿沟吗？如果这是你说的鸿沟，我愿意从今天开始跨过去。”

小舞听到身后“咚”的一声巨响。

展凌萧跳到了那个栈道的黑洞里，他没有喊疼，没有呼救，只有骨头接触地面发出碎裂的响动。

小舞感到自己的心随着那声巨响“咚咚咚”地往下坠。

她握着拳头咬着唇，努力不让自己回头。

这一次，她没有给自己选择回头的机会。

她下定决心，一定要和展凌萧一刀两断，和这份割舍不掉的情愫一刀两断。

许多年后，她常常想起那一天，仓促而疯狂的争执，指责和痛心的诀别，明明一切都已经到了尽头，明明已经毫无转圜余地，可是为什么命运却一再地把她与他捆绑，不到油尽灯枯，山穷水尽，绝不罢休。

第七章 生而为人

生而为人，本就是一种在峭壁上攀爬，沙漠中求生的困苦，再带着内心那一点点可怜的期盼，伪装的坚强，惶惶度日。

1

展凌萧因为摔伤住院了，很久没有来学校。

很多同学老师轮流去医院看他，回来都摇着头，说从来没见过展凌萧这样低落萎靡，平日里好端端的一张灿烂笑脸消失了。

他们说这话的时候都看着小舞，仿佛是要说给她听。

小舞一次也没有去看过展凌萧，她和平时一样正常地上课下课，作业做得一丝不苟连考试都未失利过。

女生在背后说她的心是石头做的，展凌萧平日里对她那么好，她却对他一点都不关心。

她自动屏蔽那些话，不仅如此，她还开始申请转学事宜。

她的一举一动好像要说明她和展凌萧已经一刀两断，他们没有任何瓜葛，决绝得没有给自己留一丝余地。

她太清楚，孤儿出身的她要想在这世上好好地活下去，她必须斩断这份感情。

只是每天晚上回家的时候，她做完饭，会安静地坐在厨房的窗户上逗一会儿雀鸟。

小鸟来来去去地飞，房梁上的燕子已经筑好了窝。

她抬头看燕子窝，想起展凌萧曾问过她：“你为什么那么喜欢鸟？”

她没有告诉过他，因为渴望自由，想像鸟儿一样自由自在地在天空飞翔，下雨了随便栖息在一户人家休息，孤独了成群结队地飞行，虽然它们的生命很短暂，可是它们在有限的时间里，肆意快活。

厨房外面就是长长的巷子。

做完任务的师兄师弟们在巷子玩游戏，几个漂亮的美少年，穿着整齐的衬衫，在霞光里，每一张脸都像是会发光。

他们爱玩石头剪刀布的游戏，输了的人要被赢了的人拿着弹弓打，年龄最小的十三总是输，三师兄拿着弹弓刚要打，他就赖皮跑掉，三师兄满巷子拿着弹弓追他，一边追一边喊："小十三你总是耍赖！看我不打死你。"

小十三抱头乱窜死不承认："每次都是我输，肯定老爹偷偷教了你什么出老千的办法！"

不料撞上迎面而来的陆竟夕，小十三一把跳到他的背上，紧紧地抱住他的脖颈，躲在他身后告状："大师兄，三师兄欺负我！"

"明明是你耍赖，快给我滚下来，受我一弹！"三师兄叉着腰喊。

"你们无聊不无聊？总玩这种游戏？三岁啊？"陆竟夕很无语。

"小十三这张人畜无害的脸，我看就是三岁……"

"哈哈……"旁边几个师兄抽着烟，哈哈地笑着。

破旧的巷子，四处断壁残垣，肮脏，衰败，透着垂垂老去的腐烂，没有良辰美景，赏心悦事。

可是眼前的一切让小舞感觉真实。

这是她熟悉的场景，是她从小到大生活的地方。

哪怕那么不美好。

霞光从天空罩下来，洒在这群少年身上，他们俊美的脸上带着欢笑，那种肆意的天真烂漫，是从无奈生活里生生挤出来的片刻放纵。

他们知道，笑过之后，他们又要为每个月的生活去奔波，去偷窃，去欺骗，这就是他们的命运，他们无法摆脱。

这里的一切才是真实的一切。

是小舞熟悉并认清的现状。

她从很小，就不做不属于自己的梦，她活得比任何人都清醒，所以不想自己被一时的欢乐蒙蔽了双眼。

董明伟在旁边用小灶做煲仔饭。

他祖籍广东，所以很喜欢做煲仔饭，从腊味饭到田鸡饭到普通的肉饭都特别中意，在小舞还小不会做饭的时候，董明伟经常焖一锅肉饭给他们吃，如果当天赚得多，还会再切几碟烧腊红肠双拼给他们加菜。

他尤其喜欢腊味饭，用上好的丝苗米洗净放到砂锅里，再把腊肉腊肠切成薄片，剁一些青红色的辣椒和青菜依次码在上面，再放料酒、盐、姜，一切就绪之后，打开小火慢慢烧，待水干之后掀开盖子，满室都是腊味的香气。

他做这些的时候，嘴里轻声哼着《帝女花》，眼睛微微眯起来，平日里冷酷严肃的眼神里充满着爱意。

为心爱之人做事的爱意，他不自知，却从眼角眉梢中流露出来。

小舞站在董明伟身旁，把这样的眼神尽收眼底。

他是那么真心地爱着柳云霜，也一直教导他们不要付出感情，可是他自己却早已情根深种，无法自拔。

2

这天的晚饭是在饭厅吃的。

董明伟吃得很快，吃完迫不及待地拎着做好的煲仔饭回房间。

时间久了，师兄师弟们都有些心领神会，知道董明伟在家里藏了一个女人，可是没有人去询问，说破。

长期的管教和非正常人的生活让他们变得非常识时务。

客厅里在放电视剧。

香港 TVB 的片子，《难兄难弟》里的萱萱年轻又貌美，每一个眼神和动作都流露出少女的娇羞，罗嘉良在里面总是不得志，做什么都倒霉，但是他的每次出场都是搞笑又逗趣，让大家发出阵阵笑声。

小舞心不在焉地吃着饭，霞光尽数落下来，逐渐被漆黑的夜色替代，小鸟扑腾着飞走了，窗外刮起阵阵穿堂风。

傍晚的好时光总是这么短暂。

“哟，窗外那个小娃娃是谁啊？”小十三先看到窗外的人，喊了出来。

小舞转过头，看到一双漆黑的大眼睛，默默地注视着她，怯懦又不知道怎么开口，只能站在窗户看着。

“哇，眼睛长这么大，漂亮死了。”七师兄也喊。

小舞认出来，那是展凌欢。

“小舞姐姐。”展凌欢怯怯地喊道，声音动听。

董明伟恰好不在，小舞慌忙站起身，走到门外。

房间里透出的微弱灯光，打在展凌欢的脸上，十几岁的小女孩，睁着好看的大眼睛。

小舞赶紧把她拉到远处的一个角落。

“这么晚了，一个人跑出来不怕危险啊！”小舞担心地说。

“欧阳哥哥送我来的，他会保护我！”展凌欢说到那个叫欧阳的男生时眼睛一亮。

“欧阳哥哥是谁？”

“是我们家管家的儿子，在安海大学读书。”

“你今天怎么突然过来了？”

“哦……”展凌欢赶紧说正题，“我三哥在医院不吃不喝快死掉了，你去看看他吧。”展凌欢哀求地看着小舞。

小舞听到展凌欢这么说，心里一惊，脸上却假装不在乎地说：“你别这么夸张，他怎么可能会不吃不喝？他不知道对自己有多好。你快回去吧。”

“姐姐，我没夸张！我昨天刚去看过三哥，他可可怜了。他被救上来之后骨头都摔断了，但是他不哭也不闹，整天什么都不吃，现在都靠打葡萄糖活着，我从来没见过他那样，他以前可爱笑了，现在我无论和他说什么他都不理我，我知道他就是伤心了，你一次都没去看过他，他可伤心了。”

“他过了这阵子就好了，你不用想太多。”小舞安慰展凌欢。

她没想到展凌萧会为了她折磨自己到这种地步。

“三哥真的很喜欢你的，他房间里都是你的照片，我摸一下他都不让。你去看看他，随便和他说几句话，别让他饿死就行。我求求你了，我不想三哥出事。”展凌欢的声音颤抖，仿佛下一秒就要哭出来。

“小舞，跟谁说话呢？”三师兄走了过来，看到展凌欢，一双邪魅的眼睛都挪不开了，“哟！这么漂亮的小丫头，细皮嫩肉长得像小娃娃似的，这小脸……”

三师兄伸手想捏展凌欢的脸，小舞赶紧把她往自己这边一拉。

三师兄为人阴邪，虽然他们走的是旁门左道这条路，可是他盯上的东西，下起手来比谁都狠。

“三师兄，这是我认识的一个小妹妹，你可别打她什么歪主意。”小舞把展凌欢拉在身后。

“你干吗这么护着她啊，我又不会吃了她。”三师兄笑了笑，眼睛始终没有离开展凌欢。

展凌欢害怕地躲在小舞身后，不敢直视眼前这个长得有些邪魅的少年。

好在此刻陆竟夕走了出来：“老三，老爹喊你过去。”

“小娃娃，我先走了啊，以后有空可以来找哥哥玩哦。”三师兄嘴角微弯，邪魅地笑着。

陆竟夕盯着展凌欢，又看向小舞：“你快点把她弄走，等老爹发起火来，就麻烦了。”

小舞拉着展凌欢一路走到巷子口，在巷子的转弯处看到有一个男生在等她。

大学生的样子，十分整洁温润，靠在墙壁上，拿着英文书在念。

一本正经的读书人。

“欧阳哥哥。”展凌欢欢快地喊道，三两步就跑了过去，热烈而急切。那种喜悦和她奔向展凌萧时完全不一样，这是一种幸福的甜蜜。

“四小姐，谈得怎么样了？”欧阳青和她讲话倒是非常恭敬，分得清主从。

“小舞姐姐不肯去看三哥，你快帮我一起劝劝她吧。”展凌欢很着急。

欧阳青走到小舞面前，彬彬有礼道：“你好，我是欧阳青。”

“你好。”小舞没想到展家管家的孩子也长得这样眉目俊朗风度翩翩，难怪展凌欢对他青睐有加。

“你们都不用劝我了，我不会去的，快带欢欢回家吧。”小舞不想听别人劝慰她的话。

“我没有要劝你，而且主人家的事情本来也轮不到我来多管多问。”欧阳青很成熟，讲话彬彬有礼，他和展凌萧的稚嫩与鲁莽相比，更像一个大人。

“四小姐，人你已经找了，现在可以安心回去了。”

“欧阳哥哥我不能走，小舞姐姐一定要去看三哥，要不然三哥会死的。”展凌欢焦虑而紧张地说道。

“如果一个人对另一个并不在乎，我们怎么劝都没有用。”欧阳青这话是对展凌欢说的，可是更像说给小舞听。

“三哥那么可怜……”

“快走吧，老爷一会儿回来发现你不在，你就惨了。”欧阳青转过头，礼貌地说，“告辞了。”

“姐姐，你想想，想想啊！三哥在安海医院七楼的VIP病房！记住了啊！你一定要去啊！！！”展凌欢一边被拽着往前走一边频频回头，还不忘叮嘱小舞。

3

一高一矮的两个人消失在昏暗的光影里，小舞看着他们离去的背影，觉得有些恍惚。

展凌萧真有那么糟糕吗？

他真的为了她不吃不喝？

小舞陷入一阵恍神中，直到巷子口的狗叫了两声她才回过神，慢慢地走回去。

陆竟夕在厨房洗碗，哗哗哗的水声从厨房传出来。

小舞站在房檐下看着房梁上的鸟，昏黄的灯被风吹得摇曳，她盯着那盏灯看了许久。

天地之大，活在世上的众生，无非是想寻觅一个避身之所，可挡风雨，可慰心怀。

那天她做完作业很早就上床了，可是却怎样也睡不着，闭上眼就想起展凌欢的话。

她知道如果不是展凌萧病得很严重，展凌欢不会跑到这里来找她。

看展凌欢焦虑的样子，丝毫不像是在撒谎。

展凌萧如果真的就这样病死了，她会难过吗？

那时的她，对死还没有什么概念，小时候觉得死挺痛苦的，后来长大之后发现，死不过是一了百了的事儿，最简单不过，于人而言，最难的是活着，体面又随心地活着。

只是一想到展凌萧会真正地消失在这个世界上，小舞的心里像是压上了一块巨石，闷得她透不过气。

她跳下床，披上外套，打开门。

陆竟夕坐在她房门外，拿着树枝在地上画圈。

“哥，你怎么还不睡？”

“我睡不着，就到你门口坐坐。”这是陆竟夕的习惯，从小到大他只要一睡不着就会坐在小舞的门前画圈。

“这么冷的天，你上屋里去吧。”

“你呢？你要去哪里？”陆竟夕没有接小舞的话，直接问她。

“我也睡不着，想出来练练功。”小舞假装舒展筋骨。

“你是不是想去看他？”陆竟夕站起身盯着她，像是早已洞悉了一切。

“没有……我……”

“我下午去看过他了。”陆竟夕突然说道。

“什么？”

陆竟夕拿出相机，把相机的屏幕放到小舞面前，那是展凌萧躺在床上的照片，华丽的病房里，他穿着病号服，脸色苍白。

“他的情况很糟糕。”陆竟夕说。

“你为什么要给我看这个？”

“我知道你放心不下他，虽然你这段时间假装没事，假装过得很好，可是我看得出来那些都是你强迫自己伪装的表象。”

小舞没有说话，无论她伪装得多么好，陆竟夕总是能一眼把她看穿。

“去看看他吧。那样你心里会好受一些。”陆竟夕说道。

“我……”

“这是电动车的钥匙，他的病房在七楼，不是太高，顺着管道就能爬上去，不过还是要注意安全，病房里只有他一个人。”

陆竟夕把电动车的钥匙放在小舞手心里：“天亮之前一定要回来，万事小心。”

陆竟夕走回自己的房间，小舞捏着陆竟夕给她的钥匙，感觉沉甸甸的。

电动车停在一旁，陆竟夕已帮她安排好了一切。

4

小舞骑上电动车直奔医院，夜里的街道上空空荡荡，一个行人都没有。

她感到自己的心像是离弦的箭，正在急速地朝一个方向飞奔，这么多天，她一直让自己保持冷静，她拼命强迫自己去忘记，只有这一刻，她才发现，她对见到展凌萧的渴望，强烈到像黑夜渴望白天，鱼渴望水。

夜里两点钟，医院静悄悄的，只有急诊室有人进进出出，灯火通明。

她把车停在住院部的墙根，三两下翻过墙去，展凌萧的病房在七楼，她这几天不止一次地在医院地图上看过那个位置，所以她一眼确定好方位，迅速地爬了上去。

翻墙爬楼这些都是从小训练的课程，她虽然驾轻就熟，可是平日里用得极少，她没有想到有一天会用在展凌萧的身上。

爬到七楼之后，小舞拿出铁丝轻松地把病房窗户的锁给打开，钻了进去。

在黑暗的病房里，她隐约看到蜷曲在病床上的身影，她似乎听到他均匀的呼吸声。

小舞慢慢地走近他，他整个身体都露在被子外面，眼睛紧闭，眉头深锁，像是在做一个可怕的噩梦，长长的睫毛微微颤抖着，平日里白皙光泽的脸暗淡无光，本是笑起来眼含桃花的男生，此刻却像是被霜打枯的野草。

他的手上还挂着葡萄糖的点滴，嘴巴里喃喃地说着话，小舞蹲下，凑近了去听，听到他不停地在喊：“小舞，小舞，你别走……”

小舞的心像是被人用力地敲打着，那么疼。

展凌萧的眼泪顺着眼角落了下来，可是他还是紧紧闭着眼，他仿佛在做梦，梦里还在挣扎。

小舞伸出手，轻轻抚摸他的脸。

他的肌肤微凉，两颊瘦得都凹了下去。

“唉。”小舞叹息，眼前的这个男生让她那么心疼，而她就是罪魁祸首。

展凌萧像是听见了小舞的声音，突然睁开了眼睛。

猝不及防，两人四目相接，冰冷的病房，漆黑的夜晚，窗外的月光照在他们的脸上。

小舞没有想到展凌萧就这么醒了，慌乱地想要缩回手，却被展凌萧一把抓住，紧紧握在手里。

“小舞，是你吗？真的是你吗？”他不停地拿脸蹭小舞的手，反复确定自己不是在梦中，“我这次没有做梦，真的是你，是暖的，你的手是暖的。”他又哭又笑。

“是我。”小舞低低地说。

“我就知道你是在乎我的，你舍不得我，对不对？”展凌萧抬起脸，眼角还挂着泪，一双眼睛红彤彤的，瘦削的俊颜上满是渴望。

“是欢欢来找我，让我来看看你，你们全家人都很担心你。”

“那你呢？你担不担心我？”展凌萧追问。

“我只是不想让自己背负这么重的罪孽。”小舞冷静地看着展凌萧，不想对他流露出一点的关心。

“你就是在乎我！你为什么不承认？承认你喜欢我真的有这么难吗？”展凌萧大声喊着，可是因为身体虚弱，连叫喊的声音都是嘶哑无力的。

“你这又是何必呢？”小舞看着他，“不要这样惩罚自己，更不要因为我这样冷血无情的人惩罚自己。”

“不，你明明那么关心我，你是在乎我的啊。”

“我已经在办转学手续了，等你回到学校，就不会再看见我了。时间会让你忘记一切，展凌萧，忘记我吧，我真的没有那么重要。”

“我不会忘记你的，永远都不会。”他的声音像是破碎的刀，细碎地刮在小舞的心尖。小舞不忍心看他这样，用力把手抽回来，站起身走到窗户边。

“小舞，别走。”展凌萧拔了针管要追她，可是脚一落地便摔倒在地。

他近半个月没有吃饭，再加上情绪激动，身体根本没有力气。

他倒在地上，却无力再动，只能悲伤地注视着小舞：“我知道你要走谁都拦不住你，你可以看着我摔死都不回头，你可以十几天都不来看我，你的心真的好狠啊，我恨我自己为什么就是不能忘记你，我更恨我自己为什么会

纵使世界给我风光无限，
没有了你，所有的一切，
不过是暗淡沉星。

喜欢上一个这么狠心的你。”

展凌萧绝望地趴在地上，喉咙嘶哑得几乎快要发不出声来，那么悲凉，像是一个将死的木偶。

展凌萧的每一句话，都一字一句地戳在小舞的心上。

她转过头，看到窗户的玻璃上，映出她身后展凌萧凄楚的身影，孱弱而绝望。

上一次展凌萧摔倒，小舞下了最大的决心离开，可是这一次，她再也忍不住心里的难过。

她承认自己根本放不下他，她心里真的有他。

小舞在窗前站了良久，最终深深叹了一口气，缓缓转过身走回去。

她一步一步慢慢靠近，最终在展凌萧的身边停下。

她的手落在展凌萧的肩膀上，轻声说：“地上凉，我扶你起来。”

展凌萧不敢相信自己的耳朵，刚刚还在绝望之中的他突然有了力气抬起头，睁大了眼睛看着小舞。

小舞去扶他，轻轻地就把他拉起来。

一段时间没见他，他瘦得只剩一把骨头。

坐下的时候，展凌萧一把将小舞搂在怀里。

少女身上的气味钻入他的鼻中，是他熟悉又温暖的味道。

他用力抱着她，生怕一个错过，她又会消失。

“小舞，我试过忘记你，可是我一想到要离开你，我的心就好疼。你的那些绝情的话像是在我的心上捅了一刀又一刀。可是我还是忍不住会去想你，我知道我是没药救了。”展凌萧的眼泪落进小舞的脖颈里，温热带着凉意，还有他身上淡淡的药味，萦绕在两人之间。

这个男生像一个孩子一样，鲁莽而偏执，可是对她却又是那样的全心全意，疯狂而极端。

他的每一句话都在牵动着她的思绪，他的每一个举动都在改变她的命运，她挣脱，却又沦陷，她像一只快要被打死的鸟，绝望却幸福地活着。

小舞没有推开他，任他抱着，两个孤独的人，心却牢牢地贴在一起。

许久之后，小舞看着展凌萧的脸，整个凹陷下去，眼睛哭得发肿。

她帮他整理衣服，把他的头发梳理整齐，从口袋里拿出手帕给他擦眼泪。

动作轻缓温柔，展凌萧大气也不敢喘，只是静静地盯着她。

“你是不是傻瓜？”小舞责备地问道，但是语气柔和了许多。

展凌萧眼睛亮晶晶的：“在你面前，我就是一个傻瓜。”

小舞咬着唇，没有说话。

“你说我懦弱，你说我无能，你说我不敢为了我们的感情抗争，这些我都承认，可是我愿意为了你去和我父亲抗争，去努力改变，我会让自己变得强大，让你摆脱现在的命运，我不是随便说说，我保证以后一定会保护好你，绝对不让你再受到一点伤害。”这些话展凌萧像是想了很久，郑重地和小舞说道。

“你相信我好不好？”他急切渴望得到小舞的回答。

小舞看着展凌萧的脸，理性让她拒绝，可是她内心有个魔鬼一样的声音，不停地冲出来，对她说：“去爱吧，就一次，试一试啊，不要后退。”

许久之后，小舞点点头：“明天开始要好好吃饭，好好调养身体，做一个健康又漂亮的人。”

小舞轻抚他的脸：“你知道，不好看的脸，我是不会要的。”

展凌萧听了半天才缓过来：“你的意思是……”

“接下去的这一年就算对你的考验，如果考验合格，毕业之后我会给你一个答案。”

“我一定会好好表现的，一定会。”展凌萧喜出望外，高兴得不知道说什么。

小舞低头浅笑，这么多天的阴霾终于一朝散尽。

爱情真是个奇妙的东西，前一刻还让你痛不欲生，下一秒又让你温暖安心。

“咕咕咕……”声音是从展凌萧的肚子里发出来的。

“饿了？”小舞问他。

“半个月没吃过饭了。”展凌萧有些不好意思地挠挠头。

小舞看了看病房里，桌子上放着几盒桶装泡面和几个果篮。

“如果不介意没营养，我给你泡个面吃。”

“你做什么我都不介意。”

小舞拿起电热水壶，插上电，再拆开泡面盒的盖子，把里面的调料包拿出来，不一会儿热水烧开了，她把滚烫的热水倒在泡面里，加上调味料，盖上盖。

做完这些，她又从果篮里挑了两个青蛇果，洗干净，切好。

高级病房就是不一样，碗碟刀叉，应有尽有，操作起来非常方便。

展凌萧坐在床上，默默注视着小舞做这些。

小舞把水果盘放在床头柜上，手里端着泡面："可以吃了。再搭配一些水果会比较好。"

"你喂我吃。"展凌萧得寸进尺。

"你自己没手啊。"

"我是个病人，全身无力。"他假装虚弱。

小舞明知道他在假装，还是把泡面喂到他嘴边："吃吧。大少爷。"

展凌萧真是饿了，吃得狼吞虎咽，连泡面汤汁也喝得一点不剩。

"让你不吃饭，现在知道饿了吧？"小舞对展凌萧讲话一直都不客气。

"呼，这真是我吃过最好吃的东西了。"展凌萧把空空的一个盒子捧在手上。

"少来，你大少爷什么没吃过。"小舞帮他把盒子丢到垃圾桶。

"偷偷告诉你哦，这是我第一次吃泡面。"展凌萧笑。

"第一次？"小舞不敢相信。不过想想也是，他一个有钱人家的少爷，平时怎么会吃泡面这种东西。

"小舞，你刚才给我泡泡面切水果的时候，我有一瞬间感觉自己好幸福。"展凌萧笑着，眼睛眯起来，心满意足地吃着水果。

"你的幸福来得挺容易的。"

"如果以后你每天都能给我泡个泡面，我想我这辈子都会幸福得死掉。"

"你要是跟我在一起，说不定就要经常吃泡面了。"小舞吓唬他。

"只要能和你在一起，我就是天天喝水也开心。"

"真是一个大傻瓜。"小舞淡淡笑着，觉得心里很暖。

病房里，他们两个并排坐在病床上，窗外的月光皎洁如霜，那样一个简单平静的夜晚，带着泡面的气味，却成为小舞很多年后回想起来，最珍贵的一帧画面。

平淡质朴透着深深的情义和温暖。

那种真挚的感情，在后来的岁月里，只要一回想起来，都会觉得温暖在心。

5

小舞那天等到天亮了才离开。

展凌萧一直不肯睡，缠着小舞聊天。

可是因为他太久没有休息，之前因为情绪紧绷和悲伤导致的失眠，现在身体一放松，很快困得睁不开眼。

天快亮的时候，展凌萧终于抵受不住困意睡了过去，小舞给他掖好被子，看了看他安静的睡脸，才从窗户口下去。

好在住院部位置偏僻，没有人看见。

她一看表，已经离董明伟起床的时间不远了。

她加快速度开着电动车赶回家，大老远就看见董明伟坐在巷子口，陆竟夕跪在一排细长的竹篾上。

她心里有种不祥的预感，董明伟是在等她。

等她开过去的时候，看到陆竟夕的腿已经在竹篾上跪出了血印子，他的脸色苍白，应该跪了不下一个小时。

董明伟在旁边拿着书，若无其事地看着。

小舞从车上下来，缓步走到董明伟的面前，喊了一声："老爹。"

"你还知道我是你老爹啊？我以为你忘了呢。"董明伟轻轻地抬头看她，"昨天去哪儿了？"

"老爹，我最近学习压力大，晚上出去散散心……"

"小舞啊，老爹从小怎么教你说谎的？一个谎话要让别人觉得可信，首先要镇定自若，绝对不能露怯，更不能迟疑、结巴，让人看出破绽。你从来都是学得最快的那一个，比任何师兄弟学得都好，现在竟然说句谎话就心虚，你这样让老爹很失望啊。"

"老爹，我只是去看一个朋友。"小舞知道对董明伟撒谎没有用，干脆直接说了。

"一个在住院的朋友，对吧？"董明伟声音清淡，早已洞察了一切，"平日里你和展家那小子来来往往，我睁一只眼闭一只眼，权当你好玩，现在你是给我玩上瘾了是吧？还半夜跑出去，让竟夕给你打掩护，以为能瞒天过海？还是当你老爹老糊涂了？”

“老爹，我没有想过要瞒着你，这件事都是我的错，我不该没有经过你的同意半夜出去，你要怎么罚我都行，但你别对哥哥这样，他是无辜的。”

“无辜？袒护你的人都是共犯，没有谁是无辜的。这是他应有的惩罚。”

“哥的腿本来就有伤，他受不了这个苦，你放过他吧。”

“小舞，你别替我求情，犯了错，老爹罚我是应该的。”陆竟夕脸色苍白，虚弱地说道。

“竟夕说得对，犯错的人，应该受罚，以前我对你说过，你犯错，我就让他受惩罚，老爹说到做到。”董明伟拿出藤条，一鞭打在陆竟夕的身上。

董明伟下手狠戾，一鞭下去直接把陆竟夕的背上打出一道血痕，可是陆竟夕没有喊出来，只是闷哼了一声，额头上冒着豆大的汗，死死咬住嘴唇。

董明伟一鞭一鞭地抽，小舞看得胆战心惊。

“我错了老爹，你打我吧，你别打哥哥。”小舞主动跪在了那排竹篾上面。

“小舞，你别……”陆竟夕想扶她，可是小舞跪着一动不动。

“我这辈子最恨的人就是姓展的，你背着我做了多少事儿，我今天不给你点教训，你是不会听话的。”

董明伟的藤条打在陆竟夕的身上，每一下都比打在小舞自己身上还要疼。

小舞不知道怎么办，有人陆陆续续起床了，一些师兄师弟站在远处，谁也不敢上前求情，生怕殃及池鱼。

“老爹，你别打哥哥了，别打了。”小舞抱着陆竟夕。

“小舞，你让开点，别让鞭子打到你。”

“哥，我不怕，最多被他打死，反正在这个地狱一样的地方，还不如死了。”小舞大声地说，不知道哪里来的勇气。

“你别乱说。”陆竟夕震惊地看着董小舞。

虽然她平时心里装了很多事情，可是她在董明伟面前永远都是一副乖巧又伶俐的模样，她懂得讨董明伟欢心，从来不会正面违逆他。

董明伟停下来，看着董小舞，他也没想到，这个看着乖巧的小女孩，会说出这样的话。

“你让她说，让她把她心里的话都说出来。”

陆竟夕拉着她，示意她不要说了。

小舞抬起头，目光定定地看着董明伟：“我们长大了，不可能一辈子都被困在这个鬼地方，我们总会有自己的生活，你不能这样操纵我们一辈子。”

“小舞，你知不知道你自己在说什么，你快和老爹道歉。”

“我没有什么可道歉的，我说的都是实话，他是养了我们，从小我们过的是什么样的生活，我们所有的技能都是为了可以更好地去偷去抢去骗，我们在他面前像狗一样，每个月出去赚的钱一大半都要给他，为什么我们要永无止境地过这样的日子，难道我们不是人吗？”

小舞的一席话让周围所有人都安静了下来，董明伟也愣住了，许久之后，他拿着藤条的手松了松：“哈哈……董小舞，你真的长大了，有自己的思想，也敢和我吵架了。啧啧啧，看来爱情的力量还真的很伟大，果真会让人变得天不怕地不怕。”

董明伟环顾了一下四周，笑着的脸立刻收起来，换上了一张凌厉的脸孔：“不过你别忘了，如果不是我把你们捡回来，你们早被那些遗弃你们的父母扔在路边饿死了，如果不是我，你们现在连做一条狗的资格都没有。

“在这里是委屈你了是吗？我教你们去偷去抢去骗让你觉得很羞耻了是吗？呵呵，董小舞，你以为展凌萧是真心对待你吗？他接近你的目的你以为有多单纯？这么一点情圣的小伎俩就把你骗了，你不可笑吗？”

“他没有骗我，他也不会骗我。”

“他是哪种人，我比你看得更清楚。”

董明伟站在董小舞的面前：“你说得对，你们长大了，会有自己的生活，自己的选择，我也不能困住你们一生一世，你选择相信那个小子，相信爱情，老爹也不会再过多地干涉，但是你要记住，人要为自己的选择付出代价。时间会告诉你，你的爱情有多愚蠢！”

小舞没有再说话，只是紧紧地握住拳头。

董明伟看看手表，若无其事地说：“到吃饭的时间了，今天没有人做早饭，老爹请大家去吃豆腐脑。”

董明伟提着藤条慢慢地向巷子口走去，小舞扶着伤痕累累的陆竟夕颤抖着站起来。

“哥，对不起，连累你了。”

“和哥还说这种话。”陆竟夕摇头，“你不应该和老爹说那些的。”

“哥，我总有一天会离开这里，离开老爹，一定有那么一天，我们会堂堂正正像一个人那样活着。”

“会的，一定会有那么一天的。”

悠长破旧的巷子，太阳从天边升起，巷子里的人陆陆续续地走出来，师兄弟们跟在董明伟的身边，逐渐淹没在清晨的雾气中。

后来董小舞和陆竟夕终于过上了体面而风光的生活，再也不用看任何人的脸色过日子，他们离开了肮脏贫穷的安和巷，甚至没有人知道他们的过去。

可是他们时常会怀念这里的一切，包括那些，带着血肉的痛恨和阴暗。

生而为人，本就是一种在峭壁上攀爬，沙漠中求生的困苦，再带着内心那一点点可怜的期盼，伪装坚强，惶惶度日。

第八章 各别两宽

同一个错误不会再犯第二次，同一个人，也不会再爱第二遍。

1

那个男人站在窗户下。

西装笔挺，身材颀长，仿佛模特一般。

他的手插在口袋里，微微仰着头，一张脸在月光下，是无与伦比的俊美。

漆黑的大眼睛盯着窗户的方向深情凝望。

仿佛那扇窗户就是他的爱人。

那么深情又动人的脸，是展家的五公子展凌歌，他所望的方向是罗菲的房间。

陆佳期坐在窗户旁拿着小刀削苹果，不消一会儿工夫一条完整的苹果皮脱落了下来。

她一口咬下去，发出清脆的声响。

她像在欣赏默剧一般看着展凌歌，周围所有的布景都是他的舞台，他即使一动不动，也已经是一出完美的剧情。

痴心的人最可怜，却也是最打动人。

隔壁罗菲的房间传来一阵响动，随之而来的是急速的脚步声，加上物品坠落的声音。

陆佳期叼着苹果走到客厅，看到罗菲正把一个巨大的布娃娃扔到垃圾桶，可是那个布娃娃太大了，垃圾桶只能装下它身体的三分之一，剩下一大半的身体都还露在外面。

罗菲有些懊恼，塞了半天也没成功，气得摊手。

“菲菲，干吗扔了呀，多好看一个娃娃。”陆佳期走过去，把布娃娃捡起来，那个布娃娃做工精细，表情栩栩如生，仿佛就是一个真正的人。

一看就不是工厂加工的大货，只有自己的手工，才会这么上心。

“你喜欢你拿去，总之不要让我看见它！”罗菲赌气地说。

“那我就拿走了啊，你别到时候舍不得。”陆佳期难得见到罗菲这样生气，她平日里总是喜怒不形于色，仿佛对任何事情都无所谓，这个娃娃能让她这么生气，可见大有来头。

“谁会对那个变态的东西舍不得。”罗菲说到“变态”两个字的时候，几乎是咬着牙。

陆佳期拍了拍娃娃身上的灰尘，美滋滋地拿到自己的房间里去了。

这么精致的娃娃，要怎样的用心才能做出来呢，她甚至能感受到做娃娃那人的认真。

如果真的要丢掉，她真替那个人可惜。

把娃娃安置好，陆佳期走到厨房，砂锅里炖的乌鸡汤已经开始散发香气，混合着西洋参和清甜玉米的气味，让陆佳期一闻就有好心情。

她盛了一碗，端在手里直往罗菲的房间走去。

罗菲房间的门虚掩着，此刻她坐在床上发愣，眼下常年挂着一片黑眼圈，可见办案辛劳。

“我们的大侦探，快喝碗乌鸡汤补补身体。”陆佳期把汤放到罗菲面前。

罗菲这才反应过来，端过陆佳期拿来的汤，慢慢喝着。

“佳期，我刚刚不是故意要和你发脾气的。”喝完汤，罗菲抱歉地说。

“我知道。”陆佳期像摸小猫一样摸摸罗菲的头，“你只是在生那个娃娃主人的气，对不对？”

“我不是生气，我只是脑子很混乱。”罗菲把碗放下，“你知道吗？我用了多少时间多少努力才让自己的生活变得平静，为什么他又要出现？为什么要来破坏我的平静？”罗菲说得有些激动，看得出来她这段时间因为展凌歌的出现，非常烦恼。

“我想，他是放不下你，如果他能放得下你，就不会这样一而再地忍受你的羞辱还要出现在你面前。”

“你……怎么知道？”罗菲有些讶异，她并没有对陆佳期说过她的事情。

“你这阵子总是睡不好，每次回来都怀揣心事，更何况我好几次看见他站在楼下满身是伤，不是你打的，谁打的？”陆佳期早已洞悉一切，只是从来不提。

“我不是要故意瞒着你，我只是不知道怎么开口和你说。”

“不用说，每个人都有自己不愿提及的过去，我理解的。”陆佳期总是这么善解人意。

“我不明白，我跟他已经结束了啊！不对，是从来都没有开始，我也根本不想开始啊……他为什么要缠着我？为什么就是不肯放过我？我真恨，我从来没有那么恨过一个人，恨到希望他去死。”罗菲紧紧握着拳头，声音是冰冷的。

陆佳期环住罗菲的肩膀安抚她：“仇恨不能解决任何事情。你要记住，你现在的身份是一名警察。不管当初有过怎样的伤痛，你现在都已经长大了，作为成年人，你要对自己和你的家人负责。”

“是啊，我已经长大了，不需要再看任何人的脸色过日子。不用再唯唯诺诺，担惊受怕。”罗菲悲伤地笑着，把头靠在陆佳期的肩上，“佳期，我曾经做过一场梦，好可怕好可怕的噩梦，只要一想起来就会害怕，感觉自己要死了，可是我能听到他的声音，感觉到他的温度，我拼命地想要逃开，可是我逃不开，他不让我走……他不让我走……”罗菲像是呓语，又像是在描述，声音发着抖，紧紧地握着陆佳期的手，不松开。

“睡一觉吧，你最近工作太累了，睡醒了，一切都会过去，所有的痛苦都会消失。”陆佳期的手轻轻地按在罗菲的额头上，为她舒缓压力。

陆佳期的手指像是有魔力一样，让罗菲很快放松下来，渐渐地她感到身体疲倦，靠在陆佳期的身上睡着了。

陆佳期把罗菲放到床上，给她盖上被子。

她睡得很沉，仿佛不会被任何事情惊扰。

这个外表坚强内心却惶恐的姑娘，终年活在过去的阴影里，她努力地办案不过是想随时牺牲自己，她从来没有从噩梦般的记忆中走出来。

罗菲和陆佳期很像，可是又有那么多的不同。

陆佳期推开窗，楼下那个人影已经不见了。

她深深吸了一口气，空气里，仿佛弥漫着一丝悲伤的气息。

两个悲伤的人正在靠近，不知道结局会是什么。

陆佳期想起多年前曾与展凌歌的一面之缘，当初那样一个单纯又天真的男孩子，是如何一步一步走到了如今讳莫如深的地步。

他对罗菲，到底造成了怎样的伤害？让她那么惧怕与他接触，每一次触碰，都像踩在崩溃的边缘。

他们之间一定有很多过往是自己不知道的。

每个人在成长的道路上都会经历千奇百怪的历练，一部分还能保持最初的真我，而另一部分却在悲伤和血泪中煎熬。

以付出惨痛代价织就的成长，回忆起来，总带着沉重的悲伤。

2

夜色渐垂，暗夜的星空如浓墨的山水，遥遥地缀着几颗孤星。

陆佳期打扮妥当，驱车去往市中心的新月酒楼。

今晚在新月酒楼有一场庆生舞会，为边氏集团新主人边城而设。

边家是鹭宁本地的商贾，经营一间百年老字号的酒楼。

新月酒楼从明清起始，流传至今。

新月酒楼以宫廷菜系为主，爆、炒、扒、炖，样样精致，最有名的是他们自家酿的雪中雾，听闻还未走到店门，大老远就能闻到其酒馥郁的香气。

早年间能在新月酒楼请客办酒，是身份地位的象征，所有达官显贵趋之若鹜，也曾一度饮誉鹭宁。

只是后来随着时代变迁，人们的生活提高，食客的嘴也越发刁钻，加之受到外来餐饮的冲击，饕客对老字号的一成不变有了乏意，新月酒楼生意一落千丈，酒楼差点面临歇业。

这时候边城的出现，改变了一切。

他亲自研发了十几道中西贯通的特色菜，还酿制出了一种可以治疗风寒腰腿疼痛的药酒，又把破旧的酒楼重新装修一番，增加了雅间，听昆曲、品茗的项目，酒楼生意一夕间起死回生。

不仅如此，边城还投资了几家新媒体和游戏公司，新新产业，却发展飞快，赚了个盆满钵满。

边城的名字在鹭宁城这三年来是一个传奇。

大家在对他的掌舵能力佩服之余，谈论得最多的还是他的身世。

因为他是边家老太爷流落在外的私生子。

他几年前才从法国回来，据闻他从剑桥毕业后却去法国做了米其林餐厅的主厨。

边老太爷一直没有对外宣布过这个儿子，很明显是要借今天的机会，和大家隆重介绍。

这次的请帖发至城中所有商贾，就连陆氏这个小小的玩具厂也收到请柬。

如果换在以往，肯定无人前来，可是今时不同往日，边家在鹭宁今非昔比。

城中商贾多少都要给上几分薄面。

世人习惯捧高踩低，在商客的眼中，没有永恒的敌人，只有永远的利益。

这场活动本是陆竟夕前来应付，不巧他今日在澳门谈生意，请柬递到了陆佳期的跟前。陆佳期看到请柬上边家的名字，想起他们家那件价值连城的白玉枕，不禁有些蠢蠢欲动。

多年职业养成的惯性，对别人家的宝贝有种贪恋的野心。

陆竟夕警告过她不许单独行动，一定要等他回来商榷，她并未放在心上。

3

陆佳期到达新月酒楼的时候，晚宴刚刚开始。

和陆佳期一同到达的还有林笑笑和她的表妹杜若云。

林笑笑依然是一身干练的装束，穿得非常低调，只是脸上妆容极精致，像是刻意为之，和她在一起的杜若云一身艳俗的粉裙，脖颈上戴一条璀璨的钻石项链，闪得人发晕。

“你怎么在这里？”林笑笑对陆佳期的到来有些警惕。

“我为什么不能在这里？难道林小姐来得，我就来不得？”陆佳期表面上淡淡回应。

恨有多深，爱就有多重，

所以，我恨你，所以，我爱你。

“表姐，这是谁啊？”林笑笑身边的杜若云问道。

“童心玩具厂董事长的妹妹。”

“小小的玩具厂也好意思来参加活动？我看是来蹭一蹭的吧。”杜若云根本没有把一个玩具厂放在眼里。

上流社会的人总有莫名的优越感，仗着家里的权势，不可一世。

“玩具厂再不济，好歹也是一个厂，工厂的厂，不像有的人家里马上要面临破产了。”陆佳期笑着回应，看着杜若云。

杜若云的父亲是鹭宁的地产大亨，不过这几年开发的楼盘卖得不好，再加上新盖的别墅区筹措不到资金，一时间资金链断，欠下一身债务，短期内若不还清，整个企业将面临破产。

此事虽没有对外宣布，但是陆佳期通晓鹭宁城所有商贾的详情，对杜家的底，早已了解透彻。

“你说谁家破产！”杜若云像是被戳中痛处，怒气冲天。

“请各位出示一下请柬。”在门口负责门禁的酒楼管事东子打断她们的话。

陆佳期和林笑笑递上请柬。

杜若云气急败坏地去翻包包，可是里里外外都翻不到：“我的请柬呢，我明明放到包里了，怎么会没有！”

“没有请柬是不能入内的。”东子礼貌又严谨地说道。

“你这个狗奴才怎么说话的！你知不知道我是谁啊？我是杜若云，还要什么破请柬！我的脸就是请柬！”杜若云正在气头上，一时出言不逊。

“真的很抱歉，这是我们少爷的规定，没有请柬的人不能入内。”东子没有理会杜若云的辱骂。

“你这个狗东西……再挡我道试试，信不信我让你们家少爷开除你。”

“即使少爷要开除我，您也要守这规矩。”东子不卑不亢。

“啪——”杜若云一个巴掌打在东子脸上，力气大得令人震惊，看来在家蛮横惯了：“狗奴才，本小姐给你脸你不要，还在这儿跟我说规矩，本小姐就是规矩。”

东子摸着被打的脸，回过头瞪着杜若云，敢怒却不敢言。

“看什么看，信不信我把你眼珠子挖出来。”

“你……”

“东子，让她们进来。”一道好听的男声从大厅里传来。

陆佳期顺着那道声音望过去。

一个男人由远及近地走过来，约莫三十岁的样子，白色的西装妥帖地穿在他的身上，挂着的黑色围裙还来不及拿下来，戴着一副金丝边框的眼镜，给俊朗的脸增添了几分斯文气。

看他的样子就知道，这位肯定是边家的新主人边城。

只是他的眉眼熟悉，好像在哪里见过。

是欧阳青，那个展家管家的儿子，虽然过去了几年，陆佳期还是记得他。

他怎么变成边家的掌事了？

豪门情史，总出人意料。

“笑笑，欢迎你来。”边城走过来，像是和林笑笑很熟稔。

“欧阳……不……现在应该喊你边城了。”

“名字只是一个代称，叫什么都无所谓。”边城讲话温暾，面部表情柔和。

“边少爷是吧？你来得正好，你家用人非要阻止我进去，态度恶劣，行为粗鄙，你是否该管管。”杜若云仗着林笑笑和边城的关系好，肆无忌惮地编排。

“不是的，少爷，是这位小姐没有请柬……我才阻拦……”东子一看就是老实人，说话都说不利索，为自己辩解还结结巴巴。

“我都说了我带了，只是不记得落在哪儿了，你那是什么态度？”杜若云见边城没有说话，更加得寸进尺。

“若云，别说了。”林笑笑呵斥她，“快和边少爷道歉。”

杜若云指着东子：“我为什么要道歉，明明是他们的人有错在先！”

“东子，你对若云小姐出言不逊了？”边城沉声问道。

“冤枉啊少爷，我刚刚只是让这位小姐出示请柬，她没有请柬就发脾气……”

“你胡说！明明就是你骂我在先！”

“哇，粉红女郎，我真的很佩服你耶，扭曲事实可以扭曲得这么彻底哦。”陆佳期实在看不下去，出言帮忙，“人家这位小哥哥一直很礼貌地在对你说话，是你一直在羞辱他是狗奴才，还打了人家一巴掌。”

“你多管什么闲事？你哪只眼睛看到我打他了？”

“你出门都不带脑子的啊？这小哥哥脸上的手指印可还清清楚楚，你要不要伸出手来比一比是不是你的杰作？”陆佳期盯着杜若云的手，她心虚地一缩。

“我知道了……你和他是一伙的，就是想污蔑我！你们这些下等人！”

“若云，够了，还嫌不够丢脸吗？”林笑笑大声骂道。

“表姐……”

“你给我闭嘴。”

杜若云这才噤了声。

“边城，很抱歉，是我没有管好她。”林笑笑诚恳地道歉，行为处事已经不是当年那个叛逆的大姐大。

“我想这其中一定是有什么误会。”边城并没有过多计较，“都别戳在门口了，快进去吧。舞会都已经开始了，我还想邀请你和我跳第一支舞呢。”

“好的，请。”

“哼，算你走运。”杜若云瞪了陆佳期一眼，踩着高跟鞋跟在林笑笑身后。

“还真以为自己是根葱？不过就是狐假虎威狗仗人势而已。”陆佳期轻蔑地笑了两声，走到东子面前，从包里拿出五百块递给他，“拿去买点好吃的，好好养养你这张脸。”

“不不，您刚刚为我说话我已经很感谢您了，我不能要这钱。”东子不敢收。

“好了，别废话了。”陆佳期不悦地皱眉，手只是轻轻地在东子的衣服上拂过，那五百块钱已经稳稳当当地装入东子的口袋里，“拿着吧，这是你应得的。”

“谢谢陆小姐。”东子愣了一下，还是心怀感激地说。

“不用感谢我，我并没有帮你。”陆佳期拍了拍东子的肩膀，“在这个世界上，我们常常要对很多人和事物低头，可是只要你的心是站着的，谁都不能把你踩趴下，知道吗？”

东子若有所思地点头。

“好啦，我进去吃东西了。”陆佳期整理了一下衣服，踩着十厘米的高跟鞋走进去。艳光四射，每一步都像是笼罩了光环。

展凌萧坐在监控室里，看着陆佳期的一举一动，听着他们的对话。

他一早就料到陆佳期会来，特意在大厅装了监听器，没想到一开始就让他看到了一场好戏。

无论过去多少年，她永远都是那样坚韧而勇敢地活着，无论生活里发生多少无奈，她总能平静而超脱地去应对。

监控里，陆佳期走到了酒楼的垃圾桶旁，从手包里拿出了一张请柬，撕掉，轻松地丢进垃圾桶。

那是杜若云的请柬，刚才她在所有人的眼皮子底下把请柬偷了过来，就是为了给杜若云难堪。

难怪她刚刚出头帮东子说话，像她那种见人死都只会冷眼旁观的冷漠性格，难得大发善心，不过是因为这件事的起因是她。

展凌萧看着监控里那抹身影，嘴角微微弯起了个弧度。

4

新月酒楼，经过一番装修，几乎焕然一新。

内堂是半开放式的结构，假山流水，红瓦砖石，有一棵古树矗立在正中央，树边卧着一口泉井，旁边依次摆放着一坛又一坛封了口的酒。

有名伶在台上抱着琵琶唱评弹，四处弥漫一股馥郁的酒香，仿佛置身在一个风月旖旎的时代，只想纸醉金迷，忘却尘事。

若不是来往的人穿着西装，一本正经地互换名片，陆佳期险些以为来到了旧时。

世间俗人，最能破坏风雅。

其实宴会都大同小异，吃饭、交谈，促进彼此的关系。

少女们来这里结识如意郎君，政客商贾来寻日后的合作伙伴，在上层世界，不是权力的争夺就是爱情之间的攀比，看上去相差甚远，实则殊途同归。

陆佳期端着一杯玉盏站在树下，细细观察着酒楼里的陈设布置。

鹭宁这座看似不起眼的小城，却埋藏着无数的宝藏，这似乎是所有富人的通病，他们都喜欢收集宝贝，像是私自养着的小情人。

而她最喜欢做的，就是把这些人的宝贝偷走。

一想到能挖走别人的心头所好，陆佳期的心里就有一种难以言喻的畅快。

边家的白玉枕她查了许久，才发现了一点点蛛丝马迹，就在三周前，她才断定，这白玉枕就在这间酒楼里。

但是具体放在哪个地方，却始终不得而知。

陆竟夕一直嘱咐她不要轻举妄动，可是今日这么好的时机，她可不想白白错过。

“是陆佳期小姐吗？”边城走到陆佳期身侧。

陆佳期吓了一跳，以为他发现了什么。

“你……认识我？”她很快镇定下来。

“我不认识陆小姐，不过我听我一个朋友说，在人群里最漂亮的那个就是陆佳期。今日一见，果然名不虚传。”

“你那位朋友肯定见过的美女不多，否则不会说出这么不实的言论。”

“我也觉得他所言不实。陆小姐哪里是最漂亮的，简直是又漂亮又特别。”

“边少爷真会哄人。不过通常夸一个女人漂亮，那就说明，她一无是处只是个花瓶。”

“如果陆小姐是一个花瓶，那一定是一个价值连城的花瓶。”边城很会说话，且深藏不露，绝没有他表面看到的那么单纯。

本来啊，能在这么短时间内让边家起死回生的人，又怎么可能会是等闲。

此时有人喊边城过去，边城微微欠了一下身子：“先失陪一下。”

陆佳期看着边城离开的背影，松了一口气。

他看似温和，可是身上却有一股强大的气场，像是所有的一切都在他的掌控之中。

不过几年时间，当年温文尔雅的读书人，竟发生了这么巨大的改变。

陆佳期放下手中的杯盏一路走向酒楼的卫生间，她早在卫生间的隔间里放了方便行走的夜行衣。

没想到刚走进卫生间，她就看到杜若云在对镜扑粉。

看到陆佳期走进来，杜若云一脸敌意地说：“哟，我以为是谁呢，原来是卖玩具的小姐。”

陆佳期笑：“好巧啊，这不是即将破产的落难公主吗？”

“你再胡说八道，信不信我让你们玩具厂在鹭宁混不下去。”

“小姐，我说你的台词应该换一换了，除了威胁别人，好像别的什么也不会，你有听过一句话吗？叫得越大声的狗其实越胆小，它叫那么大声只是为了掩饰内心的恐惧。”

“你说谁是狗！”杜若云气得不行。

“我可没指名道姓,你也不用自行带入。”陆佳期掏出口红,在嘴上补了补,“对了，你全身上下的行头都是去年的款了，是不是你们家都穷到没钱买新款了啊？”陆佳期笑着，“不过不用担心，我们家玩具厂定期需要一些站台的小姐，你如果没饭吃到时候记得找我，我们家展位还是可以给你留一个位置的。”

“你胡说！你！”杜若云冲上去就要打陆佳期，陆佳期一个转身，轻松躲开，杜若云没有站稳，直接摔在地上。

“你！你……”

“我可从头到尾都没碰到你，别赖我身上。”陆佳期没有理会她，直接进了卫生间的隔间。

杜若云从地上爬了起来，看到一身狼狈的自己，恼羞成怒地盯着陆佳期的方向。

她顿时想到了一个方法，把隔间的门从外面反锁，拿过水桶接了一桶水倒到厕所里。

等做完这些，杜若云才痛快地说：“你就在里面做你的落水狗去吧，看我不整死你。”

杜若云蹬着高跟鞋离开，陆佳期看着一地的水渍觉得好笑。

不过陆佳期顾不上去嘲笑杜若云的幼稚，而是直接从厕所的水箱里拿出早就准备好的夜行衣，夜行衣被装在密封袋里，取出来的时候滴水未沾。

陆佳期从卫生间的小窗户爬出去，一路走到酒楼的后面。

这里很僻静，周围没有人，她抬头看了看，这间酒楼的顶楼就是用来办公的，东西应该放在那一层。

现在是警戒最放松的时候，是最好的下手时机。

陆佳期把事先准备好的绳索丢到房顶，快速地爬上去。

酒楼的顶层有八间房间，长长的甬道，漆黑的光线。

她吹了一声哨子，白色的文鸟从窗户外飞了进来，在走廊里盘旋了半天，最后停在尽头的那间。

文鸟闻气味从来不会出错，陆佳期拿出铁丝，很快把锁给打开。

屋内是一间单独的小居室，打扫得非常整洁，四周都是复古的沉香做的根雕摆设，小小的空间里放着一张朱红色的雕花大床，红色的幔帐垂落而下，散发着诡异的氛围。

本来以为白玉枕会很难寻找，没想到她一进门就瞥见那个白玉枕放在雕花大床上，白皙通透，是上好的成色。

陆佳期怕有假，拿出红外线照过去。

光泽圆润，纹理清晰，怎么看都不像假的。

可是这么大的一个宝贝就这么随意地摆在床上，委实让人觉得蹊跷。

陆佳期摸着白玉枕，正在想这其中的玄机。

这时，一双手突然从她身后绕过来，宽大的手臂一把将她抱住。

她吓了一跳，想要挣扎，可尾随而来的一方手帕捂住了她的嘴，接着她的身体开始发软，怎么都使不上劲儿。

“哪条道上的小贼！竟然用这种卑鄙的下三烂手段！”陆佳期挣扎着，没想到自己一个没有防备，着了道。

身后的人没有回答，只是把她抱得更紧了。

他的身体健硕，隔着一层衣物，她甚至能感受到那人身上的肌肉线条。

“喂，你再不放开我，我就要叫了啊！”

“你叫吧，把大家都喊上来，告诉他们你就是大名鼎鼎的神偷飘……”熟悉的声音，带着沙沙的低沉。

是展凌萧。

“是你！”陆佳期怎么也没想到，展凌萧会在这里，看来他早有准备。

“是我。”展凌萧的唇若有似无地扫过陆佳期的耳际，让她一阵颤抖。

“你到底想怎么样！”陆佳期真是被逼急了。

“让我抱抱你。”展凌萧把陆佳期圈到怀里来，像抱一只心爱的小猫，薄唇轻轻地在陆佳期耳边吹着气。

像是有人拿着一支羽毛在她心上轻轻地拂过，又痒又臊。

陆佳期感觉自己全身像瘫痪了一般酥软。

“你好香。”展凌萧在她的耳边说，“这么多年我都在想，你是不是给我下了药了呢，为什么我总是对你念念不忘？”

陆佳期没有回答，她知道她一旦回答了，就是承认她的身份，不到万不得已，她绝对不会承认。

他把脸埋到陆佳期的脖颈里吸了一口气：“小舞，你信不信，即使看不到你的样子，只要闻着你的味道，我就能找到你。”

“展先生我说过很多遍，你认错人了。”

“我认错了吗？”展凌萧的手在陆佳期的脸上轻轻抚摸，从她的眼睛摸到她的鼻子最后到她的嘴唇，“是不一样啊。和我的小舞长得完全不一样。”

他的手上有细微的茧，在陆佳期的唇上来回摩挲：“可我知道，就是你，董小舞。”

陆佳期一口咬住他不安分的手，几乎用了所有的力气，牙齿和手指深深地交叠，一股疼痛涌上来，展凌萧皱紧了眉头，却一动不动，任由她放肆地去咬。

“咬吧，如果这样能让你开心。”展凌萧一点也不介意。

天哪，怎么会有这么无赖的人，陆佳期在心里大喊，终于松开了口。

“不咬了？”展凌萧轻笑，凑近了去看她的嘴唇，猩红的血混着她桃粉色的口红，有种妖艳的惨烈，“你是不是心疼我？”

“不要脸。”陆佳期不屑地说。

“这就不要脸了？”展凌萧把陆佳期轻轻地放在雕花大床上，薄唇微微抿着，“我还有更不要脸的呢。你想不想试试？”

“我告诉你，你要是敢对我怎么样，我哥一定会杀了你的。就算我哥不杀你，我也会亲手杀死你。”陆佳期虚张声势地说道。

展凌萧并没有因为陆佳期的话而有所忌惮，反而得寸进尺，颀长的身体直接覆盖在她身上，一张俊颜几乎贴着她，她能感受到他轻微的呼吸。

“你舍得我死吗？嗯？”他把玩着陆佳期的头发，像在逗弄自己家的猫。

陆佳期感觉自己身体的力气正在一点点地恢复，她的手摸索着去接触周围的物件，正好摸到床头的台灯，她用力抓住台灯，直直地朝展凌萧头上砸去，没想到此刻屋内的灯光突然亮了起来，伴随着屋外巨大的警铃声。

这个台灯竟然是个警报器。

“你可真下得去手。”展凌萧捂着自己流血的脑袋，不可置信地看着陆佳期。

“这算轻的了。”陆佳期把灯放下，冷冷地说。

她快速地走到窗户边打算逃走，可是窗户装了防盗网。

屋外的脚步声越来越近，她开始有了一丝焦虑。

万一别人进来，她该怎么解释?

展凌萧一边拿起枕巾擦掉自己额上的血，一边冲到陆佳期的面前：“快把衣服脱了。”

“脱衣服？你个臭流氓……”

在陆佳期抗议的瞬间，展凌萧已经把她的衣服撕开，他只是脱掉了陆佳期外面穿着的黑色夜行衣，然后迅速地塞进柜子里。

屋外的脚步已经到达门口，展凌萧一把将她压在窗户上，随即倾身而下。

“展……唔……”陆佳期毫无防备地被展凌萧吻住，温热的唇在她的唇上肆意放纵，带着激烈的疯狂，陆佳期一时蒙了，不知道该做出怎样的回应。

门被推开，边城以及一众保安伫立在门口。

俊男美女，倚靠窗边拥吻，画面香艳旖旎。

等他们看了几秒钟，展凌萧才停下来，带着依依不舍。

陆佳期的头发微乱，脸上一片潮红，看上去更加妩媚娇羞。

“警报响了我上来看看，好像打扰了你们……”边城微笑着说。

“我刚刚不小心碰到了这个房间里的开关，造成这么大的动静，真的很抱歉。”展凌萧不急不缓地解释道。

“是误会就好。”边城看了一眼放在床上完好的白玉枕。

“呃……让大家见笑了……”展凌萧假装不好意思的样子，“我和佳期一见钟情，干柴烈火……”

“明白……无须多言……”边城心领神会。

“不过希望大家帮我保守这个秘密，我们暂时还没有打算对外公布。”

展凌萧揽过陆佳期，甜蜜之情溢于言表。

“一定一定……回头再聊……那……我们先走了，你们……不用担心楼下，我会搞定一切。”边城是个识趣的人。

边城非常识时务地把门关上，关门的一瞬间，陆佳期看到一直站在边城旁边却自始至终没有出声的林笑笑，她的眼里露出一抹悲伤又仇恨的目光。

得不到爱的人总是那么悲凉，多少年过去了，依然没有改变。

门外的脚步声渐行渐远，直到楼下又传来歌舞升平的音乐，所有的警戒才算彻底消除。

陆佳期悬起来的心顿时放了下来，就在刚才她觉得自己肯定要完蛋了，一朝道行要毁在今天，还好展凌萧化解了这一切。

陆佳期抬眼去看展凌萧，他倚在窗边，一轮银月照在他的脸上，他的嘴上还沾着刚刚吻过她时留下的口红，圣罗兰的人鱼姬，点缀在他的嘴上，像一朵灼灼盛开的桃花。

陆佳期想起刚刚那个吻，心里流过丝丝悸动。

“我救了你，你要怎么报答我呀？”他靠近她，几乎整个人都要贴上来，“以身相许好不好？”

“展先生可真爱说笑。”陆佳期后退，刻意和他保持一段距离，“你设了这么大的一个局引我进来，还想让我答谢你吗？”

“此话怎讲？我可是好心好意地帮你。”

“帮我？”陆佳期像是听到了一个笑话，她的眼神环顾四周，“边老爷子虽然经营的是中式酒楼，但是他个人却喜欢欧式建筑，这个房间所有陈设都是上好的古木，就算要定制都不一定能找到这么好的木头。而且所有的东西一看就是年代久远，不是新做，很明显是从别的地方搬过来的，更别说这么贵重的白玉枕就这样随意地摆放在床上，一切都只能说明一点，这是事先设好的一个局，目的就是引我上钩。”

“啪啪啪……”展凌萧鼓掌，“多年不见，你的观察能力还是那么强。”

“展先生做这么多无聊的事情，难道就是为了验证我的观察能力？”

“我不觉得这个游戏无聊啊，所有与你有关的，我都觉得特别有意思。”展凌萧摸了一下自己的唇，一抹笑容凝在嘴边，像是在回味刚刚的美好，“何况我还得到了这么大的奖励。”

多年未见，展凌萧的脸褪去了青涩，长得越发成熟妖娆起来，一双吊着的桃花眼，只是静静地看着你，都仿佛含着浓浓的笑意，皮肤依旧是极白，脸上像是有光能透出来。

只是他的目光里增添了几分城府。

“既然游戏结束，我要回去了，希望以后展先生可以不要再纠缠我。”

“你又何必对我这么冷漠，我们连肌肤之亲都有过了……啊……”

展凌萧的身体遭受到陆佳期的重击，直接被打在窗边的墙上。

“你要是再乱说话，我会让你永远都说不了话。”陆佳期的胳膊压在展凌萧的脖颈上，愤怒地警告他。

“那我也不后悔，刚刚吻了你。”展凌萧一副无赖的样子，任陆佳期压制着他，目光还是含着笑，“你就是小舞，我的小舞。”

“你闭嘴！你没有资格提到董小舞的名字，你不配。”

“你承认了，你终于承认了，你就是董小舞。”展凌萧开心地大笑，连脸上头上的伤也不顾了。

“董小舞早就死了，他是被你活生生害死的。”

“当年的事情是我不对，可是你连一个赎罪的机会都不给我，我……我……”

“你怎么赎罪？你能让老爹活过来吗？你能让我变回以前的董小舞吗？我就是想离你远远的，让你一辈子都找不到我，你为什么要出现？为什么阴魂不散地缠着我？”陆佳期少有的情绪失控，她突然明白了罗菲的那种恨和愤怒。

展凌萧抿着嘴，看着陆佳期这么长久以来难得的失控，他的心里反而感到了一丝安慰。

他一点都不怕她骂他、打他，只要这样能让她好受一点，他都愿意承受。

何况这本来就应该是他该承受的。

“我很想你。”许久之后，展凌萧说了这四个字，说完，他的眼眶泛红，浸透着无限哀伤。

陆佳期心里一疼，仿佛有风，从十七岁的雨季，穿越时光蔓延到她的心海。

她突然意识到自己刚才的失控有多么可怕，她更意识到，她对眼前这个男人，竟然还有着割舍不下的情感。

她为自己的不舍感到悲伤。

“不要再做无谓的事情了，同一个错误我不会再犯第二次，同一个人，我也不会再爱第二遍。”陆佳期松开手，没有了刚刚的愤怒，又恢复了往日的平静。

她垂着眼，走到房间门口，一把拉开门。

走廊的风迎面吹来，是潮湿又黏腻的触感，她停下来，微微转头道：“一别两宽，各生欢喜。”

门被缓缓关上，陆佳期的身影消失在展凌萧的面前，窗外有沙沙的声响，小雨从空中落下来，滴落在屋外的梧桐树上，像是大自然的哀乐。

“解怨释结，更莫相憎，一别两宽，各生欢喜。”

这是唐代《放妻书》里的句子。

多年前董小舞把这句话写在一张洁白的纸上，让陆竟夕拿给他。

他知道那句话的意思，让他们好聚好散，断了之前所有的情。

那是他最后一次见到董小舞，从此世上就再也没有了这个人，那个他深爱的人，带着对他的恨意和绝望，从这个世界上彻底消失了。

第九章 最后一面

没有一个秘密可以天长地久，没有一个人可以一生一世。

1

董明伟死于小舞高三那年的一个雨夜。

杂草丛生的铁轨，旧灯一路逶迤消长，细碎迷离的雨被路灯照成一片朦胧的雨雾。

他穿一件灰麻的中式短衫，萧索地站在铁轨上，手里抱着一壶酒。

英俊又悲凉的脸孔静静地仰望夜空的方向，满目悲凉。

他转过头看着小舞说道："杀死我们的从来不是别人，而是我们自己贪恋的心。"

他迎着铁轨的深处走去，像是做好了一切准备的信徒。

一辆载货的火车从远处驶来，鸣笛声犹如悲伤的呜咽。

"轰——"的一声。

刺耳的声音炸裂，漫天都是红色的雨水。

董明伟用这种几乎惨烈的方式结束了自己的生命。

此刻正是寅时，日月交替，初露天光，整座城市还在沉睡中。

小舞记得小时候董明伟教她背十二地支，他说十二时辰里，他最喜欢的就是寅时，那是日月交替的时辰，寅代表着寒土中屈曲的草木，喜欢迎着明媚的阳光从地面伸展。

从黑夜到初晨，就像从阴暗里窥到希望。

那时候小舞总不屑他的言论，于她而言，从小在这样的环境里长大，人

思念就像四季的风，
永不停歇，
而青春岁月里那些动听的话，
无论过去多少年，依然犹然在耳。

生还有什么希望，不过是行尸走肉地活着。

后来她在监狱里度过了最阴暗的三年，她终于明白了董明伟话里的意思。

行尸走肉是生活最终的常态，可是即使生活在黑暗中，我们的内心还是要怀着希望。

带着希望的人，才能在残酷的世界里，活出一点不一样的意思来。

2

对于小舞来说，第一个给她希望的人就是展凌萧。

虽然早就不相信任何人，可是当这个少年闪着发亮的眼睛和她保证的时候，她还是选择相信了。

那么好看的一个人，那么清澈的一双眼睛。

她的心里，第一次有了鲜活的感觉，第一次那么笃定地想要和一个人在一起，一想起这件事，她的世界里不再是杂草丛生，而是鲜花满地。

他们度过了青春里最美妙的一段岁月。

上课的时候两个人认真听讲，一下课展凌萧积极地坐到小舞的身旁，给她端水送食物，勤劳得像个小家仆。

小舞教展凌萧写题，他静静地趴在她的身边，目不转睛地盯着她看，比上课都认真。

小舞不喜欢篮球场，觉得那里闹腾，展凌萧便不再去打篮球，而是陪着小舞一起去打羽毛球。

午休的时间，在破旧的无人问津的羽毛球场，两个矫健的身影挥动着手臂一来一往地跳跃。

“喂，笨蛋，接我一招。”

“好好好，我是笨蛋，你是陪笨蛋玩的小蠢蛋。”

他们欢快地笑着，并没有什么过分亲昵的举动，可是他们在一起，就像有光从他们身上散发出来。

羽毛球场后面是学生宿舍的阳台，平时几乎没有人。

可是每次小舞和展凌萧打羽毛球，宿舍的学生像是商量好了一样，全体趴在阳台上看他们打羽毛球。

宿舍的阳台上，露出整片脑袋，场面十分壮观。

女生们吃着饭聊着天，羡慕得两眼放光。男生们像是欣赏美景，以度午休闲暇。

他们俩毫不畏惧旁人的目光，肆无忌惮地在校园里穿梭，完美得像是没有半点瑕疵。

起初嫉妒的声音里也有一些渐渐转为祝福。

也并非所有人都怀着敌意。

本来嘛，若要说有那么一个人能配得上展凌萧，或许只有董小舞了，不仅仅因为她貌美、成绩优异，更因为，展凌萧只有与她在一起，才会笑得那么灿烂。

也是从那时候开始，小舞想要摒弃坑蒙拐骗的生活，虽然她知道这么做很难。

她安慰自己，只要熬过高三这一年，她考上一所好的学校，她就可以离开安和巷，离开董明伟，去外面寻找自己的自由。

可是她忘了，困住她的从来不是一座城市或者一个人，而是她从出生就注定的悲惨命运。

3

为了完成每月董明伟交代的“任务”，小舞只能另辟蹊径去赚钱。

每天晚上写完作业，复习完功课，她开始准备要摆摊的食材和配料。

她站在厨房里，把新鲜鸡蛋、火腿肠、香肠、葱花，还有一些切细洒好拌料的肉丝逐一放到小推车上。

她给自己的定位是只卖主食，就是炒饭炒粉炒面，所以准备起来并不太难。

准备好这一切，她推车出门。

陆竟夕那段时间的腿伤严重，加上董明伟不让陆竟夕去帮忙，所以每次陆竟夕只能送小舞到巷子口便回来。

“哥，你放心吧，我自己能应付。”小舞不想让陆竟夕为她操心，总是这样安慰他。

小舞把小摊定在一家网吧的楼下，来这里玩游戏的学生很多，熬夜通宵的人也不少，在这里卖炒饭炒面最有赚头。

虽然她手艺不错，但是她刚摆摊的时候，也是门可罗雀。

她在摊位旁站了足足一个小时，也没有人来买，她琢磨着再这样下去可不行，她看着大街上来来往往的人，心生一计。

她先炒了三五份，然后撸起袖子对着大街上叫卖："又香又好吃的炒饭炒粉炒面，只要三块钱……"

她的声音清脆悦耳，又是个顶漂亮的小姑娘，路过的男生终于忍不住回头询问："这个怎么卖？"

"三块钱一份。"

"给我来一份……"一个男生抱着迟疑要了一份。

小舞麻利地给对方装好，递上。

男生吃了一口，脸上露出了惊喜的表情："真的很好吃啊，没想到你小小年纪炒饭这么厉害。"

"谢谢，希望以后多多光顾。"小舞很开心。

别人的满意对她来说是最大的满足。

小舞的努力，引来了不少的客人，连续几天生意都非常火爆，惹得旁边摊位的人十分不满，总觉得小舞抢了他们生意。

有一天快要收摊的时候，旁边摊位的人故意过来找碴。

几个五大三粗的男人走过来，把小舞的客人赶走，再走到小舞面前，恶狠狠地说："小丫头，明天开始不要在这里卖东西，听到没？"

"这里又没有写你们的名字，为什么我不能卖呢？"小舞和颜悦色地问。

"我们看你一个小丫头不想为难你，你别敬酒不吃吃罚酒。"他们吓唬她。

"反正我肯定要在这里卖的，不管你们请我吃什么酒。"小舞从来不怕威胁。

对方没想到小舞完全没有惧怕的意思，带头的男人扬了扬手里的棍子："你要不走，我们就把你的摊砸了。你摆一天我们砸一天！"

"那你砸一个我看看。"小舞笑着说。

"你……你别以为哥几个不敢砸！"带头的那个说完就拿棍子在她的摊位上狠狠敲了一下。

鸡蛋顿时裂开，黄色的蛋液流了一桌。

“你们几个大男人欺负一个小姑娘算什么本事！”展凌萧从后面走过来，一张脸因为气愤而涨得通红。

“哪里来的小白脸，还想替人出头？”几个大男人显然没有把展凌萧放在眼里。

展凌萧走到小舞跟前，挡在她面前：“我是她男朋友！怎么样？别以为她没人保护！”

“男朋友？哈哈，瘦得像小鸡似的。信不信我一只手就能把你拎起来？！”

“我告诉你，刚刚你们恐吓威胁的样子我都拍下来了，现在我只要一个电话警察就来，到时候我就把这个视频发给警察，让警察把你们都抓起来。”展凌萧晃着手里的智能手机。

“你小子可以啊，够狠的。我们要出事儿了，你也没啥好果子吃。”

“大哥别跟他废话，把他手机抢过来砸了，看他还拿什么威胁我们。”另一个男人直接冲过来要抢手机。

只是那个男人刚把手伸过来，就被小舞一把抓住，她用力地一扭，男人瞬间发出悲惨的叫声。

“疼疼疼……”男人痛得大喊。

旁边几个男人突然发现，小舞并不像看上去那么弱不禁风，顿时有了一些忌惮。

小舞没有趁机对那个男人再下手，她把手松开，走到带头的男人面前，语气温和地说：“这位大哥，不瞒你说，我还是个高三的学生，因为我爸生了重病，家里还欠了外面好多钱，债主每天都上门来催债，我不得已才出来摆摊的，要不然我好好一个小姑娘家家的干吗受这份罪不是，你们就看在我一个人不容易，也别找我麻烦了。我卖主食你们可以卖炒菜呀，我们卖的东西都不一样就不会抢生意了，如果你觉得不合适我们也可以商量一下看怎么分配比较合理，总之和气生财，你说对不对？”

“我看你功夫这么好，不像你说的那么惨的样子。”

“我爸以前是开武馆的，现在谁还练武啊，我武功这么好又有啥用，根本不赚钱！你别看我男朋友长得挺帅，贫穷贵公子，兜儿比脸还干净。我还要学习，还要赚钱，我这么命苦你们可不能为难我。”小舞说得情真意切，临了还挤出两滴眼泪表示真诚。

“算了算了，看你一小姑娘也不容易，以后这条街大哥罩着你。”带头的大哥像是被小舞的说辞触动了，领着几个小弟走了。

“你说你爸病重家里欠好多钱我就不说什么了，贫穷贵公子是什么意思？”展凌萧对于小舞给他安排的“身份”很不满意。

“夸你呢，夸你贵公子呢。”小舞抬眼看他，“贵公子，你又跟踪我了？”

“不是跟踪，我是恰好路过这里……”展凌萧说得心虚。

“噢，恰好路过啊，这条路跟你家南辕北辙，还真恰好噢。”小舞笑。

“我……我……”展凌萧低头，像是想不到合理的措辞。

“好啦，知道你关心我。”小舞并不想为难他，一边说着，一边去收拾砸烂了的鸡蛋。

“唉，鸡蛋都碎了，不过还好，还剩下一点料。”

“扔了吧，我送你回去。”展凌萧提议。

“扔了多浪费。”小舞看了看还剩下的一点面和粉，放在一起还够炒一份。

她把火打开，放油，下菜，再加入粉和面。几条嫩肉丝加上一点火腿在锅里翻炒，立刻散发阵阵香气。

展凌萧站在旁边，看着小舞挥动锅铲、颠锅，熟练得像是做过千百次。

“小舞，你在家里要干很多的活吗？”

“还好吧，和练功比起来，这都是休息了。”

“你刚刚干吗跟他们讲话那么低三下四啊？你又不是打不过他们。”展凌萧愤愤不平。

“你以为什么事儿都能用武力解决？亏你还从小接受高等教育呢，怎么跟愣头愣脑的傻小子一样？”

“谁让他们欺负你啊！看到就生气！”展凌萧孩子气起来真是让人没办法。

“你还好意思讲？我还没说完话，你冲上来逞什么英雄？我平时和你怎么说的，打不过人家就不要争口舌之快，回头挨揍的肯定是你。”

“我怕什么呀，我媳妇儿那么能干！”展凌萧笑道。

“谁是你媳妇儿！”小舞挥着锅铲。

“好好好，不承认就不承认，反正以后总要承认。”

“我有时候真怀疑，你到底是被我带坏了，还是你本来就这么痞。”

“我只有在你跟前才这样好不好！”展凌萧一脸理直气壮。

说话的间隙，小舞已经关上了火，她把一份面粉混合双炒装在一次性餐盒里，端到了展凌萧的面前：“贵公子，吃吧，尝尝我的手艺。”

“给我吃的啊？”

“那你以为我给谁啊？”小舞没好气地回。

没有桌椅，展凌萧站着吃。

小舞的手艺真的很好，展凌萧吃一口就能感觉到她的功底，虽然没有家里厨子的摆盘，可是味道却一点儿也不输。

“太棒了，太好吃了！”展凌萧称赞道。

“你表情也太夸张了。”小舞嘴上揶揄，心里却很愉悦。

展凌萧一口接一口，完全没有停顿地吃。

“刚刚……他们……砸你摊子……你为什么脾气还那么好……”展凌萧满嘴食物，讲话一顿一顿的。

“他们不是针对我，他们只是紧张自己的利益，因为这关乎他们的生活。出来讨生活的人，本来就很不容易，哪有什么真正的敌对，更没必要互相为难。”

小舞说这话的时候，透着对生活深深的体谅，她对别人的宽容和包容，是因为她知道，在残酷的社会中，大家生活得都不容易。

虽然她表面上冷漠又无情，自私又功利，可是展凌萧知道，她只是用这些假象来包裹真实的自己。

“这手艺我以后准被你养成一个胖子！”展凌萧咂着嘴，吃得心满意足。

“谁要养你啊，我还指望别人养我呢。”

“那以后我养你吧，养你一辈子。”他凑过来，一张妖娆的桃花脸，笑得灿烂。

“看你表现吧。”

小舞只是笑着，向天空吹了个口哨，有只白色的鸟从远处飞来，停在她的手上。

她轻柔地抚摸它的羽毛，触碰它的小脚，小小的一只鸟，在她手心里，没有想要飞走，反而极其享受她的逗弄。

后来的岁月里，展凌萧想起小舞，总会想起这一幕，她垂眼低头，手上停着鸟，纤纤手指在鸟的羽毛上移动。

他渴望能成为那只鸟，永远被她温柔地抚摸。

4

从那天开始，展凌萧每天都来小舞的小摊上帮忙收钱和打包。

一个帅气的男生，稍稍往那儿一站，虽然只是穿着一件简单的白衬衫、牛仔裤，可即便暗夜也无法掩盖他那张光华流转的英俊脸庞。

小舞的手艺本来就不错，加上有展凌萧这块门面招牌简直是如虎添翼。

尤其是上门的女客人更是络绎不绝，有时候炒完所有的配料，后面还在大排长龙。

“不好意思各位，今天的东西都卖完了，想买的明天再来。”展凌萧把最后一份炒面递上，礼貌地对后面排队的人群说。

“那明天你在吗？”

“你在哪里读书的？”

“……”女生们叽叽喳喳的声音不绝于耳。

展凌萧只是礼貌地笑着，故意不拒绝，其实只是想看看小舞的反应。

而小舞，转过脸去收拾东西，假装看不见的样子。

有天，有个漂亮的女人来买一份炒饭，接餐盒的时候直接紧紧抓住展凌萧的手，笑吟吟地问：“帅哥哥，你每天都在吗？你要每天都在，那我每天都来，对了，能告诉我你的电话吗？”

“不能！”展凌萧还没回答，小舞就已经气得把抹布摔在台面上，也不管手油腻腻的，直接把展凌萧的手拽过来，牢牢地握在手里，似笑非笑地说，“这位姐姐，这可不是帅哥哥哦，这是帅弟弟。而且他已经有主儿了。”

“哟，这么小气，碰都不让碰。”漂亮女人走的时候还不忘对展凌萧眨眼。

展凌萧刚想笑，小舞已经在他手上狠狠掐了一把，他吃痛地皱眉。

“痛……痛……轻点儿……”

“收钱都快收到别人身上去了？我看你挺能耐啊。”

“那有什么办法，谁让我长得这么帅呢。”展凌萧大言不惭。

“啧啧啧，不要脸。”

“在你面前我什么时候要过脸？”他笑，“我的脸都是为你长的。”

“油嘴滑舌，对我可没用。”

“你不喜欢听啊，那我去说给别人听喽。”

“信不信我给你毒哑？”

“你这样家暴我，我可是会离家出走的！”他抗议。

“那正好，我刚好清净。”

“你就直接说你吃醋，我不笑你的。”展凌萧靠过来，故意去看她的脸。

“少臭美了。”小舞不承认。

“没吃醋，把我手握那么紧？是不是怕我被人拐跑了？”

小舞这才发现自己的手还紧紧抓着展凌萧的手。

“谁有本事谁拐走啊，我才不稀罕呢。”小舞甩掉展凌萧的手继续去收拾东西。

“你就承认你吃醋又会怎么样嘛。”展凌萧伸出一只白净的手，用手指戳戳小舞的脸蛋儿，“我就喜欢你吃醋的样子，特别可爱。”

“干什么动手动脚！”小舞作势要伸手打他，手一伸，却发现手因为颠锅时间太长，酸得有些抬不起来。

“是不是很酸？”展凌萧温柔地把小舞的手捏在自己手心里，轻柔地帮她按压起来，手指的力度恰到好处，慢慢地捏在她酸痛的肌肉上，帮她缓解了不少。

他们难得地亲近，他的手指贴着她的胳膊，纤细的藕臂在他白皙的手掌里，仿佛是金贵的玉器。

“哎呀……你不用这样啦……”小舞表面上天不怕地不怕，可是展凌萧这样亲近的举动，她还是有些害羞。

展凌萧特别喜欢看她害羞的脸。

平日里她都是一副把任何人都拿捏七寸的悠然自得，难得在他的面前，像个小女孩一样。

“在我心里，你就是我最珍贵的宝贝。”展凌萧紧紧挨着小舞，她的头正好够到他的下巴，他一伸手，把她整个人抱到怀里来。

“让我抱抱你。”展凌萧的声音温温和和从她耳畔传来，温柔得让人无法拒绝。

夜里的街上，行人寥寥，没有人注意到这个角落里的两个人。

小舞靠在他的怀里，没有挣扎，也没有逃脱。

人的欲望是得寸进尺的，当别人给了你一点甜头，你就会想要得到更多。

以前她在故意躲避，现在她心甘情愿地被他圈住，心甘情愿地在他的怀抱里沉溺。

5

那半年的时间，难得的风平浪静，小舞的学习始终保持第一，连带展凌萧都进步到了年级前五十，没有人干涉他们的感情，就连同学们都从开始的奚落到后来的祝福。

他们像是灰姑娘和王子的童话，带给很多女生对爱情的向往。

有时候放学，展凌萧帮小舞背着书包，跟在她身后亦步亦趋，她走在前面让他背课文，他背不出来，小舞会毫不留情地打他脑袋。

“你能不能下手轻点儿，我真被打傻了怎么办？”展凌萧捂着头一脸委屈的样子。

“你要傻了，那我把你放在马路边，脖子上挂一个牌儿，上面写着：求好心人施舍我几块钱吧。我想凭你这脸蛋肯定很多人丢钱。”

展凌萧一脸委屈：“媳妇儿你真毒。”

小舞对他又是一阵暴打。

晚上他们的小摊生意红火，有时候忙不过来，十三会偷偷过来帮忙。

周围很多网吧，小舞让小十三把炒好的粉饭面拿去网吧贩卖。

小十三长得秀气又可爱，动作麻利，嘴也甜，拿出去的食物很快卖完了。

小舞的摊位渐渐做出了一些名堂，在那一带也有了一些名气。

每次卖空食材，小舞都会留一份炒粉给展凌萧当夜宵。

他们一起坐在破旧的折叠桌椅前，小舞会给他放一盘花生米，再拍一碟黄瓜当配菜，自己则买一个脆皮甜筒一口一口地吃着。

那是属于他们最安静的时光。

“以后我们上大学了，就自己在学校附近开个店，我负责叫卖你负责炒菜，店名我都想好了，叫萧爱舞。”展凌萧跷着二郎腿，不顾形象地吃着花生米，俨然一副小混混的模样。

“萧爱舞……”小舞一脑门的黑线，“大少爷，你取的这是什么名字啊。”

“展凌萧爱董小舞啊，简称萧爱舞，多好听啊。”展凌萧说得振振有词。

“我们只不过是个黑暗料理小摊儿，谁在乎叫什么名儿。”小舞吃着甜筒。

“我在乎啊，多有纪念意义啊。”展凌萧灿烂地笑着，“真想赶紧毕业，离开这里。”

“外面生活多辛苦啊，还是在家做大少爷好，衣来伸手饭来张口，什么都不用自己操心。”

“有什么好的，那都不是我要的生活。”

“你要的生活是什么样子的？”

“只要能和你在一起就行。”

“那饿死了怎么办？”

“我怎么可能让你饿死，我就是卖血卖肉，也得养着你啊。”展凌萧看着小舞，“何况我媳妇儿可是无所不能的小超人，怎么可能饿死。”

“媳妇儿你个头啊，我都说了多少遍了，没经过我允许，不能使用这个称呼。”

“那不管，以后你肯定是我媳妇儿，谁要跟我抢，我就弄死他。”展凌萧特别认真地说。

“那你得保证在那之前不被我弄死才行。”

“我看不好说。你总对我家暴，不知道哪天我就挂了。”

“少贫嘴，快吃！”小舞大笑，夹两口黄瓜塞到展凌萧的嘴里。

回安和巷的路上，他们一起推着车，头顶上是大片的星空，脚下踏着青石小路。

夜里四处弥漫着小城潮湿的气味，他们边走边看着对方，心里温暖无比。

抛开天差地别的悬殊背景，放弃绞尽脑汁去坑蒙拐骗，两个人朝着一个共同的目标前进，哪怕未来的日子没有那么容易，好像只要能在一起，什么都不觉得害怕。

6

美好的时光总是过得飞快，他们不知不觉进入高三的最后一学期。

或许是看到了展凌萧的决心，展家的人没有再为难小舞，而董明伟也没有阻止小舞和展凌萧在一起。

他们像两个被放飞的风筝，欢快地在天空里飞翔。

自由自在，没有拘束。

可是有时候，展凌萧还是会叹息。

他独自一人坐在学校的树下，对着一张照片发呆。

小舞走过去，他就赶紧把照片收到口袋里。

有次午休，小舞趁着展凌萧睡着，从他的口袋里把那张照片悄悄地拿出来。

那是柳云霜年轻时候的照片，顾盼流连的双眸，穿着西式的洋服，撑着一把伞，巧笑倩兮地站在花园里。

小舞的内心一抖，把照片又默默地放了回去。

她差点忘了，还有柳云霜的存在。

她不是忘了，而是故意不去想。

这个一直被董明伟藏在家里的女人，已经有些神志不清了，偶尔董明伟也会把她带出来，放在轮椅上，推着她去后面一片空旷的草地上晒太阳。

他会给她念诗，和她说话，给她唱歌，可是她却不会给董明伟一点回应。

董明伟除了把她困在那间小小的密室之外，对她非常疼爱，所有好吃好玩的都往她那儿送，还给她做了各种各样昂贵的旗袍。

柳云霜穿旗袍异常美，恐怕再也没有一个人能穿得比她漂亮，可是她的眼睛不再有神，看哪里都是一片空洞，就像董明伟的木偶人。

家里所有人都对这件事心照不宣，谁也没有去管。

从小每个人都习惯只顾着自己的生活，绝对不管别人的死活。

只有小舞不能置之不理。

柳云霜再怎样与她无关，都是展凌萧的母亲，是展凌萧一直在寻找的亲生母亲，如果没有因为这件事，小舞也不会遇见他。

她犹豫了很久要不要将这件事告诉展凌萧，可是她不敢去想告诉展凌萧这件事的后果，她更害怕这个后果是她不能承受的。

她甚至天真地想，或许她可以静静地守着这个秘密，永远不被任何人知道。

可是哪有什么秘密是能守得住的呢？

只要秘密存在，就不可能长久。

7

有天晚上，董明伟出门去买东西，密室的门没有关紧，柳云霜不知道怎的自己跑了出来。

她虽然有些神志不清，却依然认得逃走的路，她不敢回头，只是拼命地往外跑。

她跑到巷子口的时候，小舞正好和展凌萧推着车回来。

柳云霜撞到了他们小摊的车子上，摔了一跤。

黑灯瞎火的，小舞并没有看清楚她的脸，慌忙走过去扶她。

“你怎么样了？有没有摔伤？”小舞关心地问道。

微弱的月光照在柳云霜的脸上，那张绝美又萧条的脸，仓皇地看着小舞。

小舞吓了一跳。

“救我……救我……”柳云霜像是认出了她，害怕地对着她身后的展凌萧喊道。

眼前就是展凌萧日夜思念的母亲，而展凌萧此刻就站在她的身后，她只要转过身，告诉展凌萧，这是你母亲，或许会帮助展凌萧解开这么多年的心结。

可是这么做了之后呢？展凌萧会怎么做？董明伟会怎么做？她和展凌萧又会变成什么样？

小舞不敢去想。

她做出了人生中最自私、最错误的一个决定。

她牢牢地抓住柳云霜的手，用身体挡住柳云霜的脸，轻声说：“你迷路了吧？别怕，我带你回去啊。”

小舞假装安抚她，转身对身后的展凌萧说："这是我们邻居家的一个女疯子，精神不太好，我得赶紧给她送回家，你先走吧。"

小舞说完这段话，感觉自己的心都在发抖，还好有董明伟从小对她的锻炼，她撒谎几乎从来不慌张，哪怕心里非常害怕，表面上依旧淡然自若。

"要不要我陪你进去？"展凌萧像是什么都没有发现。

"不用了，你也知道我们家的情况，你去会很不方便的。"

"那……我先走了。"

"快走吧，别让司机等久了。"

展凌萧转过身，脚步声渐渐远去。

"柳阿姨，回去吧，老爹一会儿看不见你，他会不高兴的。"

柳云霜拼命挣扎着要走，可是还是挣脱不了。小舞从小习武，瘦弱的柳云霜根本不是她的对手。

小舞把柳云霜带了回去。当天夜里，小舞蹲在董明伟的房间里，听到柳云霜凄厉地叫喊着。

衣服被撕碎的声音，伴随着董明伟发了疯的咆哮，他像是一只野兽，用力掐着柳云霜的脖颈，在她的身上任意地驰骋发泄。柳云霜大声地哭喊着："求求你，放过我吧，求求你不要再折磨我了……以前都是我负你，是我对不起你，你现在也折磨我这么久，我们扯平了好不好……"她凄厉地哀求，完全没有了刚来时候的妩媚动人。

"不好！你欠我的，一辈子都还不清。"董明伟不停地在她的身上发泄自己的情绪，嘶哑的声音像是从地狱里发出来的，"我对你那么好，你为什么要逃？你这个骗子，十几年前你骗我，十几年后你还骗我……可是我就是爱你这个骗子……"

"你疯了……"柳云霜绝望地哭泣着，难得清醒。

"我是疯了，我是被你逼疯的……"董明伟扼住柳云霜雪白的脖颈，拖到自己面前，用力地吻下去，她所有的声音化作挣扎时的呜咽被一点点地吞没。

小舞坐在冰冷的地上，觉得自己就像一个刽子手，她把自己蜷曲起来，害怕得不停地发抖。

陆竟夕把她拉了出来，给她身上披了一件衣服，她站在门外，颤抖地问陆竟夕："哥，我是不是做错了？我应该让她走的，我不应该把她带回来。"

"你没有错，大人的事情，我们本来就做不了任何决定。"

"可是展凌萧如果知道了，他会恨我吧，他一定会恨我的。"小舞的眼泪落了下来，她一想到这辈子都要藏着这个秘密和展凌萧相处，她一想到今天的这一幕，她觉得她永远都不会安心了。

"他怎么会知道呢？你不要想太多。"陆竟夕总是温柔地安慰她。

可是连陆竟夕都知道，这句话不过是安慰小舞的谎话，那么聪明的展凌萧，想方设法都要知道母亲下落的展凌萧，谁又能骗得过他？

他从第一天来到安和巷就断定他母亲在这里，他千方百计地接近小舞，就是为了套取母亲的下落，哪怕在这个过程中他意外地喜欢上了小舞，可是他寻找母亲下落的心是从来没有熄灭的。

小舞虽然掩饰得很好，可是她的忐忑，她的紧张，她的小心谨慎，一点点地暴露在展凌萧的眼前，一个人在喜欢的人面前，又可以隐藏多少真实的自己呢？

8

三天后的午休时间，小舞发现展凌萧接到一个电话后匆匆忙忙地离开了。

像是有什么预感，小舞跟了出去。

在学校附近的一条即将拆迁的小巷里，林笑笑递给展凌萧一沓照片。

她握着展凌萧的手说："凌萧，董小舞一直都在骗你，你千万不要再上当了。"

"我知道了，你先走吧。"展凌萧不着痕迹地蹙眉，脸上挂着笑容，一副波澜不惊的模样。待林笑笑走远了，他的笑容才放下来，一张脸冰到极点，捏着照片的手不由自主地开始颤抖。

"你可以出来了。"展凌萧早已经发现了躲在暗处的董小舞。

董小舞从暗处走出来。

当她看清楚展凌萧手上的照片时，她知道，她那么想要掩盖的秘密，终究还是包不住了。

"我母亲是不是被董明伟囚禁起来了？"展凌萧开门见山。

小舞没有说话。

“那天晚上你说的疯女人，其实就是我母亲吧，可是你眼睁睁地看着我们分开，还撒谎骗我，把我母亲送回董明伟那个禽兽身边。”展凌萧逻辑清晰，条理分明，完全不似小舞平日里看到的样子。

眼前的展凌萧，冷静得让她陌生。

“你都已经有照片了，还来问我干什么呢？”小舞看着照片，决定不再挣扎。

“真冷静啊，不愧是董明伟训练出来的人，永远都那么处变不惊。”

“你想说什么呢？”

“董小舞，你一直都在骗我，你看着我母亲被董明伟折磨，你却装着什么都不知道。”

“我们不是一直都在互相欺骗吗？你接近我套取你妈妈的消息，我贪恋你那一点虚情假意的真情，不要说骗，我们只是在各取所需。”

“你……你怎么可以一点儿愧疚都没有……”

“愧疚？你指望一个从小在坑蒙拐骗下长大的人给你愧疚？你是不是太天真了。”小舞抬头看他。

“我会报警把董明伟这个禽兽抓起来，让他坐一辈子牢！”展凌萧恨得咬牙切齿。

“你要抓他，就连我一起抓进去吧。”

“为什么？他明明对你一点儿也不好，你为什么还对他死心塌地？”

“如果没有他，我早在十八年前就死了，我活不到这么大，养育之恩，我永远都会记在心上。”

“什么狗屁养育之恩，我看你就是被他洗脑了！他教你的都是什么，坑蒙拐骗，他只是利用你给他赚钱，你只是他养的一条狗！一条会赚钱的狗。”

“对，我是一条狗，展凌萧，你终于说出心里的话了。”

展凌萧这才发现刚刚自己的语气太重。

“我不是那个意思，我只是觉得你没有必要受他驱使。他养了你们这么一群人，你的那些师兄师弟，除了你，哪一个有前途？哪一个有未来？这都是谁害的？不是董明伟吗？我让警察把他抓起来，你们不都自由了吗？”

“你是不是也打算让警察把我抓起来？”

“我没有想过要抓你。”

“你别忘了，我们那个地方，就是一个贼窝。老爹是囚禁了你母亲，我们都是帮凶，我们还有那么多的案底，警察来了，我们一个都跑不掉。”

“小舞，你为什么要逼我？你为什么这么心甘情愿地受他摆布？”

“我以前和你说过，不是所有人都有选择的权利。不是我要逼你，是我根本没得选。”小舞冷冷地看着他，“你如果一定要找警察抓老爹，我阻止不了你，可是我绝对不会袖手旁观。”

小舞准备离开，展凌萧一把将她抱住，他紧紧地抱着她，像是生怕她会离开：“小舞，我们好不容易才在一起，我们不要吵架，也不要分开，好不好？”

小舞刚刚坚硬的心，在展凌萧的拥抱中，慢慢地软了下来。

“事到如今，你觉得我们还可以继续在一起吗？”有时候谎言一旦捅破，就没有了再回头的可能。

“为什么不可以？！”展凌萧焦急地说着，“我不找警察，只要你帮我把我母亲救出来，我们就当什么事情都没发生过。”

“只要有老爹在，我们根本救不出她。”

“不会的……有办法……”

“什么办法？”

展凌萧从口袋里拿出一个瓶子：“这是我爸爸一个医生朋友最新研发的一种药，吃了就会昏睡三天三夜，你给董明伟吃下，我们就有充足的时间救我妈妈，等我把我妈妈救出来，我立刻送她出国，只要出了国，董明伟绝对找不到她。”

听上去似乎是个非常完美的策略，小舞有些动摇。

“我只是想救我妈妈，她太可怜了，我都不敢想她现在过的是什么样的日子……你就帮帮我吧……”展凌萧哀求道。

明明刚才还在冷言冷语地和他说话，可是只要他一皱眉，她还是会不忍心。

心里那个声音不停地在让她不要答应，可是她张开嘴，说出的却是：“好，我答应你。”

她终究还是不忍心让他失望。

哪怕她知道，这是一场豪赌。

“谢谢你，小舞，等把我妈妈救了，我们之间就再也没有障碍了，以后我一定会对你好的。”展凌萧抱着董小舞，喜极而泣。

可是小舞的心里，却像灌了一把沉重的铅，她分不清对与错，只知道有个重物在不停地下坠。

下坠到黑暗的尽头，地狱的深渊。

9

那是一个注定无眠的夜晚。

小舞本以为一切按计划去做，她给董明伟服下展凌萧的药，她把柳云霜救出来，一切做得神不知鬼不觉。

她甚至做好了被董明伟打死的准备。

她这么做的原因只有一个，只是不想让展凌萧失望。

可是她万万没想到的是，当她把药混在董明伟的酒壶里让他喝下之后，一大批警察突然从巷子口呼啸而来。

警察从密室里把柳云霜救了出来，又从他们家里找到了许多城中失窃的宝贝，警察以偷窃非法囚禁抓捕了董明伟，包括那一群师兄师弟。

这一切来得太快，快得董小舞不敢相信。

董明伟喝了药并没有晕倒，只是四肢无力，无法动弹。

以董明伟的身手和家里的密道，如果他没有喝药，完全是可以逃脱的。

可是因为小舞给董明伟喝下的那包药，让所有的一切都变得无法收拾。

所有人都被警察带走了，

小舞坐在警车上，她看到展凌萧和林笑笑站在巷子口，在她上车的瞬间，展凌萧跑过来，拍打着车窗说道：“小舞，你别担心，我会救你出来的，你肯定会没事的。”

隔着车窗，她冷漠地看着展凌萧。

路灯折射在他英俊白皙的脸孔上，光影把那张脸晕得闪烁迷离。

那一张让她一见倾心的脸，完美得像是女娲得意的佳作，只是双眸里平日所见的天真变成了深沉。

令她陌生，令她清醒。

她这一刻才发现，他从来都不是她所见的那个天真模样，只是因为爱让她蒙蔽了双眼。

这个说要给她一辈子幸福，要和她一生一世的少年，最终还是欺骗了她。

她第一次选择相信一个人，可是这一刻，她知道自己输了。

这一场豪赌，她赔上了所有人，输得一败涂地。

杂乱破旧的安和巷，车子呼啸而过，远处的铁轨有火车的鸣笛声，车窗外的灯闪烁而过。

如同刹那烟火，转眼，已是泡沫。

第十章 肌肤之亲

只有与你在一起，
我才感觉，自己是活着的。

1

一年之中最惬意的初秋。

午后天气晴好，阳光从窗户外面斜斜地照进古玩店里。

风疏懒地吹在陆佳期的身上，她斜躺在一张睡椅上，穿着一条湛蓝的棉麻裙子，从脚踝一路包裹到她的胸前，却又露出雪白的香肩，修长的天鹅颈微微探着，脸上并没有化多精致的妆，只是在唇上点了一点艳红的口红，像是绿池里开出的一朵红莲，恰到好处地开放。

这是陆竟夕的“荧惑”古玩店。

景致怡人，环境幽雅，窗外养着一大片的荷花池，后院直通幽静的树林，可以赏花，观景，闲来出去散散步，清晨坐在林间听鸟叫，都是惬意之事。

每次她心情不好的时候，就会来这里放松。

沈天泽坐在陆佳期对面，正在帮她剥荔枝。

沈天泽是陆佳期众多追求者中最坚持的一个，鹭宁地产商沈氏集团老爷子的独子，从小在国外接受西方教育，去年才从美国回来，在国外学的是电影，拍了两部公路片，算是混迹在娱乐圈的小开。

此刻他坐在茶海前的圆凳上，认真地剥一颗荔枝。虽说是二十五岁的人了，却长得非常低龄，小小的一张圆脸，偏巧长了精致的五官，眼睛明亮璀璨，笑起来露出一颗虎牙，人畜无害的少年郎模样。

任谁看了都说他像高中生未成年。

陆佳期怎么也想不通他为什么会喜欢这么“风尘”的自己，而且喜欢了那么久。

不过感情这件事本来就没有什么道理可讲。

一颗一颗白色的果肉从沈天泽的手中完美地呈现，整整齐齐地放在白玉瓷碟上。

“佳期，这个荔枝有点下市了，不过我还是让人挑了最好的，你就先凑合着吃。”

“你送来的，姐姐怎么吃都感觉甜啊。”面对一张赏心悦目的美好脸孔，陆佳期讲话的语调都放慢了几分。

沈天泽像对姐姐这个称呼不满：“你就比我大一岁，干吗总说自己是姐姐。”

“那么鲜嫩的一张小脸，和你一比，我不服老都不行了。”陆佳期拈了一颗荔枝丢到嘴里，汁多核小，果然是好货。

“我只是脸圆显小，其实我心理可成熟了。”沈天泽在陆佳期的面前总是刻意要表现出成熟的模样，可惜成熟这种东西假装是装不来的，横竖看都是个小男生。

“干吗要去假装成熟呢？天真可爱最珍贵。”

“可是你也不喜欢啊。”沈天泽嘟囔着，他追了陆佳期整整一年，却始终没有一点进展，他约她出去吃饭看电影，她偶尔才答应一两回，无论发什么都回复得简洁短促。可是见到面，她讲话又处处带着暧昧的笑意，搅得他心神荡漾觉得自己还有希望，这个女人他捉摸不透，可是他却非常疯狂地迷恋她。

“你最近没有电影要拍？怎么总往我们店跑？”陆佳期像是故意没听到他的话，换了个话题。

“最近在休息啊，不过下个月准备去迪拜取景。”

“迪拜啊，那可是个好地方。”

“你要是想去我可以带你去，那里可以骑骆驼、冲沙、晒太阳浴。”

“我只对他们那个十五个足球场大的 SHOPPING MALL 有兴趣而已。”

“噢……”沈天泽尴尬地笑了，对于他这种搞艺术的，一般想到的只有那些浪漫的地方。

“被我的肤浅吓到了吧？”

“没有啦，我妈妈也很喜欢过去买东西，全世界的女人都一样。”沈天泽附和着陆佳期。

“沈少爷，你父亲的车已经在外面等你了，说接你去吃饭呢。”陆竟夕从门外走进来，手里拎着一只透明的玻璃喷水壶，看样子是刚在花园看过花草。

“今天是我奶奶八十大寿，佳期，你要不要跟我一起去？我奶奶一直说想见见你。”沈天泽热情邀请。

“我就不去了，你们这种大家族的聚会场面不适合我。”陆佳期挥挥手，拒绝的意思很明显。

“那……我就先走了……微信联系。”

“慢走。”陆佳期翻过身，慵懒地躺着，也没有要起身送他的意思。

“佳期，人家沈少爷要走了你也不送送。”陆竟夕责备她。

“不用了，我自己走就行，让佳期多歇息吧。”沈天泽很迁就陆佳期，体现在每一个细节上。

2

珠帘碰撞发出清脆的声响，门口的脚步一点点地离去。

“你呀就是仗着人家喜欢你，作天作地，为所欲为。”陆竟夕瞟了陆佳期一眼，走到窗户边给他的多肉浇水。

艳红色边的花月夜，素绿色的锦晃司，还有肥厚的静夜，看上去就令人心旷神怡。

“你以为我谁都愿意作啊，要不是看他长得漂亮又单纯，我理都懒得理。”陆佳期说得理所当然。

“你这个颜控的毛病什么时候会根治？那我要是长得丑的话，我还不能做你哥了？”

“你要是丑的话，老爹早就把你扔掉了，怎么可能让你长大！”

说到董明伟，两个人都沉默了一下。

“你就没想过好好找一个对象定下来？”陆竟夕换了一个话题。

“你就这么想把我嫁出去啊？”

“你身份证上已经二十六岁了，实际也二十八了……哥也希望你能有个归宿……过上正常人的生活，不要总这样飘着。”

“难道我在你心里不是永远十八吗？我好伤心。”陆佳期假装悲伤。

“是是是，你在我心里，永远都是小女孩。”陆竟夕对陆佳期的宠爱是从骨子里透出来的。

“那还差不多！”

“不过这个沈少爷对你可真痴心，上次沈老板还问我要什么条件你才肯做他们家媳妇儿，我开玩笑随口说要他把刚投的那块地给我，他竟然都答应了，你知道那块地，现在市值可是十个亿啊！啧啧啧。”

“你答应了没？”

“当然没有啦，我是那种卖妹妹的人吗？”

“干吗不答应啊，十亿耶！要是我在场，我会立刻答应！”

“你以为结婚那么随便啊？那可是一辈子的事儿！”

“什么一辈子？那都是老古董的思想了，现在离婚率多高啊，合则来不合则散，别想得那么长远。”

陆竟夕捧起一盆花月夜：“长得可真好。”

“哥，你怎么喜欢这种胖嘟嘟的东西啊。”陆佳期斜着身子看着陆竟夕说。

“多肉多可爱啊，和你小时候一样。”陆竟夕淡笑，脸孔是英俊的白。

“我什么时候胖过？你别冤枉人！”陆佳期抗议，“我从小到大都是苗条身材！”

“你忘了你五岁前多胖了啊！那小脸圆得一面镜子都放不下你，看见啥都要吃，有次老三买了个包子回来才咬一口啊，就被你抢走了。”

“是吗……有这事儿……我都忘了！”陆佳期讪讪笑着，一副死不承认的样子。

“三师兄现在怎么样了？”

“一年前在拉斯维加斯见过他一回，装阔少出老千被人抓住了，给人打得命都快没了，后来我给那些打手拿了点钱，人家才放过他的。”

“都多少年了还在出老千，真是死性不改。”

“他还和我问起你呢。”

“你怎么说的？”

“我当然是说没见过你了，我怎么可能让他知道你就是小舞啊。”

“老爹以前常说，三师兄是我们当中最聪明的那个，可惜就是没用在正道上。”

“我们还有什么正道邪道，都是今天不知明日事儿的活计。”

“所以及时行乐很重要嘛！有钱就赚想花就花，想玩就玩，没有什么事儿是偷一个东西不能解决的。”

“你还好意思说，上次那个白玉枕的事儿我还没说你，我让你等我回来再行动，你自己急吼吼地跑去了，结果呢？差点儿就出事儿了！”

“那现在不是没出事儿嘛！再说了，马有失蹄人有失足很正常。”

“我们做这个事儿三年了，什么时候失手过，还正常，你就是一见到那只小狐狸警惕性就下降了。”陆竟夕口中的小狐狸就是指的展凌萧。

“小狐狸？”陆佳期停顿了一下才反应过来，“你说他啊。”

“你不知道外界给他的外号就是萧狐狸，说他两面三刀，做起事情来，心狠手辣，可是在任何人面前都是笑脸相迎，让人找不出错处。”

“哦……”陆佳期若有所思地想着，没想到这么多年不见，展凌萧已经变成这样了？还是说他本来就是这样，只是以前自己没发觉？

“上次那个白玉枕也是他给你下的套吧？我后来查过了，原来那只白玉枕边城私下已经卖给他了，成了他们展家的东西了，但是这个消息却没有对外说，还拿这个东西引你去，他想干什么？他那天到底做了什么？”

“什么做了什么？就他那三脚猫的功夫，能对我做什么？”

“你……”

“好啦哥，别再问了，再问我一会儿就收拾东西走人了啦。”

“你……”

“老板，有佳期姐的包裹。”阿昭从门外走进来，手里拎着一个长方形的包裹。

“包裹？谁会给佳期寄包裹。”

“拿给我，看看是什么？”

包裹很重，陆佳期拿到手里掂了掂，用剪刀轻轻地划开，厚厚的泡沫纸包裹着，她打开泡沫纸，下面是一个沉香木的大盒子，把大盒子一打开，她和陆竟夕都吓了一跳。

大盒子里放着的就是陆佳期上次没有偷成功的白玉枕!

白玉枕上面放着一张字条：TO MY LOVE，小舞，纪念我们相识十年的礼物。希望你喜欢。

“疯子！展凌萧这个疯子！”佳期气得大喊，“他怎么知道我在这里？”

“看来，他对我们已经了如指掌了。”陆竟夕拿着白玉枕放在手心里，“他的外号可真没乱取，真是一只狡猾的狐狸。”

陆佳期从躺椅上跳下来，赤脚在地上走，显得有些慌乱。

任何事上都淡定的陆佳期，只有在面对展凌萧的时候，才会露出慌张的一面。

“小狐狸真的盯上我了。”陆佳期拿过电脑，随便按了几下就入侵了展氏集团的系统内部。她盯着屏幕看了半天，刚才还惊慌的表情很快就平静下来。

她像是在思考，又像是做了个决定，拿过手机，给沈天泽发了个消息：下个月我和你一起去迪拜玩。

“你要做什么？怎么突然要去迪拜玩？”陆竟夕疑惑地问道。

“放大招。”陆佳期盯着电脑。

“什么大招，你别给我乱来。”

“你放心吧，等我的好消息。”陆佳期的脸上露出了胜券在握的表情。

3

一周后，陆佳期和沈天泽一同坐上阿联酋航空飞往迪拜。

坐在飞机上的时候，沈天泽都觉得自己像是在做梦，一年来他邀请陆佳期数次，可是她能答应的寥寥无几，更别说这种远程的出行，这是不是说明陆佳期突然想通，想给他一次机会?

他本来想和陆佳期聊会儿天，没想到陆佳期一上飞机就开始卸妆做面膜，戴上面罩和耳机睡觉，悠闲得像是出来独自旅行。

十几个小时后，飞机抵达迪拜，这座建立在沙漠之上的富裕国度，从下飞机开始就透着一股浓浓的奢华气质。

下榻的酒店是迪拜最有名的帆船酒店，全世界最奢华的七星级酒店，矗立在波斯湾内的一个人工小岛上，偌大的酒店仅有202个房间，还有24小时的贴身管家服务。

这间酒店平时淡季都很难预订到房间，更不要说是豪华套房，也不知道沈天泽是怎样预订到的。

反正有钱人总有自己的方法，这世上没有什么是钱不能应付的。

沈天泽本来要开两个套间，可是陆佳期却主动提出住一个套间，这让沈天泽非常惊喜。

沈天泽是来迪拜取景的，连续几天，他们走马灯似的逛了一下迪拜。

从风景秀丽的棕榈岛，到堆满各式各样黄金的黄金街，从充满艺术气息的沙迦到世界最高的哈利法塔，它有着大都市的奢华，却并不拥堵，随处可见黑白袍穿着的人，他们大多数五官立体，轮廓分明。

这里的奢华，除了体现在城市的建筑上，还包括每一瓶水、每一棵树都需要花重金，因为是沙漠之国，所以这个国家所有的东西都需要外来进口。

陆佳期很喜欢买东西，除了奢侈品和金饰，她买得最多的是香料，一个娇小的东方女子，挤在德拉的市场里对着五花八门的香料翻拣，时不时地拿起来闻一闻，和老板询问价格、用途、制作的方法。沈天泽发现陆佳期的英语很好，虽然不是非常纯正的欧美口音，可是发音清楚流利，聊天不急不缓，一颦一笑都令人善心悦目。

某天在NAIF购物，陆佳期看中一双鞋子，并不是日常的鞋子，大红色的布面，绣了非常漂亮的花，缀满了五彩的珠片，她看见了很喜欢。店家找遍了仓库都没有她的尺码，店家说这双鞋一周后会进货，让她留下联系方式到时候给她送去。

陆佳期拿起来看了看，最终还是放下了。

“为什么不要呢？我们还要待很久呢。”在德拉的帆船码头，沈天泽问她。

“我觉得任何东西都讲究缘分，刻意勉强会失去这件东西本身的意义。”陆佳期看着远处的船只，目光里似有什么在流动。

临近黄昏的帆船码头，夕阳的橘光倒映在河面，光影落在船只上依次排开，海岸仿佛没有边际。

沈天泽和陆佳期说着他在美国读书的趣事，她总是静静地听着，有时候说多了，他会反问她：“你呢？你读书的时候有什么好玩的事情？”

陆佳期认真地想了想，又摇了摇头：“好像能记住的都是不想记住的事情，不说也罢了。”日落下，她的长裙被风吹得飘扬飞舞，那一刻，沈天泽发现陆佳期的脸上露出了一种哀伤的表情。

那种哀伤，看了令人心里觉得发苦。

4

在迪拜待了整整一周，沈天泽所有的取景也进行得七七八八。

陆佳期买的东西几乎要把套间的客厅都装满了。

有句话说得好，永远不要低估女人的购买能力。

有一天，沈天泽说要出去见几个朋友谈点事儿，不用陆佳期一同前往。

连续一周的游玩，陆佳期正好有些累，于是她在酒店里休息。

陆佳期美美地睡了一觉，到了晚上才慢腾腾爬起来，醒来就看到沈天泽给她发的消息，说和几个朋友在吃饭，上面是吃饭的地点，让她醒了就过来。

陆佳期对着镜子化了个漂亮的妆容，穿上一条天蓝色的吊带长裙，打了一辆车出发。

吃饭的地方在迪拜河的一条船上，夜里的迪拜河，静谧安逸，似乎还能听见流水潺潺。

她到的时候，天色已经暗下来了，只有船上灯火通明。

已经有一个帅气的中东脸孔的男人在河岸等她。

陆佳期跟着他来到船上，人并不多，大多数都是中东人。陆佳期走上船的时候，那张漂亮的东方脸孔，还是吸引了很多人的目光。

“佳期！这里！”沈天泽喊她。

陆佳期望过去，沈天泽的旁边还坐了两个英俊的男人，一个男人喝着奶茶，一个男人正在低头拿一颗椰枣。

两个人听到沈天泽的招呼，都不约而同地抬起头来。

是她熟悉的两张脸——边城和展凌萧。

边城露出惊诧的表情，而展凌萧却异常平静。

陆佳期迎着他们的目光走过去，端着甜美的笑容，显得落落大方。

她自然地走到沈天泽的身边，一把钩住他的手，撒娇地说：“不好意思，我睡晚了。”

“没事的。”沈天泽第一次看到陆佳期和他撒娇，娇嗔的模样让人心里酥了一半。

“佳期，这是我在美国认识的两个朋友。”沈天泽逐一介绍，“这是边城，新月酒楼的新老板；这是展凌萧，展氏集团的三公子，是我在美国伯克利的学长。”

沈天泽介绍陆佳期：“这是陆佳期，我的……”

“未婚妻。”陆佳期一把挽住沈天泽的手，故意笑得甜蜜，“你们好。”

这下换沈天泽露出惊诧的表情。

“看来我要重新认识一下陆小姐了。”边城先开口。

“边城哥你认识佳期？”

“上次我生日的时候陆小姐有代表陆氏过来捧场。”

“那还真是巧了，佳期很少参加宴会的。”

“是啊，可真巧。”

展凌萧自始至终没有说话，只是眼睛扫了一眼陆佳期钩住沈天泽的手。

“原来天泽心心念念的女神就是陆小姐啊。我们之前问他，他还不肯说呢。”展凌萧站起来，伸出手，“陆小姐，幸会。”

“幸会，展先生。”陆佳期把手伸过去，小小的手在展凌萧的手里一握，她能感觉到他手掌的用劲。

陆佳期微笑着，不着痕迹地把手抽回来。

四个人开始坐下来用餐，桌上全是阿拉伯的特色菜，裹着羊羔肉西红柿咖喱汁的沙威玛，烤得微微金黄色的阿拉伯大饼，还有淋着蜂蜜颗颗甜入心的哈尔瓦以及包在皮塔饼里的色彩斑斓的沙拉。

展凌萧是被哈伊曼王子邀请到迪拜来观看马术比赛的，沈天泽早在一周前就知道了这件事，在异乡难得遇到朋友，肯定要出来聚一聚。

当然这些也是陆佳期一早就知道的，她此次前来迪拜的目的就是为了这一幕。

她要让展凌萧看到她和沈天泽的关系，她要让他知难而退。

这就是陆佳期的大招。

这顿饭吃得出奇平静，沈天泽心情很好，不停地和展凌萧回忆在美国时候的往事，他们一起学声乐，一起组乐队，一起跳舞，像是一段非常辉煌的时光。

陆佳期原以为展凌萧会暴怒，没想到他十分平静，脸上一直保持微笑，眼睛微微眯着，呈现一种倾听的态度。

“佳期你知道吗？展学长可是我们学校的传奇人物，马术、击剑都是一流的，连哈伊丹王子也经常来找他比赛，当时他的一组骑马照片迷倒了学校不知道多少姑娘，有星探挖他去好莱坞演戏他都不去。”

沈天泽说这些的时候，语气里充满了羡慕和称赞。

陆佳期懒懒地说：“没想到你们的大学生活这么丰富啊！又是乐队又是击剑，看来生活过得很不错。”

陆佳期说这话的时候看着展凌萧，像是不经意，又像是讥讽。

“但是展学长有个怪毛病，他从来不和人跳舞哦，毕业舞会的时候，亚特里斯公主来邀请他，他都拒绝了。那可是全英国出了名的大美人。”

“噢，不跳舞啊，是不会跳还是不敢跳？”陆佳期瞟了他一眼。

“凌萧从小跳舞，每次都是拿的金奖。这个我可以做证。”边城接话。

“都是一些陈年旧事了，还提来做什么？我现在还不是无业游民一个。”展凌萧不以为意，端起酒杯，细细浅酌。

“你那哪叫无业游民啊，整个鹭宁的艺术产业都被你包揽了，我们公司好多女艺人都想认识你。”沈天泽说。

“学的东西再多又有什么用呢？还不如边城做一顿饭来得实际。”展凌萧很谦虚，一双凤眼吊着，若有似无地笑着。

“对啊，新月酒楼新出的一心酥，我妈每个月都要吃。”

“怎么夸到我这儿来了？”边城笑起来，看着对面的两个人，故意问，“我还羡慕你们呢！一双一对地到迪拜来玩，你小子艳福不浅啊。”

“我到现在都觉得自己像在做梦呢。”

“不知道陆小姐喜欢天泽什么？这小子傻头傻脑的，除了长得好看，几乎没有优点啊。”边城像是开玩笑似的问。

陆佳期故意亲昵地靠在沈天泽的肩膀上：“天泽和两位先生肯定是不能比，他只会一门心思地拍电影。不过，我就喜欢他这么专一又简单的性子。这年头啊，单纯是最难得了。”

陆佳期这话虽然说得漫不经心，可是很明显就是说给展凌萧听的。

“看来你们的好事将近了。”边城瞟了一眼展凌萧，故意火上浇油。

展凌萧吃着碗里的东西，嘴角边始终带着笑，一张英俊的脸埋在光影里，辨不出喜怒。

“这阿拉伯奶茶是我专门点的，用的是上好的羊奶，奶味十足，陆小姐一定要尝尝。”边城拎起装奶茶的细长铜壶，在杯中倒了一杯奶茶推到陆佳期面前。

陆佳期端起来喝了一口，味道丝滑浓郁，喝一口就忍不住想喝完。

吃完饭，他们走到甲板上，靠在桅杆边看表演。

穿着大蓬裙子的舞者在黑夜里不停地旋转，舞裙上发出绚丽的光芒。

陆佳期和沈天泽站在一起，时不时地附耳聊天。

夜里的迪拜河散发出一股微醺的气味，展凌萧站在角落里看着陆佳期和沈天泽亲昵地说话，她的手钩着沈天泽的，两个人的脸差点就要碰上，展凌萧捏着手里的杯子，直到指节泛白。

“这个陆佳期摆明了就是来这里故意刺激你的。”边城在旁边说道。

“她不是为了刺激我，她是要扼杀我对她渴望的心。”展凌萧盯着她，眼睛里像是有一团火。可是他的脸上还是带着微笑，沈天泽看过来的时候，他还微笑着冲沈天泽举杯。

一个侍应走过来，展凌萧把他叫住，用流利的阿拉伯语和他说话。过了一会儿，一个经理模样的人过来了，展凌萧亲切地和他聊了一会儿天。

“你和经理说什么？”

“我就夸一夸他们晚上的菜。”

“我看不是吧。”

“那你以为还有什么？”

没过一会儿，远处突然放起了烟花，今天是迪拜的国庆日，照例都会放烟花。

大家惊呼着转过头去看，包括陆佳期和沈天泽。

沈天泽手忙脚乱地拿出手机来拍照，连连发出惊叹的声音。

就在此刻，一个侍应走了过去，像是不经意地在沈天泽的身后用力一推。

沈天泽整个人朝前面倒了下去，陆佳期想伸手去抓的时候，他已经掉到了水里。

沈天泽不会游泳，在水里拼命挣扎，陆佳期大喊救命，可是船上的人像是商量好了一样，没有一个人有动静。

陆佳期看着展凌萧大喊：“展凌萧，你还愣着干吗？快救人啊。”

“我为什么要救他？”展凌萧一副事不关己的模样。

“他不是你朋友吗？”

“那又怎么样？”展凌萧凑到陆佳期的耳边，“这儿所有的一切不都是你安排的吗？我只是让你的安排更加精彩而已。”

“你……”陆佳期这才明白，展凌萧这是在报复她，沈天泽的落水是他故意为之。可是此刻她没有时间精力和他吵架，如果再不去救人，沈天泽真的会死，而她完全相信展凌萧这个疯子会干出这种事来。

“我就问你一句话，你救不救？”

“怎么？你心疼他了？”展凌萧眯着眼问。

“凌萧，别闹了，天泽要出事，我们都担不起。”边城走过来，严肃地说道。

“陆佳期，我要你知道，你狠，我可以比你更狠。”

展凌萧说完这句话纵身跳了下去。

因为抢救及时，沈天泽捡回来半条命，但是为了安全起见，他还是被送往医院检查。

当陆佳期把沈天泽送到车上的时候，她看到展凌萧一身湿漉漉地站在岸口，颀长的身材像是上帝完美的杰作，船上的光迷离地打在他的身上，露出他若隐若现的肌肉，他的嘴边带着笑，双眸里闪着胜利的光芒。

他真的是疯了，比陆佳期想象的还要疯狂。

5

陆佳期一个人回到酒店，把自己关在静谧的房间里。

今天的一切完全出乎她的意料。

这场局是她自己一手策划，可是到现在，她已经无法控制。

从展凌萧出现的第一天开始，她已经开始思考有什么办法可以摆脱他。

假装不承认自己是董小舞，在各个场合躲避展凌萧，刻意保持和他的距离，她觉得自己只要做得足够妥帖，就能摆脱他，没想到他步步紧逼，还设计让她上钩，让她一怒之下暴露了自己的身份。

她入侵了展氏的系统，看到了他的行程表，知道他这个月会来迪拜观看马术比赛，她也知道沈天泽和他是校友，在学校有些交情，来到这里肯定会约见展凌萧。她只是想让展凌萧看清现实，趁早死心，她以为这是她最后的撒手锏，可是没想到，她还是棋差一着。

多年不见，他已经不再是当年那个紧跟在她身后亦步亦趋的小男生了，他有了自己成熟的思想，他是外界盛传的艺术商人，他认识的艺术大师遍布全世界，就连迪拜王子都是他的好友，经他手的艺术品全都价值连城，他捧起来的新生代画家不胜枚举，他像是无业游民，却又赫赫有名。

她真的低估了他的危险和实力。

房门被打开，有脚步声传了过来。

陆佳期警惕地问道：“谁？”

“是我。”展凌萧的声音在黑夜里响起。

“你怎么进来的？”

“我有房卡。”他走到她面前，扬了扬手里的房卡。

“你拿了天泽的房卡？”

“我只是学你顺手带了一下。”展凌萧挑眉。

陆佳期按捺住心中的怒火：“我今天没有心情，请你出去。”

“是吗？可是我心情却好得很。”展凌萧嘴边挂着笑，“怎么样？今天的剧情你还满意吗？”

“你怎么可以这么凶残？那是一条人命！如果天泽真的出事了，你能心安理得吗？”陆佳期暴怒地喊。

“我凶残？论凶残谁比得过你？你明明知道我有多爱你，你却当着我的面和别人卿卿我我，有什么痛是比眼睁睁看着自己心爱的人和别人在一起还要痛的吗？你没动手，却已经把我的心捅得鲜血淋漓。”

“展凌萧，我早已经和你说得清清楚楚明明白白，你为什么就是听不懂，为什么就是不肯放过我？”

“我找了你那么多年，我好不容易找到你了，我不可能放你走，我知道我以前做得不对，可是你老爹那件事情，我真的不是故意的……”

“你不要说了！我不想听！”陆佳期打断他，“这么老土的伎俩你一辈子到底要用几次？你以为我还是当年那个在爱情面前天真的小女孩吗？你说的每一句话都让我感到恶心。”

“恶心？我在你心里，已经变成这样了吗？”

“对。”

“小舞，你还爱我吗？”许久之后，展凌萧悲伤地问她。

“不，早就不爱了。”陆佳期的回答干脆利落。

“你真的那么讨厌我？”

陆佳期指了指门口：“你再不出去，我就叫人了。”

展凌萧刚刚的激动一瞬间消失了，他蓦然发现，陆佳期对他的恨比他想象中还要深，好像无论他说什么，她都听不进去，她疯狂地想要逃避他，不惜用自己后半辈子的幸福来做赌注。

“我可以走，我也可以不纠缠你，可是我不想你为了气我拿自己的幸福开玩笑。”展凌萧把房卡放下。

“那是我的……事……”陆佳期还想回答，却感觉头脑一片眩晕，整个人软绵绵的，身体不受控制地向后倒去。

展凌萧立刻上前接住她。

“你怎么了？小舞。”展凌萧紧张地问。

“我……我……”陆佳期感到自己浑身发烫，意识开始模糊，身体里像是有一团火要烧起来，“你……给我……下药？”

“我没有……”展凌萧也不知道陆佳期怎么突然变成这样。

“热……热……给我水……”陆佳期剧烈地喘着气。

展凌萧拿过桌上的矿泉水喂给陆佳期，她的喘息越来越重，身体不由自主地向展凌萧靠拢，她的眼神迷离，看得出她的意识已经完全模糊了，连自己做什么都不知道。

“我……好热……”陆佳期把脸贴在展凌萧的脸上，仿佛那里是避暑的良药。

“小舞，你……你别动……”陆佳期的手在展凌萧的身上游走，惹得他也一阵颤抖，“这到底是怎么回事！”

手机在黑夜里亮了起来，是边城打来的。

“药效发作了吧？”边城的声音从电话那头传来。

“你给她吃什么了？”

“我朋友最新研发的药，找不到人试验，我看挺适合你那个小妞的，就给她放了一点。”

“奶茶？是刚刚的奶茶？”展凌萧突然想起来，刚才边城给陆佳期倒了一杯奶茶。

“你们都顾着看对方了，没人发现我的动作。”

“解药呢？”

“这东西没有解药。”边城停一下，“你也别想给她送医院去，这个药只有男人可以解，不用我多说了吧，别谢我，当我送你的福利。”

“边城，你别闹了！”

“好啦，不耽误你时间啦，春宵一刻值千金，拜拜。”电话那头已经挂断，展凌萧再打过去，电话已经提示对方关机。

“我难受……”陆佳期的手像是八爪鱼一样钩住他，大腿已经在他的腹部来回磨蹭。展凌萧低头，发现陆佳期已经把衣服褪去了一大半，她的唇不停地在展凌萧的脸上、脖颈上亲吻着，像是要缓解自己身上的炙热。

展凌萧是个正常男人，特别是现在身下躺着的是他最爱的女人，说没反应是不可能的，况且这是他第一次这么近距离地和陆佳期靠在一起，她身上的气味萦绕在他的鼻间，她的脸就在他的眼前。

“边城这个浑蛋！”展凌萧抱起陆佳期，“小舞，乖乖的，别动。”

展凌萧把陆佳期抱到卫生间，把淋浴开到最大，冰冷的水浇灌在她的身上。

“下雨了……下雨了……我好冷……”陆佳期根本不知道发生了什么，

只知道自己现在被架在火上烤，哪怕是下雨，也仅仅只是杯水车薪。

她打了一个喷嚏，整个身子缩在浴缸里瑟瑟发抖。展凌萧赶紧停了下来，蹲下身，拿毛巾擦去她脸上的水："小舞，有没有好一点儿？"

她的长发顺着水珠贴在皮肤上，半裸的身体，清晰玲珑的曲线，在浴室的灯光下白得让人心悸，一张小脸又红又烫，看他的眼神充满了渴望。

她钩着他的脖子，蓦地朝展凌萧的嘴唇亲下去，她的唇特别软，口中似乎还含着淡淡的香气，灵巧的舌头不停地在他的口中吮吸搅动，这是他们人生中第二次亲吻，上次的匆匆一吻他回去回味了很久，他没有想到现在她就在他的面前，这样炙热地与他唇齿相依。

理智让他推开她，他不想在她不清醒的状态下对她做这样的事情。

"小舞，不可以……"他用自己残留的一点理智，用力地把她推开，她的手还紧紧地钩着他的脖子，不松手，睁着一双无辜的眼睛问："有什么不可以？"

"我们不能……"

此刻的陆佳期才不管能不能，一把把展凌萧拽到浴缸里来，整个人直接坐在他的身上，然后动手开始脱他衣服。

"小舞，你冷静点……你知不知道你自己在做什么？"展凌萧刚才好不容易建立起来的理性被她这个举动打得溃不成军。

"我才不要冷静呢……"陆佳期很快就把展凌萧的衣服脱光，迅速地把自己的身体贴在他的身体上，像是所有的燥热得到了纾解，"好舒服啊……冰冰凉凉的。"

"呃……小舞……你别……你再这样，我真的会控制不住的……"展凌萧咬着牙齿，紧紧握着手。

展凌萧感到自己身体里有个东西正在一点点地膨胀，小舞也感觉到了，她的手开始往他身体下面滑去。

"小舞，别……啊……"她滚烫的手掌触碰到他身体的某个部位，展凌萧倒吸一口气，心里所有的防线全部崩溃了，他已经被陆佳期挑逗得完全失去理智。

"帮帮我，我好难受……"陆佳期面对展凌萧，懵懂的模样像个小女孩，着急得快要哭出来了。

展凌萧从来没有见过她这么无措又焦急的样子，额头上的汗顺着脸淌下来，红色的嘴唇娇艳欲滴，她整个身子缠着他，紧紧地钩住他，那样子真的非常需要一个人来解救她。

他叹了一口气，把她拥到自己的怀里，细细地去吻她，她像是干涸的人找到了水源，不停地在他的口中索要更多。

他们亲吻着，唇齿相依，难舍难分，展凌萧知道她已经到了极度崩溃的边缘，他喘着气问她："你会不会后悔？"

她摇头，声音迷离："不会。"

他贴近她的身体，用力进入，却在某些地方受到了阻力。

"疼……慢点……好疼……"陆佳期皱着眉，一张脸扭曲起来。

"小舞，你……你还是……"展凌萧不敢相信，他以为这么多年，她早已经阅人无数，可是他没有想到，她还保存着完璧之身。

展凌萧有些惊喜，又有些心疼，身下的动作不由自主地放慢。

后半夜的时候，陆佳期的药效已经过去大半，展凌萧拿着毛巾给她擦干头发和身体，她难得乖巧，任由他摆弄，也没有了平日里的强势，像一只乖顺的雀鸟。

她半眯着眼看着他，嘴里含混不清地说："哥……我不冷……你不用给我披外套。"

展凌萧听到陆佳期喊哥，知道她错把自己当成陆竟夕所以才会这么乖巧，心下有股浓浓的醋意涌上来。

他俯下身，凑近了去看她。

"你看清楚，我是谁。"

陆佳期一双黑亮的眼睛看了他半天，一巴掌打在他的脸上："小狐狸是坏人！你是坏人！"展凌萧怔住，以为她已经清醒了。

没想到她立刻笑起来，手在他脸上轻轻地抚摸："痛不痛？"

"不痛。"她难得关心他，还这么温柔地对他，他刚刚吃醋生气的心在一瞬间就融化了。

她在他脸上重重亲了一口："亲过了，就不许生气！"她霸道地宣布。

“好，我不生气。”展凌萧揉揉她的脑袋，把她抱起来带回房间里。

刚把她放到床上，陆佳期整个人又贴了上来，一双眼睛可怜兮兮地看着他：“我还是难受……”

“你这是要榨干我啊……”展凌萧无可奈何，但是嘴角边却带着宠溺的微笑。

陆佳期没听懂，已经自顾自地吻了上去。

“你明天要是知道我这样对你，肯定会杀了我……”展凌萧一边加快自己的动作，一边说。

陆佳期没有回答，她沉浸在一波又一波的冲击和快乐下，浑然不知道自己在做什么。

“你……还爱我吗……”他咬着她的肩膀，疼痛让她发出细碎的嘤咛。

她闭着眼，摇头：“不……不……”

“可是我爱你……只有和你在一起，我才感觉自己是活着的。”他吻住她的唇，把他对她所有的爱都融入到这缠绵悱恻的云雨之中。

第十一章 山河岁月

他爱她，不管山河岁月，候鸟变迁，不管海枯石烂，暮雪晨曦。

1

翌日清晨，陆佳期是在疼痛中清醒过来的。

她迷迷糊糊地睁开眼，觉得自己全身痛得像是被人殴打了一样，她试图动一动身体，发现自己被一个人牢牢地抱在怀里。

她警惕地撇过头去看，先映入她眼中的是一个男人古铜色的肌肤，他的手臂粗壮肌肉紧实，像一把钳一样牢牢地圈住她。

他侧着身，微微露出半张英俊脸孔。

是展凌萧。

他怎么会在这里？陆佳期努力回想了一下昨天晚上发生的事情，只有一些模糊的记忆。

满室都弥散着一股情欲的味道，很明显他们两个昨天发生了什么事情。

她迅速地掀开被子看了一眼，瞬间尖叫起来："展凌萧，你这个王八蛋！"

展凌萧从梦中醒过来，看到陆佳期抱着被子怒气冲冲地对着他喊。

"你醒了。"

展凌萧不慌不忙地坐起身，像是早料到她会有这样的反应，健硕的肌肉毫不避讳地暴露在陆佳期的面前，八块腹肌清晰醒目。

"你真卑鄙，居然给我下药！"陆佳期怒不可遏。

"如果我说药不是我下的，你信不信？"展凌萧看着陆佳期。

“会有那么巧，你来找我，我刚好就晕倒了？在迪拜能干出这种事情的，除了你还有谁？”

“我就知道你不会相信。”展凌萧淡淡笑了一下，“不过无所谓了，我一点儿也不后悔。”他伸手去摸陆佳期的头发，她一闪躲，发丝从展凌萧的手心里滑过。

展凌萧把手放在鼻尖，仿佛上面还留着她的发香：“你的头发可真好闻。”他吸了一口气，“我现在还能感受到它的味道，就在我的身体里蔓延。”

“你这个无赖！”陆佳期面红耳赤。

展凌萧扯着嘴角笑看她：“你今天才知道我是无赖啊。”

陆佳期气得想发狂，急速寻找着自己的衣服。

“别找了，你的衣服昨天已经撕破了。”展凌萧静静地看着她，“你都不知道你昨天有多热情。一直抱着我喊我的名字，还主动亲我……”

“你闭嘴！！！”陆佳期随手拿起一个枕头朝他砸过去，展凌萧一把接住：“反正你现在已经是我的人了，你和沈天泽的闹剧也应该结束了。”

“你真是个卑鄙小人。”陆佳期咬牙切齿地说。

“谢谢夸奖。”

“哼！你也别太得意。都什么时代了，我不过跟你睡了一觉而已，我就当被蚊子叮了，你觉得这会影响我嫁给别人吗？”

明明知道她说这句话是气他，可他还是克制不住地沉下一双眸子：“什么叫睡了一觉？什么叫被蚊子叮了？这么多年你……你还说你不是在等我？我知道你找沈天泽是为了气我，可是小舞，我真的不想再失去你了，你就给我一次机会弥补当年我犯下的错误好不好？”

“你做梦……唔……”陆佳期的唇突然被展凌萧吻住，柔软而肆虐的吻，来得这么猝不及防，昨天晚上的情景有了一个模糊的影像，浮现在她的脑中。

陆佳期用力挣扎着，却发现怎么也挣脱不开展凌萧的手臂，他的力气比她想象中还要大得多。

“佳期，学长，你们在做什么？”他们的吻被一道熟悉的声音打断。

沈天泽站在门口，震惊地看着他们。

他在医院住了一晚上，放心不下陆佳期，就匆匆地赶了回来，本来想给她一个惊喜，但是没想到看到了这一幕。

展凌萧这才停下来，陆佳期摆脱了展凌萧的桎梏，看着眼前一脸苍白的沈天泽。

“天泽，你听我说，这都是误会……”

“没有误会。”展凌萧打断陆佳期的话，他的手紧紧地搂住陆佳期的肩膀，“天泽，对不起，我们骗了你。佳期之前是和我吵架，才会赌气和你在一起的。她来迪拜也是故意做给我看的。”

“不是的天泽，他乱说，我和他什么关系都没有。”陆佳期想上前解释，可是她现在全身赤裸，抱着被子根本没办法移动。

“你敢说你和我没有关系吗？”展凌萧笑着，笑她的解释都是徒劳。

陆佳期的身上全都是展凌萧留下来的“痕迹”，她根本百口莫辩。

“佳期……我那么喜欢你，没想到你只是利用我而已！”沈天泽说出这句话，双眸里全是悲伤。

虽然陆佳期一开始就是想利用沈天泽，可是真正面对的时候，她仍然感到了愧疚。

以爱之名伤害爱自己的人，她知道有多不道德。

“天泽……我……”

“我先……走了……你们……”沈天泽后面的话没有说出来，扭过头走掉了。

偌大的酒店房间里，只留下陆佳期和展凌萧，他还搂着陆佳期，把她雪白的肌肤都搂出了一道红痕，等沈天泽摔门走了之后，他才松开手。

“你现在满意了？这就是你要的结局？”陆佳期冲着展凌萧大喊，满眼的愤怒。

“这怎么会是我要的结局，我们的故事，才刚刚开始。”展凌萧看着她，完全没有一丝歉意。

“你为什么要这么做？你伤害我就算了，你为什么要伤害无辜的人？”陆佳期气得发抖，羞愤与愧疚包裹着她，她使出全身力气给了展凌萧一拳，也顾不得自己是不是衣不遮体。

展凌萧没有躲闪没有还手，一动不动任她在自己身上发泄情绪。

“你为什么不还手？你还手啊！！！”陆佳期大喊着，声音尖锐得像是要吃人，“我都变成另一个人了，你为什么还要缠着我？”她在发泄，对于这么多年的隐忍的一种发泄，在今天全都爆发了出来。

“不管你变成什么样，你永远都是董小舞。”展凌萧静静地说。

“董小舞已经死了，她已经死了你知道吗？她是被你亲手杀死的，现在你还要再杀死陆佳期吗？”

“你不会死的，你有罗菲，有陆竟夕，有那么多偷来的宝贝，你怎么舍得死？”展凌萧像是看穿了陆佳期内心的想法。

“是吗？你就这么肯定，这么了解我吗？”陆佳期冷冷一笑，顺手拿过床头水果篮里的水果刀。

“小舞……你要做什么……”展凌萧看到陆佳期拿刀，这才开始慌张起来。

“我要让你知道，死对我来说，根本不算什么。”陆佳期拿起刀毫不犹豫地在自己的手腕上割了下去。

“不要……小舞……”

鲜红的血顺着陆佳期的手臂流淌下来，她割得极深，完全不像是开玩笑的样子。

陆佳期把手悬在半空中，触目惊心的伤痕让展凌萧内心一疼，他手忙脚乱地要上前。

“你别过来。你要是过来，我不知道下一刀我会割在哪里。”

“好，我不过去，你不要再伤害自己。”展凌萧看着陆佳期的手，一动不动，眼中全是紧张和心疼。

“你说得没有错，我是舍不下我的朋友、亲人，可是如果你再逼我，所有的一切我都可以放弃。就像当初放弃我这张脸一样。”陆佳期说得狠决，表情笃定，态度和立场非常明确，那种将生死置之度外的决绝让展凌萧心里一震。

他以为陆佳期只是气他，没想到她竟然这样恨他，恨到不惜以命相胁。

他看着她，那张他陌生的脸，她生气的表情，说话的口气又是那么令他感到熟悉。他想像年少时那样不顾一切地留在她的身边，保护她，照顾她，陪伴她一生一世，可是她却一点也不想给他这个机会。她的每一句话都像一把刀，狠狠地捅在他心头上。

她那么恨他，不可能会原谅他了，他知道自己没有脸再出现，可是他无法控制自己。

他爱她，不管山河岁月，候鸟变迁，不管海枯石烂，暮雪晨曦。

他就是爱她啊。

爱到他甘之如饴，愿意为她低下他高傲的头，一百次，一千次，低到她看不见的阴暗角落里。

展凌萧把地上的衣服捡起来，慢条斯理地逐一穿上，初晨的光线打在他的身上，英俊的面容像是会发光，一双修长的腿，套上剪裁合身的衬衫长裤，简单的装束，却透着一股贵族的气质。

陆佳期转过身，背对着他。

他坐回陆佳期的身边，在她的身后叹了一口气。

“我不会再来打扰你了，也请你不要伤害自己。”

他的声音就在陆佳期的耳畔，像是宣告，又像是心疼。

他轻轻地，给陆佳期披了一件外套，声音温柔：“你的手，记得要包扎。”

展凌萧站起身，慢慢地走了出去。

这一次他没有过多地纠缠，从昨天他就知道，醒来的陆佳期会有过激的反应，只是他没有料到，她会以死相胁。

在看到她在自己的手腕上毫不犹豫割下去的时候，他真的是害怕了。

比起拥有她，他更害怕失去她。

陆佳期看着展凌萧离开，听到房门关闭的那一刹那，她才捂着手，瘫坐在床上。

她完全没有想到，自己有一天要用死亡来威胁展凌萧。

这种在她看来，最愚蠢的方式。

她松了一口气，可是心里却隐约有了一种说不出的惆怅。

这一局，他们两败俱伤。

2

此次迪拜之行以失败告终。

回国后，陆佳期沮丧了很长一段时间，身上的痕迹用了整整一个星期才完全褪去，每次洗澡，她在镜子前看到自己的身体，都无法想象那晚他们到底经历了什么。

说完全不记得是不可能的，她依稀记得一些零碎的片段，无法控制的放纵与愉悦，她知道她并不排斥与他的接触，甚至有种从未有过的满足和快乐。

这让她生出一种没来由的羞耻感，对他迎合的一种羞耻。

凡事都胜券在握的她，只有在遇到展凌萧的事情上，总是不受控制。

她试图联系沈天泽，想和他认真地道个歉，可是打了几次电话都提示关机，她知道他还在逃避她，或者在生她的气。

这让她无可奈何。

事情是她惹出来的，本来想借沈天泽来打击展凌萧，没想到最受伤的是沈天泽，还是伤得最彻底的那种。

她最不应该把无辜的人牵扯进来。

真要命。

好在展凌萧真的如他所说，再也没有来纠缠她，也没有出现在她的视线范围里。

陆佳期终于可以松一口气，终日窝在自己的小公寓里养花逗鸟做饭来缓解这段时间错漏百出的生活。

陆竟夕对她这趟旅行并没有过多地追问，只是听说沈老板因为这件事生气至极，在外扬言再也不和陆竟夕的玩具厂合作，陆竟夕亲自上门道歉了好几次才让他的怒火平息。

陆佳期知道这次她惹了不小的麻烦，可是陆竟夕却并没有责怪她一句。

陆竟夕永远都是这样，无条件地包容她，哪怕是她犯下的错，他都会默默为她承受。

晚上陆佳期做了一桌子好菜，罗菲难得下班早，两个人一起坐在客厅吃饭。

天色刚刚暗下来，屋子里窗明几净，饭菜正散发着阵阵香气，电视开着，落在新闻频道，也不是想看，就是习惯开着听点动静做背景。

这是两个女生生活在一起的常态，陆佳期已经习以为常。

“你最近很忙啊……”陆佳期问道，细细算来，罗菲已经很久没有回来吃饭了。

“最近琐碎的案子多，加上……”罗菲停了一下，没有继续说。

“加上展家小公子，这个忠心的布娃娃。”陆佳期一语道破。

“别提他了，烦死了。”罗菲一提到展凌歌，眉头紧锁，满脸愁云，“没有见过比案子还难缠的人。”

“展家的人估计都这毛病。”陆佳期想起了展凌萧，他的行为和展凌歌几乎同出一脉。

“你这话什么意思？”

“没有，我就随便一说。”陆佳期夹了一块红烧猪脚放到罗菲碗里，“你总在外面奔忙，可得多吃点。”

“幸亏我的工作是每天都要运动，要不然我早就胖成一堆五花肉了。”罗菲吃着猪脚笑着。

“还好我给你做那么多好吃的，否则你早累趴下了。”

电视新闻里突然切到一张油画的画面，由远及近，让陆佳期一下子就愣住了。

是陆佳期之前看过无数次的《红玫瑰》。

主持人的声音清晰地传来：“享誉全球价值连城的油画《红玫瑰》即将被捐献给市博物馆。这幅画象征了浪漫主义和奔放的光明色彩，在二十世纪初红极一时并影响了当时的野兽主义和表现主义。而最振奋人心的消息是，这幅画在捐献之前会在萧之舞画廊进行为期一周的展览，这幅经历了半个世纪的旷世巨著，终于可以让人们一睹它的芳容……现在有请画廊的负责人，展氏集团的三公子展凌萧对这次的展览做一些详细的解答……”镜头切换到展凌萧的脸，高高的鼻梁，含笑的一双眼，笑起来的时候像明星一般闪着光芒，他从容不迫地对着镜头侃侃而谈，不知道的还以为是哪个韩国明星。

“佳期……佳期……”罗菲喊她。

“怎么了……”陆佳期回过神来。

“你不会是看帅哥看傻了吧？”罗菲笑她。

“我是那种没见过世面的人吗？追我的男人都把鹭宁包围几个圈了好不

好？”陆佳期的心思根本不是在展凌萧身上，而是在那幅《红玫瑰》身上。

“我告诉你，这个展凌萧，长得帅是帅，但是可不是什么好人。”罗菲提醒。

“你认识他？”陆佳期看罗菲一副提到展凌萧就反感的样子。

“算不上认识，只是见过几次，这个人讲话永远没个正经，一看就是个花花公子。”

“花花公子……”陆佳期咀嚼着这四个字，“花花公子在我这儿，是最讨不到好的。”展凌萧一直都很擅长把自己包装成花花公子的形象，这个爱好倒是这么多年都没改变。

“一想到这次安保活动要一直看到他，我还有点起鸡皮疙瘩呢。”

“你们负责这次的安保？”

“可不是！这么昂贵的一幅画，市里肯定担心有人来盗窃啊，特别是那个飘，哪儿有宝贝就上哪儿偷，都三年了，我们公安局成立了专案小组也抓不到他，连个边儿都没摸到。”

“他要是真的来，你们怎么办？”陆佳期问得漫不经心。

“我们这次可是布下了天罗地网，他要是来，我们一定会抓到他。”

“我相信你的能力，加油。”陆佳期脸上挂着讳莫如深的笑，手摇着空空的饭碗，“哎呀，没饭了，我去盛饭。”

陆佳期走到厨房里去添饭，白饭里她特意加了小米和玉米粒，一打开散发着玉米的清甜香气，那些黄色的米粒像是融在白色里的醒目的小秘密，如同她不能对罗菲说出的身份。

她把饭一勺一勺地装到自己的碗里，热腾腾的气味飘在她的鼻尖，她用力地吸了一口。

食物让她觉得有种踏实的美好，而盗窃让她觉得有种惊险的刺激。

一个和警察生活在一起的小偷，真是活得安全又惊险啊。

罗菲在她身后大口地吃饭，浑然不觉陆佳期的心理变化。

客厅里的电视传来主持人的声音，标准的播音腔：“展先生能否说一下这间画廊为什么取名叫萧之舞？大家都在传这个‘舞’字对您来说有特别的寓意。”

“对啊，这个‘舞’字，是一个我曾经很爱很爱的姑娘的名字。”展凌萧的声音字正腔圆，还带着低低的腔调，仿若低音炮。

“没想到展先生还是个长情的人……”后面的声音陆佳期没有听进去，她从厨房的柜子里拿出一包烟，抽了一支出来点燃。

窗外是市中心最热闹的街道，车水马龙，她想起十七岁的时候他们在街边摆摊，晚上也是这样的热闹、凌乱，四处都是灰尘和喇叭的声响，他们站在一起忙得浑身是汗，他会拿准备好的手帕，放在凉水里浸湿后拧干给她擦脸；他会每次在她摆完摊后帮她洗手，仔细涂抹上护手霜。

他们并肩坐在小摊昏暗的灯光下，他搂着她的肩膀，笑着和她说：“以后我们开一个店，你炒菜我吆喝，双剑合璧打败天下无敌手。”

她问他：“要是老了呢，我炒不动你也吆喝不动了怎么办？”

展凌萧想了想：“那我们就把赚来的钱拿去开画廊，我找人把我们的故事全画到画里，来的人都要收门票，每天我们就坐在画廊里喝茶听曲儿，等到我们死的时候，就没有人不知道我们的故事了。”

那时候听到展凌萧说这句话，她觉得非常感动，可是现在回忆起来，只觉得像个笑话。

他许诺的一辈子是那样短，他说的一生一世是那样无情。

萧之舞，只不过是一个“之”字，连爱都没有。

她对他而言只是过客匆匆，是他生活里的一个过渡。

她以前是不在乎自己以什么样的形态生活，更不在乎别人怎样看她、对待她，可是她不得不承认，无论过去多少年，她对他的一举一动，都是在意的。

理性被感性占了上风，所有的行为身不由己，所以一切才会不在她的掌控中。

陆佳期坐在客厅里看了一整晚的电视，用机顶盒播放 TVB 的新片，从《EU24 小时》到《拆局专家》再到《公公出宫》。

里面有很多 TVB 的新鲜面孔，有力捧却毫无演技的港姐，有多年的配角终于上位，没有了罗嘉良、萱萱、古天乐、陶大宇、郑少秋、黎姿、佘诗曼这些熟悉的面孔。

这么多年香港的娱乐圈早已翻天覆地，亚视关闭，TVB 老戏骨纷纷离巢，黎姿退出娱乐圈，佘诗曼不再续约，林峰回去打理家族生意，新选的港姐没有演技还总霸占女一号的位置，影后也给她们做绿叶，新旧交替了好几轮，就连邵逸夫都离世了。

可是 TVB 还在，香港的娱乐还在。

看剧的观众长大成家，大多数人在这个纷纷扰扰的世界上庸庸碌碌地生活，被时代推动着行走，今天不知明天，现在不知未来。

苟且而平淡，却又找不到改变的方法。

谁还会记得自己年少时爱过的人呢？那年青色的天空下，共同许过的承诺，牵手走过的时光，想起来，还是会有一种悸动的美好。

哪怕它带着伤害和谎言的背叛。

哪怕它最终以分离告终。

陆佳期永远都不能忘记那个有警车呼啸的夜晚，她背叛了董明伟，背叛了从小一起长大的所有人。

她更背叛了自己一直坚守的信念。

她更不会忘记，董明伟死的那一天，漫天的红色混在雨水中。

牢笼关不住他，可是他却被他的爱情杀死了。

她回到警察局，主动投案，展凌萧让家里请了律师为她打官司，她都拒绝了，她认罪、自首，对所有的事情供认不讳，因为认罪态度良好，又未成年，董小舞被判刑三年。

在看守所的日子，董小舞觉得很平静，二十多个人睡在一个房间里，冰冷，空洞。

她们每天早上六点起床，喝一杯水啃一个馒头，到时到点洗衣服，劳动，所有的事情都有规律，有时限。

仿佛像小时候住在安和巷里，每天清晨起来练功，给大家做饭，下午和陆竟夕到街上去溜达，看看有没有冤大头好下手。

只是那时候是带着对生活无限的怜悯和惶恐，而如今却没来由地平静和心安。

每个周末还有电视可以看，那是她最喜欢的时光。

什么片子并不重要，所有的剧情都大同小异，只是喜欢听电视上的人讲话，房间里其他女人在聊天，走动，偶尔也吃点零食，所有的声音聚集在一起，揉碎在午后的阳光中，特别像她在安和巷闹哄哄的生活。

每部电视剧都有结束的时候。不管多么冗长无聊的剧，都有结束的那一天。

总有新的事物把旧的事物替换，董明伟所说的日月交替，大概就是这个意思。

陆竟夕每个月都会来看她，在那次抓捕中他刚好避开了。他给她送一些简单的棉布衣服，是最简单的款式，每次来都会给她带来一束花，也不能送进去，就是隔着窗户给她看一看。

她在看守所的三年时间，目睹过很多人自杀，有的就睡在她的隔壁，半夜把自己的舌头咬下来半根，所有人都尖叫躲开，只有她很平静。

她的心已经不会跳动了，面对任何事情都是一潭死水，这是展凌萧给予的，对挂在悬崖边上的她狠狠地踩了一脚。

她跌入深渊，早已摔得尸骨无存。

她出狱之后，仍然继续偷窃，因为偷窃让她觉得活着还有那么一点点的意思。每次在作案的过程中，她的心都是紧张又刺激的，而她每次看到喜欢的宝贝儿，心里的死水仿佛都开始沸腾，她的全身都在燃烧。

她知道，自己就像一个重症病患者，病入膏肓，却不想医治。

罗菲洗完澡躺在床上很快就睡着了，陆佳期关了电视走到她的房间帮她掖好被子。

睡梦中的罗菲还在喊着："飘，我一定会抓到你的。"

陆佳期微微一笑："睡吧，亲爱的姑娘。"

3

关于《红玫瑰》这幅画，陆佳期早就觊觎许久。

做她这个行当，对天下驰名的珍宝总是比较关注。

尤其是这幅画，当她第一次知道它的存在，她就一直在寻觅它。

只是她没有想到，这幅《红玫瑰》兜兜转转那么久，原来一直在展氏，由此可见，展氏的保密工作做得有多好。

如果换在平时，她肯定毫不犹豫地开始计划怎么拿下，可是这幅画与展氏和罗菲都有巨大的关系，她思前想后，还是决定放弃。

陆佳期在几天后收到一个快递，里面放着参观《红玫瑰》的邀请函。

邀请函上还附上一张字条，上面写着：√。

这是她和陆竟夕的联络方式，打钩的意思就是两个人共同达成不参加的协议。

他们每次做任务，都会用快递的方式先来联系。

前几天她已经给陆竟夕寄去一个快递，表示这次的活动她不会参与，现在这封应该是陆竟夕的回复。

她查看了一下寄件地址，果然是陆竟夕的古玩店。

得到回复后，陆佳期捏着那封《红玫瑰》的邀请函放在眼前。

娇艳欲滴的花朵，色泽分明，色彩饱满，就连影印在邀请函上的小图都那么生动。

既然下不了手，去看看总是可以的吧。

想到这里，她开始愉快地换衣服、化妆，把自己打扮得高贵动人，随后去往画廊。

去看一幅喜欢的画，就像去见一个久违的爱人，全程都让她充满欢喜。

只是她没想到，她会在画廊看到展凌歌，他站在一楼，手里拎着一碗粥，愁眉不展的样子，那东西一看就是为别人准备的。

陆佳期立刻心领神会，走过去："你是不是认识罗菲？"

他表情惊讶。

"我帮你拿给他。"陆佳期最乐意做个好人。

展凌歌感激地把粥递给她。

等到她走上楼的时候，看到展凌萧正在对罗菲献殷勤。

招牌式的笑容，讲话轻声细语十分温柔，他手里拿着水和蛋糕正要递给罗菲。

如果换作别的女生肯定缴械投降，可惜罗菲向来对帅哥不感冒，尤其是他。

况且罗菲对鸡蛋过敏是众所周知的事情，他献殷勤献得可真不是地方。

"我家菲菲可不吃鸡蛋。"陆佳期走过去。

展凌萧看到陆佳期，含笑的眼睛突然像是发了光，他的目光就这样看着她，赤裸得毫不遮掩。

“这位小姐有些眼熟。”他在罗菲面前假装不认识陆佳期。

“这种搭讪的台词太老套了吧。”陆佳期把展凌萧要递给罗菲的蛋糕拿过来，“本小姐已经拿过你的蛋糕了，展先生可以走了吧。”

展凌萧留恋地看了她几眼，并没有过多停留，很快就离开了。

陆佳期把手里的粥放到罗菲的手里：“给你哪。”

“还是你贴心。”罗菲面对熟识的人总是不吝啬赞美。

罗菲打开粥的盖子，闻到了一股清甜的鱼香味，最可人的是上面还撒了她很喜欢的虾米。

“你怎么知道我吃鱼片粥爱放虾米的？”

陆佳期一愣，随口胡诌：“我随便买的，你爱吃就行。”

罗菲一口一口地吃着，有喜欢的食物进到胃里，感觉整个人都活过来了，她满足地笑着，眼睛弯成两个月牙。

“你怎么有邀请卡？”罗菲突然想到这个。

“干我们这行的，弄张邀请卡还难啊？”陆佳期一副理所当然的样子。

罗菲一脸狐疑。

陆佳期看着不远处的那幅画，啧啧惊叹：“这就是那幅价值连城的《红玫瑰》？”

“嗯。”罗菲点头。

“还真欣赏不来……”陆佳期掩嘴一笑，“在我看来，不就是普通的油画一幅吗？被人吹得像人参果似的。”

“不，这可比人参果值钱，人参果一棵树能结好多，这幅画，全世界就这一幅呢。”罗菲喝了几口水，和陆佳期一起去看这幅《红玫瑰》。

“真没意思，我去楼下逛逛。”陆佳期表现出兴趣不大的样子。

“嗯，好的。”

“晚上我还有个大 PARTY，你到家就先睡，别等我啦。”陆佳期捏捏罗菲的脸。

“知道了。”

陆佳期沿着楼梯走下去，里外逛了几遍，对这间画廊的构造有了大致的了解。

这间画廊原址是一间美术馆，后来因为经营不善，卖给了展氏集团变成了画廊。画廊平日主要卖一些当代小有名气或是新兴画家的画，定期也会举行画家见面签售展之类的活动，文艺气息重，又与时代接轨，因此比一般的画廊要热闹一些。

由于要展示这幅著名画作，整个画廊重新修葺和布置了一番，本来白墙打底的画廊现在以红色玫瑰为主题，整个墙壁让专业画师画着大片大片的玫瑰花，娇艳欲滴，一路蔓延到三楼的展厅。

罗菲负责的正是三楼的展厅，这是《红玫瑰》展示的所在位置，这幅画是不允许近距离观看的，防盗系统都安装完毕，红外线像蜘蛛网一样排布，若有人靠近，警报器就会响起，整个画廊都能听得见。

陆佳期站在一楼大厅里，微微仰头去看这三层楼，画廊不大，却派了那么多警察和便衣，看得出这次市里为了抓捕她是下了功夫的。

不过她并没有把这些人放在眼里，再完善的体系都有漏洞，如果她要动手，也不是没有可能。

“想什么呢？不是说好不动手的吗？”陆佳期捏了捏自己的手，告诉自己别让内心那个蠢蠢欲动的念头燃起来。

像是一种职业毛病，只要看到她喜欢的宝贝，她就像着了魔一样。

“你这次准备怎么下手？”展凌萧悄然走到她的身边。

陆佳期转头，他一张脸笑得极其丰神俊朗。

“展先生在说什么，我可听不懂。”陆佳期也笑，大庭广众她不相信展凌萧敢对她怎么样。

“你刚才和我五弟说什么？聊得那么开心？”展凌萧问。

“你猜。”

“他那么无趣的一个人，除了和你说罗菲那个小女警，还能说什么？”看来展凌萧对展凌歌的事情也是非常清楚。

“他再怎么无趣，我觉得也比油嘴滑舌的人来得真诚得多。”陆佳期瞟他一眼，转过身走出了画廊。

4

出于对这幅画的热爱，陆佳期连续一周都会来这间画廊看看。

展凌歌每天都会给罗菲煮一碗粥，她会顺便帮他拿给罗菲。

罗菲那个傻乎乎的小妞，一直以为粥是她煮的，吃得不知道多开心。

一个富家公子能煮出这么符合罗菲心意的粥，可见是用情之深。

每次送完粥，陆佳期都会在三楼看一会儿《红玫瑰》，普普通通的一幅画，却像是有魔力一样吸引着她。

这期间她也遇到过展凌萧几次。

因为是画廊负责人，所以展凌萧很忙碌，且总被各种美女围绕，有口齿伶俐的女记者，有高贵冷艳的名媛，还有清纯可人的嫩模。他不像展凌歌那么冷酷，谁靠近展凌歌，展凌歌就冷冰冰地拒人千里，展凌萧脸上始终带着笑，对谁都很好的样子，更像一只狡猾的狐狸。

展览的最后一天，陆佳期时间有点赶，因为半路上遇到一个人跟她问路，等她把对方带到要去的地方，已经很晚了。

本来她看时间太短不想去，可是她还是坚持去看最后一天的展览。

一进门，她就觉得哪里有异样，待她走到三楼的时候，就看到一个熟悉的身影，那个人穿一身灰条纹的西装，白发苍苍，满脸的皱纹，看上去像是某个大学的退休老教授。

别人分辨不出来，可是陆佳期一看就知道这是陆竟夕假扮的。

她心生疑虑，她分明已经明确表态不下手，陆竟夕也与她达成一致协议，为什么他现在会出现在这里，还是这种装扮？明显就是他要有所作为。

陆竟夕看到陆佳期也有些惊诧，估计两个人谁也没有料到对方会出现在这里。

陆佳期看了看手表，离闭馆时间只剩下半个小时了，她想走过去和陆竟夕问个究竟。

就在此刻，画廊里的灯突然灭了。

一时间有人在黑暗中发出恐惧的尖叫，红外线防御系统有短暂的实效，有人大喊："大家拿出手电筒，看好《红玫瑰》。"

陆竟夕快速地往《红玫瑰》的方向挪动，罗菲从远处赶了过来，整个氛围惊险又紧张。为了拖住罗菲，陆佳期故意从她身边一掠而过，罗菲和陆佳期交了个手，陆佳期假装从楼梯上跑下去。

罗菲喊了一句："人下楼了。"

五秒之后，灯又亮了起来。红外系统恢复正常，大家都紧张地去看那幅《红玫瑰》，画还稳稳当当地放在橱窗里，看上去和平时没有什么两样。

陆佳期整理好自己微微凌乱的头发，混杂在人群里。

展宏闻讯带着展凌歌和展凌萧走到了楼上。他从橱窗里把《红玫瑰》取了出来，戴着眼镜看了半晌，又把画翻过来倒过去地检查，最后，他非常笃定地对负责安保工作的副队长说："这幅画，是假的。"

陆佳期知道，陆竟夕得手了。

第十二章 孤注一掷

恨有多深，爱就有多重，所以，我恨你，所以，我爱你。

1

陆佳期站在人群里，看着乌压压的人，唯独不见陆竟夕。

警察把现场的人全部控管起来，开始逐一检查，专程来看展的宾客们多多少少有些不耐烦，有些甚至不配合。

毕竟这里面很多人都是鹭宁有头有脸的人物，哪里能受得住这种盘查。所以警方也不能细查，只能大致检查一下。

这样的检查持续了一个小时，警察一无所获。

“好了没有？我还有事儿没办……”

“你们要查到什么时候？”

“……”

不满的声音此起彼伏。

“放人吧。”刑警大队队长迫于压力只能无奈道。

画廊门被打开，人群朝外渐渐疏散，陆佳期在人群张望，没有陆竟夕的身影。

既然警察没有抓到，陆竟夕应该是安全的。

陆佳期有些迟缓地走到门外，一颗心算是放了下来。

这或许是她作过那么多案子以来，最令她觉得惊险的一次，一直走到门外她的心还在狂跳。

刚刚如果不是她帮忙引开警方的注意力，现在陆竟夕说不定已经被抓了。

可是他为什么会一个人独自行动？连通知都没有通知她？

陆竟夕绝对不是那种鲁莽行事的人。

她转过头，看到展凌萧站在画廊二楼的花园阳台上，绿色的藤蔓顺着精致的半圆罗马柱攀爬，隐约地包裹住他修长的腿，只露出他的上半身。

展凌萧手里拿着一支烟，英俊的脸浸润在傍晚的晚霞里，流转而动人，像是造物者的恩赐。

他轻轻地笑了一下，薄唇微弯，充满了深不可测的意味，像是纯净无害，又像随时能杀人于无形。

他目光灿然，就这样俯视她，一副不急不缓欣赏风景的悠闲样子。

据理《红玫瑰》丢了，他作为画廊主人应该万分焦虑，可是他并没有，他平静惬意得太不寻常。

两个人的目光透着远远的距离相接，各怀心事。

突然，展凌萧咬着烟，朝她的方向，用手做了一个“心”。

这是董明伟曾教过他们的一个手势，那是几个人一起做任务，任务完成不方便言语传达的时候打的手势。

展凌萧居然知道这个暗号，他想要表达什么？

陆佳期觉得脊背一阵发凉，仿佛有股寒意从心底冒了上来。

他好像对她所有的一切了如指掌，那些她以为隐藏得很好的，他似乎全都知道。

一个深不可测又阴魂不散的人，真令人恐惧。

他真的变了，他真的不是以前那个展凌萧了。

又或许他没有变，只是从前的她，从来没有看清楚他的内心世界。

陆佳期不敢去想，转过头快步走到自己的车子前，车子发动的时候，她透过车窗又看了一眼那个画廊。

画廊的招牌并不大，名字用三块瓦砾组合在一起，上面用银色的漆写着“萧之舞”三个大字，是瘦金体，她小时候练字最喜欢的字体。

这个细节她从来没有注意到。

待她抬头去看二楼花园阳台的时候，上面已经空空如也，早已没有了展凌萧的身影。

只有繁盛的花草一路攀援在罗马柱上，徐徐盛开。

仿佛刚才她看见的，只是自己的幻觉。

2

陆佳期把车直接开到古董店所在的郊区。

夜一点点地暗下来，周围的草木都陷入寂静和萧索之中。

古董店的巷子里点着一排绯红色的八角灯，把一条长巷映衬得分外妖娆。

陆佳期把车停在门口，左右环顾了一下四周。

陆竟夕没有回来，连古董店都没有开门。他只有做任务的时候才会停业。

陆佳期慢慢走进巷子，在古董店的门边停下来。

门口左侧有一个水龙头，装着青花瓷的圆形台盆，矮矮的只到陆佳期的膝盖。

她蹲下身，看到台盆上新换的辣木皂，那是陆竟夕从泰国买回来的。

她从包里拿了一支香烟，点燃，用力地吸了两口。

烟的气味进入肺部，她呛了几下，但是她没有停止，仿佛这样才能让她全身都安静下来。

天色已经完全暗了，郊外的夜色沉在一片静谧中。

她缩在黑暗里，并没有过多地担心陆竟夕的安危，只是认真地想了一遍下午发生的事情。

这么多年她和陆竟夕合作都没有出过差错，这次到底是哪一环出了问题？

一辆车缓缓开入巷子，车灯明晃晃地照过来。

那是陆竟夕的车子。

车子由远及近，熄火停下，车门打开，陆竟夕走了下来。

“哥，你回来了？”陆佳期站起来，手里拿着烟。

她对陆竟夕的回来表示很冷静，她怕他出事儿，可是也不怕他出事儿，在她心里他们两个是一体的，只要一方出事，另一方也不会置身事外，除此之外，这世上他们再无牵挂。

“少抽点烟，对身体不好。”陆竟夕把她手里抽了一半的香烟拿过来掐掉。

“就剩最后一口了，也不让我抽完。”陆佳期表示很不满意。

“洗手吧。”陆竟夕打开水龙头，拿过辣木香皂。

这是小时候董明伟教他们的习惯，但凡出任务，在进家门前一定要洗手，意思就是把外面的所有污秽洗干净。

小时候他们总是习惯蹲在巷子口矮矮的水龙头旁，一扭开，有巨大的水柱冒上来，丰富的泡沫将两双手掌包裹，水哗哗地冲着，好像可以把所有的污秽和悲伤都冲刷走。

“洗完手了，进门。”陆竟夕打开门，室内的灯光亮起。

他刚拿过手边的遥控器，骤然停了下来——不远处的窗台上，有一个熟悉的东西摆放在上面。

“《红玫瑰》？”尾随而入的陆佳期，也看到了窗台前的物件。

陆竟夕疾步走到窗台旁边，拿过画，认真地看了看：“这是真的《红玫瑰》。”

陆佳期警惕地环视了四周，这里并没有任何被人潜入的痕迹，所有的古董也没有被动过。

画框的背面贴了一张小小的字条，陆竟夕把字条拽下来。

瘦金体的字迹，端正地写着：以物换物。

陆佳期抬头，发现挂在窗户边拿来装文鸟的金丝笼不见了。

“这个人可真有意思，兜这么大的圈子，就拿走了一个鸟笼。”陆竟夕轻轻地按了一下音乐的遥控器，屋子里开始流淌动人的旋律。

“这《红玫瑰》真是好看，早知道来得这么容易，我就不去冒这个险了。”陆竟夕躺在藤椅上，把画捧在手里欣赏把玩。

“你今天为什么会一个人去行动？”陆佳期问。

“我收到你的快递提示，说你不参与行动，让我自己去。”

“我给你的提示是这次的活动取消。”

两个人相视而望，像是瞬间明白了什么。

有人在他们联系的快递上神不知鬼不觉地做了手脚，目的就是为了让陆竟夕孤身犯险。

“我们的联络方式已经被人掌握了。”

“你说的是——展凌萧？”

“我没有想到他的动作会这么快。”

“他怎么会知道我们的暗号和联系方式？”

“他可是一只小狐狸。看着纯良无害，不知不觉掌握了我们所有的动向，这次行动就是他一步一步设局让我跳进去，今天要不是你在，我可能就要进去了。”

“他为什么要这么做？”陆佳期之前已经算了个大概，但是始终不明白展凌萧的动机。

陆竟夕眯起眼，微微一笑：“男人的嫉妒心啊！可不比女人少。”

眼见自己喜欢的人成天和另一个人在一起，怎么会不嫉妒呢？这种感觉他太了解不过。

陆佳期并不了解这种嫉妒，她于展凌萧而言，不过是一颗随时可以放弃的棋子而已。

他所谓的嫉妒和爱，都是那么浅薄，禁不住考验。

“我差点忘了几年前他是怎样害死了老爹，这种心狠手辣的人，我居然轻视了。”陆竟夕轻轻地摇着摇椅。

“接下去该怎么办？”

“先歇一阵子吧。”

“我们难道要这样一直躲着他？”

“这只是暂时的，你要知道，再狡猾的狐狸，也会露出他的尾巴，等他现形的时候，把他的尾巴砍断……”陆竟夕做了个手起刀落的姿势，“看他还怎么跟我们猖狂。”

“你有计划了吗？”

“会有的，不要着急。一个敢拉我陷入生死局面的人，我一定不会让他太好过。”陆竟夕抬头，“只是到时候你别心软，不要舍不得就好。”

陆竟夕总是很容易洞悉陆佳期的一举一动，哪怕她脑中那一点点自己都不易察觉的小心思。

3

连续几个月，陆佳期和陆竟夕都没有再打城中宝贝的主意。

他们像个安分守己的良民，陆竟夕做着自己的工厂，打理古董店，忙起来全世界飞着谈生意，而陆佳期基本上就是美容健身，做慈善，每周照例去孤儿院陪孩子们玩。

她捐助了几所希望小学，组织了一群支教的志愿者，闲暇之余她也会一同前去给深山里的孩子们上课。

大山里的孩子生活艰苦却非常珍惜这个学习的机会，陆佳期每次去，都能在他们的脸上看到幼年时候的自己。

他们极其渴望通过学习改变现在的生活，所以特别努力和珍惜。

上课的日子分外清闲和安逸，只是当她独自在山里行走，看着苍茫的大山，总会想起董明伟，想起那群走散了的师兄师弟，她不知道他们后来都去了哪里，董明伟死后大家都各自走散，几乎没有再联系过。

她常常会想起他们，想起那些漂亮美少年的脸，想起有些邪魅的三师兄，想起笑若桃花的老十一，想起总爱讲笑话凑热闹的二师兄，以及热爱做手工的五师兄。

他们每个人身上都有属于他们各自的特点，那一张张俊美的脸常常浮现在她的脑中，如果董明伟没有死，他们还有安和巷，那个勉强称之为家的地方，他们就算分离，也可以相聚，无论走到天涯海角，都有地方回去。

可是现在，他们每一个人，都只是飘在这个世界上的孤魂，没有亲戚，没有朋友，甚至没有伙伴。

她是幸运的，从小到大，都有陆竟夕在身边不离不弃，哪怕她进监狱，他都始终陪伴在她身边，可就是这份幸运，让她的内心更加愧疚。

因为她知道，是她一手把原本平静的一切全部绞杀。

绞得痛彻心扉，杀得尸骨无存。

包括她曾经那份会信任，会爱人的心。

展凌萧和她重遇后一直说要和她重新开始，可是，怎么可能重新得了？

她不会再相信任何人许下的承诺，特别是他。

有时候她觉得展凌萧很狡猾，可是有时候又觉得他很天真，他怎么会天真地觉得在他亲手杀了人之后，还能轻易获得原谅？

他的心思她永远猜不透，这个男人，她始终没有看清过。

可是这又怎么样？她已经不想去猜，也不想看清，她只想离他远远的，彻底摆脱他的纠缠。

4

小武到了上学的年龄，陆佳期帮他物色了一所学校。

虽不是贵族学校，但也是鹭宁数一数二的区重点，学费是林翱给交的，虽然小武不知情，但是也算尽了一份做父亲的责任心。

在这期间，罗菲身上发生了一件很大的事情。

她突然决定要嫁给展凌歌。

只因罗菲的父亲身患重病，治疗需要很大一笔费用，罗菲不想麻烦别人，只能想出这个方法。

其实这只是钱的问题，陆佳期完全可以出手帮忙，可是她不想那样做。

她知道每个人的债都要靠自己去偿还，谁都不能代替。

既然罗菲选择了这条路，那她只能看着罗菲走。

何况她知道展凌歌有多爱罗菲。

日日站在一个人家的楼下守候，为她做那么多的布娃娃，就连设计的戒指都是以罗菲为原形，他用情至深，自己有什么理由去出手阻止？

虽然罗菲恨他入骨，可如今她又不得不依附他。

依附在一个人身上是很可怕的一件事，处处受人掣肘，像被人握住线的风筝。

罗菲没有办婚礼，只是戴了一枚简单的戒指算是了事了。

她走的那天陆佳期抱着她，对她说：“这里永远都是你的家，想回来随时都可以回来。”

展凌歌在门口等她，小时候天真可爱的小男生已经长大了，他成了鹭宁城中有名的珠宝设计师，深得父亲展宏的器重，他太优秀了，外界盛传展家的家业今后会交到他的手里，他的前途无可限量，要什么样的姑娘都有，他娶罗菲，他的父亲肯定要大发雷霆。那么讲究门当户对的展宏，陆佳期早早就领教过，可是展凌歌并没有畏惧，他就是那么坚持地要娶罗菲，这辈子非她不要，这种坚定，或许是展凌萧永远不具备的。

展凌萧那么顺从他的父亲，每一句话每一件事都生怕出错，处处讨好。

这或许就是他们俩兄弟的不同吧。

罗菲走后，陆佳期彻底地过上了一个人独居的生活，生活平淡得有时候令她抓狂，整整半年，她看中的宝贝越来越多，可是却无法下手，那种感觉简直像是有人在她心上拿羽毛清扫，让她心痒难耐。

展凌萧也非常守约，始终没有再出现。

陆竟夕倒是不着急，和人合资开了一间小小的影视公司，做一些网络剧的项目。

陆佳期觉得完蛋了，再这样下去，她这个飘就要退出江湖了。

就在她一筹莫展之际，展家发生了一件大事。

展凌歌被媒体爆料，他最新设计的产品和一个大四学生的毕业作品几乎一模一样，这件事情扩散太快，不到一周的时间已经传得沸沸扬扬尽人皆知。

而媒体一边倒的姿态，更让这件事疑云密布。

展家在鹭宁是有头有脸的人物，这样的新闻按理不应该压不下来，最不济也不至于扩散这么迅速。

这幕后一定是有黑手在操控。

陆佳期打开电脑迅速查了一下那名大四学生的作品，真的和展凌歌的图纸有百分之八十的相似，她又查了一下他的身份，在这之前他的父亲还欠了别人一身赌债，可最近却无缘无故把这些钱还清了。

据她敏锐的判断，这是一次蓄意的人为事件，而想要把展凌歌拉下来的人，在展家，只有展凌萧了。

展凌萧这么多年表面上是个大好人，可是背地里却没少干陷害展凌歌的事情，他一直想把展凌歌从现在的位置上拉下来，让展宏对展凌歌失去信任，好自己上位。

这才是他对付展凌歌的真正目的。

陆佳期突然感觉这是一个下手的大好机会，只要展凌萧落马，就等于失去了权势，一个失去权势的人，还怎么威风得起来呢？

何况这件事本身就是他自作自受。

5

罗菲因为这件事来找陆佳期帮忙。

许久不见，罗菲在提到展凌歌的时候不再是仇恨，每一句话都充满了担心。

陆佳期知道这半年的时间改变了很多东西，罗菲的心正在一点点地靠近展凌歌，而她自己并不知道。

陆佳期把调查好的资料交给罗菲，让罗菲去找那个大四的学生询问，而自己却着手开始调查展凌萧的行踪。

当天，罗菲被那个学生犯病咬伤，但是她并没有把这件事放在心上，第二天继续和陆佳期一起在医院蹲点。

经过一个晚上漫长的等待，展凌萧的车子果然出现在医院。

陆佳期看得出展凌萧现在有些慌了，对于一个乱了方寸的人，此时只要再下一点重手，他一定原形毕露。

她没有让罗菲直接揭发展凌萧，而是先让罗菲假装去找展宏告诉展宏珠宝设计的案子有了证据，而这些消息都要被展凌萧听到，到时候他一定会想方设法把证据偷走，这时候再抓他个现行。

罗菲听陆佳期说完，瞪大了眼睛："这个方法真的可以吗？"

"相信我，我什么时候骗过你，对付狐狸，只能比他更狡猾。"

罗菲半信半疑地离开，陆佳期知道聪慧如罗菲，肯定会完成这件事。

果不其然，在半夜的时候，陆佳期就收到罗菲发来的短信，告诉她事情成了。

她长长松了一口气，可是心里却又隐隐地担忧。

没过几天，鹭宁电视台报道了关于珠宝抄袭事件，名记者许昊天亲自主持澄清，这件轰动的丑闻真相终于水落石出。

新闻报道里没有提到展凌萧，毕竟是丑闻，展家怎么可能会往外报道。

只是这件事过后，展凌萧手上所有的产业都被展宏的亲信接手，他被委派去泰国做一个旅游度假岛的开发项目。

这说明展宏已经不再信任展凌萧，去泰国就等于流放。

一想到展凌萧要离开鹭宁，她很快又可以和陆竟夕行走江湖，陆佳期连着高兴了好几天。

她做梦都在计划展凌萧走后她第一件要下手的宝贝是什么。

只可惜她的如意算盘还没打响，新闻里又在沸沸扬扬地报道另一件事。

这次放出消息的是鹭宁的娱乐八卦杂志，报道了展凌萧并非展宏亲生儿子这件事，还附上展凌萧母亲的照片和年轻时候的情史，本是一则花边新闻，可是因为这个消息的主角是展凌萧，那个长得极其英俊的富商之子，所以引得全城哗然。

虽然那份杂志很快被展家销毁，可是这件事却早已经传了出去，那阵子陆佳期只要打开电视，最火爆的消息必定是这个，就连走在路上，所有人都在讨论此事。

她随手买了一份拿起来看，报道上写展凌萧已经离开了展家，住在朋友家郊区的一栋宅院里，照片上的他身形萧索，面容憔悴，不修边幅，坐在路边拿着画板画画。

陆佳期知道这是珠宝事件带来的连锁反应，可是新闻上报道的消息是真的吗？

他不是展宏的儿子，那他究竟是什么身份？他那么在乎紧张的身份地位，一夕间全都化为乌有，这个打击对他来说肯定是致命的。

这不是她所期望看到的，她以为抓出他害展凌歌的证据，至多是失去展宏对他的信任，他还是展家的三公子，过着吃穿不愁的公子生活，可是现在他失去了展宏的信任，又没有了展家三公子的身份，他就等于一文不值了。

她完全没有想到，事情会发展到如斯田地。

之前的喜悦统统没有了，陆佳期每天都心绪不宁，连陆竟夕喊她去剧组玩她都拒绝了。

陆竟夕笑她：“你是不是舍不得了？”

“你说到底是谁干的呢？”

“管他是谁呢，反正帮了我们一个大忙。”

陆佳期把所有人物在脑中梳理了一遍也没想到这个爆料的人是谁。

她以为展凌萧会来找她。可是他并没有出现。

这件事过去整整半个月，他连一点消息都没有。他没有回展家，没有回应，整个人像是从鹭宁蒸发了。

可是陆佳期知道，不是这样的，他只是把自己缩在某个角落里，不愿意别人看到他的伤口。

他的心里一定非常非常害怕。

陆佳期叮嘱自己不要多管闲事，不停地对自己说展凌萧的事情与她无关，可是对他的内疚，却让她夜夜失眠。

她不知道自己要去哪里，但还是想出去走走。

车子开过鹭宁的一条铁轨旁，她突然看到了一个熟悉的身影。

他坐在铁轨边上，正在吃着一碗泡面。

虽然他头发凌乱，一脸颓丧，可是陆佳期一眼就认出了他。

是展凌萧。

无论他变成什么样，她都能一眼把他认出来。

陆佳期把车停在远处，没有要上前，有流浪汉走到展凌萧面前，抢过他手里的泡面，还把他狠狠地推在地上。

他倒在铁轨边的碎石上，却没有反应，整个人恍恍惚惚，就像一具没有灵魂的木偶。

陆佳期终是不忍心，下了车走过去，低下身去扶他。

她的手在触碰到他的时候，他的脸才有了反应，抬头看到了她，他的目光一愣，本来暗淡的双眸瞬间有了光，可是他却用力地把陆佳期的手推开。

“干什么？可怜我？”展凌萧满脸的胡楂，一件白衬衫脏得不成样子，头发邋遢，好在有一副俊美的五官让他看上去还没有太糟糕。

“你现在和流浪汉有什么区别？”

“这不就是你想看见的吗？让罗菲使计害我，让我父亲对我失去信任，你做到啦，我现在一无所有，就连展家三少爷这个身份也是假的。”展凌萧眼睛布满了红血丝，只是半个月没见他，他整个脸颊瘦得凹了下去。

他们虽然平日里不接触，可是却深知彼此的动向。她所有的一举一动都瞒不过他。

她知道展凌萧现在处于崩溃的状态，像一个充满气的气球，只要轻轻一扎就破了。

“你饿吗？”陆佳期问道。

展凌萧愣了一下，他没想到陆佳期会说出这三个字。

“我不用你可怜我。”展凌萧拿过旁边的外套要走。

“我给你煮个泡面吧？”陆佳期站在展凌萧身后说。

展凌萧停下了脚步，他记得高中那会儿他最喜欢陆佳期给他煮泡面吃，每次陆佳期给他泡泡面，他都觉得好幸福。有一次她为了给陆竟夕过生日而忘了和他约好去看电影，他气得在电影院门口吹了一晚上的冷风，第二天陆佳期去看他，他别别扭扭地就是不理她。

最后，陆佳期给他煮了碗泡面，放在他面前说：“你要是不生我气，就把这个泡面吃了。”

展凌萧有一肚子的委屈，可还是把泡面拿过来乖乖吃了。

那天陆佳期和他约定，以后只要他生气了，她就给他煮泡面，他愿意吃就代表原谅她。

展凌萧没有想到陆佳期还记得高中时候的约定。

“走。”陆佳期拉过展凌萧的手，不管他同意不同意，直接把他带上了车。

展凌萧想把手甩开的，可是她的手那么温暖，只要一碰到她，他的心都化了，怎样也舍不得丢开。

车子开到了陆佳期的小公寓里。

两个人沉默地走上了楼，陆佳期打开门。

这是陆佳期在市区的小公寓，不算大，装修得也很简单，可是打理得却十分整洁干净，屋内散发淡淡的幽香，墙面上刷着暖黄色的涂料，一走进去，有种说不出的温暖。

“自己找个地方先坐吧。”陆佳期走到厨房，关上门，开始忙活起来。

展凌萧走到卫生间去洗手，台盆上有一面长方形的镜子，他抬头看镜子里的自己，深重的黑眼圈，脏兮兮的衣服，腿上的裤子不知道蹭到哪里破了一块，就连他平日里一向自傲的长相，也因为没有仔细打理，显得有些颓败。

他就像一个彻彻底底的失败者。

可是他的眼中却丝毫没有一点沮丧和落寞。

反而有种胜利的窃喜。

谁都不知道，走投无路穷困潦倒是他的最后一步棋，他之前做了那么多事情，都无法与陆佳期更近一步，如果他再不改变，两个人的关系只能僵持不下。他不想就这样离开她，他只能选择最后的孤注一掷。

如果不能在辉煌和灿烂中挽留她，那就在绝望和一无所有中被她挽留。

他故意放出他是私生子的消息，故意心灰意冷地离家出走，故意住在那么破旧的房子里，他知道以陆佳期的能力会查到他的现状，他把自己装得那么可怜，每天晚上都等在那条陆佳期经常会去的铁路上，他知道她肯定会来把他带回去。

这段时间他把自己弄得人不人鬼不鬼的，就是为了博得她的同情。

这是一步险棋，他赌上了他全部的身家。

当他看到陆佳期朝他走来的时候，他知道，自己赌赢了。

他把脸泡在水里，嘴角带着微微笑意。

“面煮好了，快出来吃吧。”陆佳期在门外喊。

他调整了一下失落的状态，才打开门走出去。

陆佳期就站在门口，两个人差点撞了个满怀。

陆佳期抬起头，看到展凌萧满脸的水，那些细小的水珠顺着他的脸颊流淌下来，和他的表情一样显得无比沮丧。

“洗个脸也不知道擦一下。”

陆佳期拿手在他脸上拂了拂，她的手刚刚煎过鸡蛋，散发着食物的香气，可是又是那么柔软，纤长的手指在他脸上轻抚，仿佛可以把他所有的沮丧全都抚平。

“好了，就这样吧，先去吃面。”她的语气很随意，平日里对他的冷漠和厌恶此时有了缓解。

她对他还是有感情的，虽然她对他那么狠心，恨不得毁了他所有的一切，可是她心里却是爱着他的。

这就够了。

再辉煌灿烂的世界，都比不过与她相守的片刻。

空荡荡的餐桌上放着一大碗面，配了几棵小青菜，两朵香菇，还卧了两个半熟的鸡蛋。

展凌萧看着那碗面，腾腾的热气把他的脸弄得朦朦胧胧，却令他的鼻子发酸。

陆佳期没有盯着他吃泡面，只是坐到了客厅的沙发上打开电视看粤语长片。

展凌萧端着面看了半天，终于动了筷子大口大口地吃。

陆佳期的眼睛虽然在盯着电视，可是在听到他开始吃面的那一刻，嘴角却没来由地弯了一下。

这么多天的不安和忐忑，似乎统统烟消云散，展凌萧此刻就坐在她的旁边，她听着他吃面的声音，心里无比安心。

没有话和他要讲，仿佛只是对待一个客人，可是他又不像客人。

像什么呢？陆佳期盯着电视屏幕思索。

“我吃完了。”展凌萧的声音从后面传来。

“把碗放着一会儿我去洗。”陆佳期顺嘴接了一句。

陆佳期说完这句话，展凌萧愣了一下。透过电视机旁的镜子，她看到展凌萧发怔的脸，才觉得刚刚那句话说得似乎有些不妥，但是话已经说出去，现在也收不回来。

“我……我自己去洗吧……”好半天，展凌萧的声音才从背后传来，而且没有了刚刚陆佳期去找他时的激动和愤怒。

他不等陆佳期回答，端着碗径直走到厨房。

厨房很快传来了水龙头放水的声音，陆佳期踮脚轻轻地走到厨房门口。

展凌萧背对着她，拿过打湿的抹布，倒了一些洗洁精在抹布上，待揉出泡沫后，拿起碗开始擦。

陆佳期这才想起来，厨房里还堆着中午未刷洗的碗筷，展凌萧看见了，一并都清洗了。

做完这一切之后，他把碗筷拎起来抖了抖，再拿起石英石面上的干布一个一个地擦拭。

整个动作行云流水，熟练又快速，陆佳期看得有些不可置信。

陆佳期想起高中那会儿，他们的小摊经常营业到后半夜，待所有的东西都卖完，她开始清理那些装食材的碗，是那种极其普通的公鸡碗，董明伟的审美，她把它们放在泡沫里冲洗，擦干，再装好。有一次展凌萧自告奋勇要帮她洗碗，陆佳期在前面算账。没过一会儿，她就发现他洗碗的地方到处飞起了泡泡，她赶紧跑过去一看，看到一池的泡沫和满手是泡泡的展凌萧手足无措地站在原地。

“怎么有这么多泡泡啊？”他很委屈，又很无奈。

“你放了多少洗洁精？！”

“半碗……”

“我的天，洗个碗你放那么多洗洁精干吗？洗洁精不要钱吗！”陆佳期一边责备一边笑。

展凌萧像是做错事被人抓包的小孩子，很委屈地说：“我们家从来不需要我洗碗啊！我怎么会知道！”

“好好好，小少爷，我服了你了。”陆佳期走过去，耐心地和他说，“洗碗只需要挤一点点洗洁精就可以了，而且不要挤在碗里，要挤在抹布上，揉一揉就会出很多泡泡，这时候再把抹布拿去擦碗，擦一遍再开水龙头冲洗，这样省洗洁精又省水。”

陆佳期说完，抬头看到展凌萧听得认真，又摆摆手：“算了，你学这个也没用，反正你家里用人多，这辈子也不需要洗碗。”

“我怎么不需要了？你可别小看我！我一定得把这个学会了！”

“你学这个干吗呢？”陆佳期觉得好笑。

“我要给我媳妇儿洗一辈子碗。”他信誓旦旦的声音在那个有些炎热的夏夜，显得分外傻气又动人。

此刻窗外正是深夜，星幕散发着乌沉沉的光，一轮弯月高高悬挂，时光仿佛还停在十七岁那年。

展凌萧转过头，看到陆佳期不知何时已经站在厨房门口，目光盯着窗外，怔怔发愣，这是一张非常陌生的五官，可是她的眼神和她的气质，他却无比熟悉，特别是她双眸里那经年不散的冷漠和平静，世界上再也找不到第二个。

“洗好的碗放哪里？”展凌萧先开口。

“哦……”陆佳期这才反应过来，“你左手边下面第二层。”

展凌萧蹲下，拉开第二层抽屉，里面是千篇一律白色的骨瓷碗碟，通透雪白，他把碗碟按顺序摆放好，碗碟碰撞的声响在寂静的夜色里尤为清晰。

摆完这些之后，他站起身，走到陆佳期面前，郑重地说：“谢谢你请我吃面，我说过我不会打扰你的，再见。”

“你住这儿吧。”陆佳期突然说道。

展凌萧停住脚步：“不用，我有地方住。”

“那个会漏水的房子吗？你一个大少爷，住得惯？”其实陆佳期这段时间早已经调查过了，展凌萧住在不知道哪个朋友的房子里，年久失修，一到下雨天还会漏水。

“我已经不是什么大少爷了。我现在只是一个一穷二白的穷小子而已。”展凌萧自嘲地笑，“我知道，你只是可怜我而已。不过，不管是从前还是现在，我都不需要你的同情。”

“OK，既然你这么说了，我也不勉强。自便吧。”陆佳期耸耸肩。

展凌萧拉开门往外走，还没走多久，陆佳期就听到门外发出“咚”的一声巨响。

陆佳期慌忙去开门，展凌萧整个人倒在地上，她急忙走上前，发现他面色苍白，四肢无力，额头上还渗着细小的汗珠，意识已经模糊不清。

“展凌萧……喂……展凌萧！”陆佳期拍拍他的脸。

“小舞……”展凌萧说完这两个字，就闭上眼睛，昏了过去。

他的身体瘦弱单薄，半个身体都倒在陆佳期的身上，她抱着他，心突然像空了一大半。

第十三章 何处相逢

人生何处不相逢，人生何处又相逢。

1

陆佳期是用救护车把展凌萧送到人民医院去的。

去的时间很不巧，城中的一栋商务楼刚刚发生了一场火灾，很多伤者被送进医院。

医院里四处都是病患，走廊里都可见血迹斑斑的人。

不要说床位了，连一个空位都很难，陆佳期好不容易在走廊尽头的长椅上找到一个位置，把展凌萧安置好，立刻去挂号找医生给他做检查。

医生说他是胃出血导致的暂时性休克，还好并不严重，输血就可以。

那天不巧的是，医院的血库存不够，所幸两人血型一致，陆佳期只好捐了自己的血给展凌萧应急。

输完血展凌萧就醒了过来，发现自己身在医院的走廊，他的脑袋此刻正枕在陆佳期的膝盖上。

“这是哪里……”

“你胃出血晕倒了。”

“那……”

“你别多想，我只是怕你死在我家不吉利才送你来医院的。”陆佳期和他说话毫不客气。

“就是嘴硬还不承认。”展凌萧嘴上没应，心里大声地说了一遍。

“胃不好不早说？不能吃面不早说？现在搞得我这么麻烦。”陆佳期凶巴巴地抱怨。

“我以为没事的……而且我……我也想吃你做的面……”展凌萧说这句话的时候声音有点小，像是有点委屈。

他只是想把自己搞惨一点，又怕陆佳期太聪明一眼看出来，只好真的饿了自己一段时间，没想到饿出胃出血。

“真是个麻烦鬼！”陆佳期忍不住去戳他脑袋。

展凌萧没有闪躲，睁着眼睛看着陆佳期：“我一直就是你的麻烦鬼。”

陆佳期心下一怔，低头看到他那双吊着的桃花眼，分外明亮。

“先睡一会儿吧。”陆佳期没有接这句话。

“睡这儿？走廊上？”展凌萧似乎不相信。

“有这里给你睡已经不错了，今天医院病患多，你将就一下。天亮我再看看能不能弄个床位给你。”

“那……”

“别废话了，快点睡吧。”

“哦……”展凌萧没有再说什么，只是侧了个身，重新找了一个舒服的姿势。或许是真的太累了，尽管医院进进出出的人流不断地发出嘈杂的声音，他还是很快就睡着了。

陆佳期靠在长椅上，看着走廊里的人来人往，才恍惚感觉到自己现在身在医院，趴在她腿上安眠的人是展凌萧，那个她一直恨着想要推开的展凌萧。

她在做什么？她那么讨厌这个人，为什么要送他来医院？他的生死与她又有什么干系？

她垂着眼，看着那张极尽俊美的脸孔，少了年少时的青涩，似乎还带着一点点狡诈，在重遇后把她气得直跳脚。

可是她还是会牵挂他，心疼他。

不管她有多痛恨此刻的自己，可是她都无法拒绝自己真正的心。

当初的展凌萧，小心翼翼地维护他们两个的关系和情感，生怕她一转身就会把他丢弃。

他那么珍视的感情，在亲情面前，也瞬间不堪一击，说背叛就背叛了。

而如今，他用背叛换来的亲情，不过是一场闹剧，他根本不是展家的公子，他对她所有的死缠烂打都是建立在他是展家三公子的身份之上，而没有了这个身份，他什么都不是。

命运真是最可怕的主宰，要你生就生，要你死就死。

他那么可恨，为了亲情背叛了他们的爱情，可是他又那么可怜，现在的他已经一无所有。

睡梦中展凌萧拧紧了眉头，像是在说着什么，陆佳期低头去听他的声音。

"小舞，我以后再也不惹你生气了……"

他的声音里，是对自己深深的责备和愧疚。

走廊外的清风吹拂着陆佳期的长发，仿佛他们还站在十几岁时校园的花树下，他牵着她的手说："小舞，我保证，我以后绝对不惹你生气！"

陆佳期叹了一口气，用手轻轻地拂过他的面颊。

夜里的风很凉，而青春岁月里那些动听的话，犹然在耳。

2

陆佳期不记得自己是什么时候睡着的，当她醒来的时候，她的脑袋已经靠在展凌萧的肩膀上。

"你醒了？"他的目光注视着她，像是这样看了她许久。

"你怎么搞的？让你休息你这么早就起来？"

"我没事了！"他轻声说，"你……不用担心我。"

陆佳期这才发现展凌萧的手臂牢牢地圈着她，她挣扎了一下，他很识相地松开了。

"我去找医生……"陆佳期站起来，却发现自己全身发麻，险些没站稳，还好展凌萧扶了她一把。

"你不用找医生了，我都好了。"他轻轻地帮她捏捏肩膀和手臂。

"别废话，坐在这里别动。"陆佳期没好气地说。

"我和你一起去。"展凌萧要起身。

"你可是病人！坐下。"陆佳期几乎是命令的口吻。

展凌萧虽然不情愿，依然还是乖乖坐下，一张脸可怜兮兮地抬起来："那你……会回来的吧？"

“我不回来我去哪儿？”陆佳期觉得好笑，这人脑子是病傻了吗？

“噢，那我在这里等你啊。”他很害怕又小心地说道。

“好。我很快就回来。”

陆佳期按着医院的路线图去找昨天帮展凌萧看诊的医生，在医院的休息室里，大门半开，一个穿白大褂的医生站在窗户口的洗手池旁边洗手。

那个人身材颀长，一双大长腿特别醒目，如果不是他身上穿着白大褂，陆佳期险些以为是哪里的模特走错了地方。

向来对帅哥有敏锐观察力的陆佳期，看到这样的身材，忍不住多审视了几番。

“展医生，您做了一晚上手术肯定很累吧，我给您在门口买了豆腐脑和油条。”护士小姐说这句话的时候，眼中带着满满的少女深情。

“谢谢你啊，小卢，先放桌子上吧，我一会儿吃。”

“那……”

“没别的什么事儿你先去忙吧。”

“那……我先出去了……”护士小姐失望地走出去。

“请问，邵医生在吗？”陆佳期敲了敲房门。

穿白大褂的医生转了过来，一张帅气的脸迎着清晨的光线展露在陆佳期的眼前。

是展凌杨，展凌萧那个鼎鼎有名的大哥，人民医院的外科主任。

陆佳期认得他，在展凌萧高中时期的生日宴会上见过他，那时候他还只是一个医科大学的高才生，现在已经成了人民医院主刀的一把好手。

“邵医生出去买早饭了。”展凌杨的声音是温润而明亮的，他不像展凌萧那样喜欢调笑，也没有展凌歌的冷峻无情，他就像一缕春风，从声音到气质都能安抚人心。

陆佳期记得城中所有富商以及家眷的资料，更何况是展家的人。

“你找他有什么事儿吗？”

“哦，我有一个朋友昨天半夜送进医院，现在想让邵医生过去看看。”

“我跟你去看看吧。”

“不用了，我还是等邵医生吧。”陆佳期赶紧拒绝，她不知道展凌杨见到展凌萧会是什么样的反应。

“你是质疑我的专业水平？”

“没有。我朋友是胃出血，和您的治疗专业不一样。”

展凌杨走过来，从上到下打量了她一下，笑着说道：“告诉你一件事哦，我大学学的就是消化内科，专治胃病，特别是那种因为情绪不稳定得的胃病。”

展凌杨这句话仿佛话中有话，陆佳期听出来，展凌杨大概已经知道她口中的朋友就是展凌萧了。

展凌杨似乎知道展凌萧的方位，也不需要陆佳期指路，自己不急不缓地在前面走着，本来要绕一大圈才能到达的地方，他只拐了三分钟就到了。

展凌萧对展凌杨的到来有点诧异。

“哥……”他不情愿地叫着。

“你还知道我是你哥？”展凌杨在走廊给展凌萧检查，脸上全是兄长的关切，“你的胃一直都不好，我让你要按时吃饭，戒烟戒酒，你就是不听，现在折腾上医院了吧？”

“你就别说我了……我已经得到教训了。”展凌萧看看陆佳期。

“得到教训？我看你是好了伤疤忘了痛！”展凌杨敲了敲他的脑袋，“去做个全身检查，不做完不许走。”

“我不做检查！”展凌萧抗议，“你又不是不知道，我最怕做检查了！”

“怕也要去！平时我就是给你喂砒霜你都不来，今天难得来医院，正好全面检查一下。”

“我不去！”展凌萧把头摇得和拨浪鼓一样。

“你好意思吗？你女朋友就在这里，看到你这么胆小，明天就跟人家跑了。”展凌杨瞟了一眼陆佳期。

陆佳期才发现展凌杨说的“女朋友”指的是她。

陆佳期脸一红。

“她不是我女朋友啦！”展凌萧生怕陆佳期不高兴，赶紧撇清。

“不是你女朋友？那家里放着一大堆她的照片是什么意思？”

“哥！我去做检查还不行吗？”尽管展凌萧和展凌歌关系不好，但是在展凌杨这个大哥面前，所有人都得投降。

展凌杨这个大哥可真不是白当的，不仅给展凌萧做了全身检查，还顺便让他连胃镜都做了，陆佳期站在外面，听到展凌萧做胃镜时候传来凄凉的悲鸣，忍不住想笑。

她一直以为展凌萧天不怕地不怕，没想到他居然这么害怕上医院。

“我三弟从小就怕上医院，每次说要去医院都好像要他命一样，小时候生病，父亲只能把医生请到家里来。”展凌杨和陆佳期解释。

“是吗……”陆佳期拿着展凌杨递过来的牛奶，打开喝了一口。

“算起来，这是他第二次来医院。”

“第一次是什么时候？”

“好像是他高二的时候吧。”

“记得这么清楚？”

“因为那天是他生日啊，他本来挺开心的，后来不知道怎么就摔伤了，我们找到他的时候，他在景区一个坑里蹲着，把他救上来的时候，我看到他全身都在发抖，一双眼睛红得和兔子一样，也没有声音，就是不停地流眼泪，你说多吓人。我们把他送到医院后，他一个月一口饭都不吃，每天就坐在床上发呆，如果不是靠打葡萄糖和营养液支撑，估计早死了。”

陆佳期想起那天他说要跳过那条鸿沟，她明明是听到他掉下去了，可是她没有去救他，她狠着心头也不回地走掉了。

她不知道他在那个黑压压的坑里待了多久，后来他们和好，他都没有和她提过这件事。

“我本来以为凌萧再也不会喜欢谁了，没想到啊。”展凌杨笑着说。

“我和他只是朋友。”陆佳期撇清关系。

“虽然我不知道你是从哪里冒出来的，但是我能感觉得出来，你对他的意义和当年那个女孩一样重要。”

“是吗……”陆佳期不知道怎么接这句话，脸上显得有些尴尬。

“不过我这样和你说他的情史，好像不太好。”

“没关系。”

“还好他现在遇到你了，我之前以为他这辈子都永远不会爱了。”

陆佳期没有说话。

“你别看凌萧平时嘻嘻哈哈的，其实他的内心特别脆弱敏感，对谁都很防备，这段时间，就麻烦你照顾他了，父亲这边，我会尽量说服。”

“好，我尽力。”

展凌杨从口袋里拿出一张名片：“这是我电话，如果有什么事情，随时和我联系。”

“一定。”

3

展凌萧从检查室走出来的时候，看到展凌杨和陆佳期相谈甚欢，心里有点不高兴。

展凌杨还拿出名片给陆佳期，重点是陆佳期居然笑着收下了。

“你们在聊什么？”展凌萧皱着眉头问。

“我和陆小姐一见如故，正邀请她下次一起出来玩。”展凌杨故意说。

“她才不会跟你一起出去玩呢！”展凌萧听说展凌杨要约陆佳期，立刻一副护犊子的样子。

“她又不是你女朋友，你怎么知道她不会跟我出去玩？说不定我还有机会追她呢！”展凌杨继续气他。

“你怎么做别人大哥的！乘虚而入你好意思吗你！”展凌萧急了。

展凌杨笑了，平时无论和展凌萧说什么，他都一副满不在乎的表情，特别是对女人更是无所谓，现在这么着急，看来对陆佳期用情至深。

“我怎么没感觉你虚呢？你和父亲吵架的时候，我听着声音比谁都大啊。”

“好啊展凌杨，你耍我！哼！我不和你说了，我走了。”展凌萧拉过陆佳期往外走。

“佳期，记得给我打电话啊！”展凌杨笑着比了一个打电话的手势。

“好……”陆佳期的那声“好”还没有发出来，就已经被展凌萧无情地拉走了。

展凌萧拽着陆佳期，一路气哼哼的，等到医院门口的时候才把手松开。

“你在气什么？”陆佳期不明白。

“你干吗要他电话啊？”

“帅哥要给我留电话，我干吗不要？”陆佳期笑起来，“我是颜控啊。”

“你……这么多年好色的本性还是没变啊！”

“为什么要改变？善待美丽的事物，人人有责。”陆佳期理所当然地回答。

“你不许给他打电话，听见没有？”

“你是我的谁啊？我要听你的！”陆佳期故意逗他。

展凌萧一把拽过陆佳期，嘴唇直接贴了上去，带着侵略宣布主权的吻，在清晨的光线里，夹杂着晨露的清幽。

陆佳期睁大了眼睛，心里却感觉一下子柔软了下来。

他吻了好久，唇齿的缠绵让他眷恋，许久之后，他恋恋不舍地放开她，一张俊颜几乎贴在她的脸上，桃花眼微微半眯：“你说我是你的谁？”

“臭流氓。”陆佳期看着他。

“陆佳期！”陆竟夕的声音从不远处传来。

陆佳期慌忙从展凌萧的深吻里回过神，转头看到了陆竟夕，她着急地去推开展凌萧，没想到展凌萧把她搂得更紧了，丝毫没有放开她的意思。

“哥……”陆佳期几乎怯懦地发出了这个字，像个做错事的小孩。

“你过来。”陆竟夕的声音带着威严。

“不许去。”展凌萧紧紧地搂住陆佳期，挑衅地看着陆竟夕，“陆竟夕你想做什么？”

“我和佳期说话，没你什么事儿！”

“佳期是我女人，怎么会没我的事儿？”

“我什么时候是你女人了？”

“我们床都上过了，你还不是我女人？”

“你别乱说！”陆佳期着急了。

“佳期，展凌萧说的是真的？”

“哥，你别听他乱说！他昨天胃出血我送他到医院来看病。”

“你怎么不和你哥说你带我回你家，煮面给我吃，还让我留下来住，我生病了你特意带我来医院，陪我熬通宵……”

“你闭嘴！”

“陆佳期，你就是董小舞，你喜欢我，你不敢承认，你还害怕陆竟夕知道？

呵呵，不管你承不承认你心里就是有我，以前现在，我们的关系永远都撇不清。”

陆竟夕的脸越来越青紫，一言不发地看着陆佳期，仿佛随时要爆发。

“陆竟夕，你别想打小舞的主意，她爱的人是我，她永远都不可能喜欢你！在迪拜的时候，她躺在我的身下……叫着我的名字……”

“啪——”陆佳期一个巴掌用力地打在展凌萧的脸上，“你给我闭嘴。”

展凌萧停了下来，吃惊地看着陆佳期，他没想到陆佳期会这样毫不留情地给他一巴掌。

陆佳期甩开展凌萧，走到陆竟夕的面前：“哥……”

“你不用解释了，你这么大了，你的事情我不会再管。”陆竟夕的脸像是遭受了巨大的打击，苍白一片，转过身要离开。

陆竟夕刚走了几步，身体突然倒下了。

“哥，你怎么了，哥！”陆佳期赶紧上去，扶住陆竟夕，可是他的脸却苍白得吓人。

“装什么装，学别人生病啊？”展凌萧在后面不屑地说。

“你站在那里干吗！快过来把人给我背进去！”陆佳期大吼。

“我才不背他呢。”

“立刻给我背进去，要不然这辈子我都不会和你说话。”

“好好好，我背我背。”

4

一天之内送两个人进医院，陆佳期从来没有感觉这么兵荒马乱过。

本以为陆竟夕只是低血糖之类的老毛病，但是陆佳期万万没有想到，医生告诉她的检查结果竟然是陆竟夕的血小板为0。

这就意味着陆竟夕得的不是普通的病症，他得的是白血病，说得可怕点，就是血癌。

“血癌”这两个字，像是重锤，砸在她的脑袋上，她仿佛能听到“嗡”的一声。

当医生把这份检查报告给她看的时候，她以为医生和她开玩笑。

“医生，你是不是检查错了，我哥身体那么好，怎么会得白血病？”

“我们这里是全国最好的医院，出现误诊的概率微乎其微，如果你不相信可以去别的三甲医院再检查一遍。”

陆佳期两手冰凉，拿着报告，怎么样也不相信，平时那个生龙活虎忙着家里生意又和她一起偷盗的陆竟夕会得这种病。

“我们会尽快帮他做骨髓配对，你是他妹妹，你去做个检查，按道理说，你配对成功的概率比较大。”

“好……”陆佳期无力应答，她心里知道，她的骨髓根本不可能会和陆竟夕的匹配，因为她不是陆竟夕的亲妹妹。

陆竟夕慢慢苏醒过来，他看着陆佳期手上的报告，表现得相当冷静。

“佳期，别难过，我没事。”他仿佛早就知道自己的病。

“什么没事啊？你现在不是感冒发烧,你得的是白血病！治不好会死人的！”

“死了就死了呗，我活到现在，也活够了。”

“你乱讲什么啊？什么叫活够了！你会长命百岁的！”

陆佳期觉得自己从来没有这么害怕过，虽然她想过无数次要如何面对死亡，可是她没有想到陆竟夕会因为病痛而离开她。

特别是当她看到陆竟夕分外淡定的眼神时，她更惶恐了。

“你是不是一早就知道自己有这个病了？”陆佳期看着陆竟夕平淡的表情。

“这个病算是家族的遗传吧，我算是发病晚了。”陆竟夕的话算是默认了。

“你为什么不早说！还那么辛苦……那么操劳……还陪着我胡闹……”陆佳期用力拍打着陆竟夕，陆竟夕一动不动地被陆佳期打着。

“佳期，你冷静点！”展凌萧走过来把陆佳期拉开，“陆竟夕现在需要的是休息，你情绪这么激动，什么问题都解决不了。”

“哥，你先休息，我去做检查，我去找适合你的骨髓……”陆佳期推开展凌萧往医院外面跑。

“佳期……佳期……”展凌萧跟在后面去追。

陆佳期一路跑着，她比任何时候都要无助与惶恐，陆竟夕于她而言，不仅仅是她的哥哥，更是她的精神支柱，这么多年如果没有陆竟夕在她身边，她不知道自己还能不能活到现在，而现在陆竟夕得了白血病，生命垂危，她却这么晚才知道。

“抽血检查在七楼，你要去哪里！”展凌萧在楼梯口的转弯处抓住疯了一样的陆佳期。

“我不要你管！你走！”陆佳期去推展凌萧，展凌萧却紧紧地拽住她的胳膊，“你现在满意了？你不是一直想要害死他吗？他现在生病了！白血病！都怪你！都是你害的！你王八蛋浑蛋，就是你把我哥气得生病的！”陆佳期不知道自己在发泄什么，拳头像雨一样落在展凌萧的身上，每一下都是重击。

展凌萧一动不动任她打着，完全没有了平时轻浮玩世不恭的样子，他皱紧眉头，担忧地看着陆佳期，他从来没见过陆佳期这样激动和疯狂，哪怕是他背叛她，她都显得异常冷静。

他第一次看到她心底的恐慌和害怕。

他紧紧地把陆佳期抱到怀里，尖尖的下巴抵着她的脑袋，温柔地拍着她的头说：“好了，别怕，没事的，有我在。”

陆佳期在他的怀里终于安静了下来，他搂着这个小小的身体，分担着她的焦虑和恐惧。

5

因为陆竟夕的事情，展凌萧在陆佳期的公寓里住了下来，一方面他不放心她的情绪，一方面也想看看自己能不能帮忙，哪怕什么事情都不做，只要能看着她，他也放心。

为了这件事，展凌萧没少陪陆佳期奔走在医院，就连他不想麻烦的大哥展凌杨都找了好几趟。

虽然陆佳期对他的态度依然十分冷淡，几乎没有好脸色给他看，好在她也没有赶他走，让他留在自己身边，对于这一点，他已经很满足了。

陆佳期配型的结果出来了，两个人的骨髓完全不匹配，展凌萧也做了配对，结果还是不行。

展凌杨帮陆佳期找来全市最好的血液科大夫，暂时控制住了陆竟夕的病情，虽然他们不缺钱，可是白血病不是有钱就可以治好，最关键的就是要找到适合的骨髓进行配型。

医生告知他们，全国的骨髓库里，有一个人的骨髓和陆竟夕非常匹配，但是他们咨询过对方，对方并不肯捐献骨髓。

陆佳期想要医生告知对方的姓名和住址，医生根据相关规定不能透露拒绝了。

万般无奈之下，陆佳期只好让阿昭通过电脑入侵了骨髓库。

很快，那个和陆竟夕骨髓匹配的人的资料出现在了陆佳期的面前。

6

“百乐门”夜总会位于鹭宁城的繁华地段，刚一入夜，这里便光怪陆离，笙歌阵阵，门口的迎宾小姐穿着暴露的衣着，对着每一个路过的人露出勾人的笑。

“你就这么进去？”跟来的展凌萧问道。

“那当然了，一个妈妈桑，无非就是要钱，我让她随便开个价，总可以了吧。”

“我说的不是这个。”

“那你说的是什么？”

“小姐，这里可是夜总会！男人的天堂，女人怎么会让你进去呢？”展凌萧挑挑眉。

“你知道得还挺多。”

“你跟着我，我带你进去。”

展凌萧一把搂住陆佳期，脸上挂着笑，瞬间一副吊儿郎当的公子哥儿模样就出现了。

在他们两个入门的时候，门口的保安和迎宾虽然对陆佳期投来审视的目光，但是看到展凌萧还是顺利地放他们进去了。

展凌萧冲陆佳期挑眉：“看到没有？这就是魅力。”

“花花公子。”陆佳期不屑。

刚进门，马上就有一位穿着旗袍的女人迎面过来：“这位帅哥，要找人陪吗？”看到旁边的陆佳期，“哟，带着这么美的姑娘，是哪家的啊？比我这儿的头牌都好看。”

“徐琳在不在？”陆佳期完全没有心情听她在这里调戏。

“你们是来找露西姐的？”那个女人收敛了笑着的脸，变得警惕起来。

“我们找露西姐有点事儿。”展凌萧赶紧露出笑脸，掏出一沓钞票放在女人的手里，“就麻烦您帮我叫下她呗。”

“哟哟哟，帅哥都发话了，我这就给你叫去。”女人拿了钱，立刻喜笑颜开，“那你们先到包厢坐，一会儿我就让露西姐过去。”

“那就麻烦美女了。”展凌萧笑得面若桃花。

“要不要我给你叫几个我们家的姑娘？虽然不及你身边这个姑娘好看，但是也是很销魂的。”

展凌萧刚想说话，陆佳期狠狠瞪了他一眼。

“不用麻烦了。”

“行，那你等着。”那女人对着展凌萧的脸，贪婪地多看了两眼。

陆佳期冷着一张脸，随着侍应走到了包厢，这是一个大包房，里面布置得非常华丽，暗黑色的沙发配上绯红色的灯光，照得人昏昏沉沉的。

展凌萧随便找了个地方坐下。

“别这么紧张，先坐下。”

“我可不像你，经常来这种风月场所。”

“你是不是吃醋了？”

“少自恋了。”陆佳期才不承认。

门被推开，一个穿着红色旗袍的女人走了进来，鹅蛋脸，精致的五官上化着浓妆，鲜红的唇在灯光下尤其醒目，旗袍开了高叉，走路的时候隐约可见修长雪白的大腿。

眼前的女人真名叫徐琳，艺名露西，是百乐门的妈妈桑。

她虽然已经四十岁，却保养得非常好，婀娜的身姿，风韵犹存的脸蛋，举手投足间透露一股子妩媚风情。

如果不是一早看过她的资料，陆佳期会以为这个女人也就比自己稍长一些。

“我们有个事情想找你帮忙。”陆佳期开门见山。

“找我帮忙？”徐琳手里拿着烟，目光不紧不慢地扫了一下陆佳期，美人见美人，眼中带着审视和淡淡的赏味，却并不是友好的，“我可从来不接待女客，这位小姐，请回吧。”

“你这个人……”

“露西姐，好久不见。”一直默不作声的展凌萧按住陆佳期，笑着对徐琳打招呼。

徐琳的目光在看到展凌萧的时候突然一亮，像是混沌中看到了一片光明。刚才看陆佳期的敌意瞬间消失了，取而代之的是熊熊的火焰。

“这不是展家三少爷吗？”徐琳的声音提高了几个分贝，目光盯着展凌萧，久久不退。

徐琳认得展凌萧，之前他陪一些商客来这里玩过几次，每次出现都引起不大不小的骚动。

通常来这里寻欢作乐的要么是肥头大耳的老男人，要么是样貌平平的富二代，很少有这样帅气英挺又气宇轩昂的大帅哥，特别是他那双几乎带着招人笑容的桃花眼，只需稍稍对人抛个笑脸，魂都勾走了一大半。

“现在我已经不是什么展家三少爷了，露西姐可别取笑我了。”展凌萧一开声，整个局势都变得不一样，这世界上，果然还是异性相吸。

“我还以为是那些杂志八卦乱写呢，原来是真的，可惜了……”徐琳吸着烟，看着展凌萧。

“实不相瞒，这次我们前来，是想找露西姐帮个忙。”

“既然是你请我帮忙，那我姑且听一下。”徐琳面对展凌萧，难得有耐心。

“我有一个朋友得了白血病，你的骨髓和他最匹配，我们想请你捐骨髓，救他一命。”

徐琳听到展凌萧说完，目光一闪，很快笑道：“三少爷，你别逗了，我的骨髓怎么会和你朋友的匹配呢？”

“我们查过资料了，你的骨髓真的和我哥的完全匹配。”陆佳期从包里拿出检查的报告，递到徐琳面前，由不得她反驳。

徐琳看着报告知道对方是有备而来，于是也不绕圈子。

“就算匹配又怎么样？我为什么要给一个不相干的人捐骨髓？”徐琳吸着烟，淡淡地拒绝。

“你要多少钱随便开个价。多少我都付得起。”陆佳期直接说道。

“钱？你以为有钱可以买到一切？呵呵……”徐琳不屑地笑起来。

“你拿了钱做什么都可以，你可以离开这个地方，想去哪里去哪里，也不需要再在这里辛辛苦苦地赔笑脸。有什么不好的吗？”

“没错，钱啊的确是好东西，但是啊，我不稀罕。”徐琳并没有被说动。

“一千万？够不够？”

徐琳没有说话。

“三千万？不，五千万。”陆佳期把价格提高。

徐琳还是没有说话，只是轻蔑地笑了笑。

陆佳期太熟悉那种笑容，那是一种对金钱蔑视的笑容，她本以为在风月场的女人最容易用钱打发，却怎样也没想到遇到了一个钱买不动的主儿。

“这位小姐，别白费心思了，你就是给我一个亿，我也不会捐骨髓的。”

“你……”

展凌萧按住陆佳期，对着徐琳赔笑道：“露西姐，我们真的很有诚意，没有任何羞辱你的意思，如果你不要钱，你可以说别的条件，只要我们能达到，一定去完成。”展凌萧看出来徐琳不在乎钱。

“别的条件？”徐琳脸上讪讪一笑，把手上的烟头按灭，款步走到展凌萧的面前，玲珑有致的身体几乎要贴在他的身上。

“我怕我说出来了，你给不了。”她朱唇轻启，媚眼如丝。

“不妨说说看。”

徐琳抬起手在展凌萧的脸上轻抚，眼波流转：“我想要你……陪我一晚。”

“不可能！”陆佳期把展凌萧一把拉到自己身边，像是护住猎物一样，气势汹汹地看着她，“你一个妈妈桑，就别痴人说梦了好不好？”

陆佳期这句话一出，徐琳的脸立刻冷若冰霜，她手还抬在半空，像是一个被拒绝的姿势，刚才的妩媚表情顷刻消失，她冷冷地看着陆佳期：“对，我是在痴人说梦，那你们也别做找我帮忙的梦了。”

“露西姐，我朋友讲话不分轻重，你别和她一般见识。”展凌萧赶紧打圆场。

“你不用替她解释，我知道她是怎么想我的，反正我的要求放在这里，我还有客人在等我，先告辞了，就不送你们了。”

徐琳拉开门款步走了出去，高跟鞋落在大理石的地上发出尖锐的声响。

“你说你怎么搞的？好好一件事给你搅黄了！现在怎么办？”展凌萧责备陆佳期。

“怎么？我破坏你和别的女人上床你不高兴了？那现在我去把她叫回来！”陆佳期毫不示弱地回他。

“你有没有搞错啊？我现在在帮你耶，你跟我发什么脾气！”展凌萧无语，女人不讲道理起来居然可以这么夸张。

陆佳期这才意识到自己的失态，是啊，自己在做什么？那女人不要钱，只不过要展凌萧陪她过一晚，展凌萧本人都没有说不，自己有什么好生气好不同意的？自己平时那么冷静的一个人，怎么会变成这样？

“怎么？舍不得把我让给别人啊？”展凌萧像是突然明白了什么，低头戏谑地问她。

“少往自己脸上贴金了，我只是不想欠你人情！”陆佳期狡辩着。

“舍不得就舍不得，还不承认，是不是听到我要和别的女人上床，心里难受了？”

“别想太多好吗？”陆佳期拉开门，大步往外走。

“去哪儿？”

“回家。”

“不找徐琳了？”

“难道你真的想献身给她啊？”陆佳期转头瞪他，“我告诉你，你别打这个念头。我是不会欠你这种人情的！”

展凌萧看着陆佳期吃醋又生气的模样，在夜总会旖旎的光线中，添了几分朦胧的美好。

他忍不住嘴角微弯笑了笑。

他的小舞啊，原来还是在乎他的，虽然她一而再地把自己的内心掩藏起来，用冷漠对待他，可是他知道，她的心里，还是有他的。

“傻笑什么？走了。”陆佳期被他看得汗毛直立。

展凌萧开心地迎了上去，心里溢满了幸福和温暖。

第十四章 有惊无险

你的过去我无法参与，可你的未来，我一次也不想错过。

1

陆竟夕的病情并不容乐观，他的血癌已经到了晚期，之前都是靠药物在控制，但是大家都知道，这并不是最好的解决方法。

全市最权威的专家都来看过陆竟夕，可是真正想要痊愈，必须要找到合适的骨髓配型。

陆佳期和阿昭在骨髓库找遍了所有的配型，都没有一例符合的，好像全中国，除了徐琳再也没有人可以挽救陆竟夕垂危的生命。

即使如此，陆佳期再也没有提起徐琳的事情，她也不允许展凌萧去提。

她每天都奔跑在医院和家里两条线上，给陆竟夕做很多好吃的。

陆竟夕的状况不太好，有时候还没和陆佳期说上几句话，就疲惫得不行。

陆佳期在陆竟夕面前强颜欢笑，可是一出病房，却难掩哀伤的神情。

那段时间，无论陆佳期去哪儿，展凌萧都跟着她，她很少说话，连妆都懒得化，每天套一件 T 恤踩着拖鞋漫无目的地走着，机械地去市场买菜，在厨房烧饭，去医院看陆竟夕，除了在医院，别的时候，她仿佛一个孤魂野鬼。

展凌萧看着陆佳期一点点地憔悴下去，看着她半夜睡不着一根一根地抽着烟，虽然她嘴上说会有办法，可是展凌萧知道陆佳期这次真是束手无策了。

她见过罗菲为了给父亲治病时的愁容，最后为了钱嫁给了展凌歌，而她空有几辈子都花不完的钱，却买不来一个配对的骨髓。

真是应了她儿时说的那句话：“你以为钱可以买到一切吗？”

是的，钱可以解决很多事情，可是也有钱无法解决的事情。

展凌萧虽然在长达十年的时间里，一直对陆竟夕有种道不明的嫉妒，可是当他得知陆竟夕得了绝症，心里还是有所触动的，并不是对陆竟夕这个人的触动，而是他知道，陆竟夕的生死会深深地影响着陆佳期。

陆竟夕贯穿了陆佳期二十几年的生命，她的每一步轨迹里，都有他的存在，他们不是真正的亲人，却胜似亲人，甚至有着比一般的亲人更深的感情。

陆竟夕如果死了，对陆佳期来说，几乎是致命的打击。

2

陆竟夕的病情开始恶化。

有一天，陆竟夕被推进了急救室抢救，陆佳期焦虑地站在病房外面，整个人都是紧绷的，目光死死地盯着急救室的那盏灯，一动不动。

后来医生出来，说暂时没有大碍，陆佳期这才放了心。

回去的路上，陆佳期特意拐到市场去买了一只乌鸡，一到家就直奔厨房。

杀鸡、烫毛、切骨、分块，陆佳期在厨房里做每一个步骤都利落干净，面无表情。

展凌萧坐在客厅里翻着一本装修杂志，电视就这样开着，放着陆佳期最喜欢的粤语片。

他已经习惯了陆佳期用做饭搞卫生来排解心中的苦闷。

突然，他听到厨房里发出一阵“哐当”的声响，他赶紧放下杂志起身走到厨房。

砂锅打翻在地上，冒着热气的鸡汤洒了一地，厨房里弥漫着煮沸的鸡汤香味。

陆佳期呆呆地站在原地，看着地上的狼藉发呆。

她的脚背上，被滚烫的鸡汤烫出了大大小小的水泡，而她却没有任何反应。

“你脚烫伤了！”展凌萧心疼地走过去，拿过干净的布给她擦去脚上的汤汁。

“我真笨，连炖个鸡汤都炖不好。”陆佳期自责。

展凌萧一把将她整个人抱起来，径直走到客厅的沙发上，小心翼翼地把她放好。

“在这儿坐好。”展凌萧命令道。

陆佳期麻木地点点头。

展凌萧走到厨房，打开冰箱，找来冰袋，又翻出烫伤膏，最后再走回陆佳期的身边，在她的脚边蹲下。

“我不疼。”陆佳期看着展凌萧，冷淡地说。

展凌萧没有理会陆佳期，只是捧着陆佳期的脚，认真地抹着药膏，轻声地说：“你不疼，我心疼。”

轻而暖的一句话，似一枚小石子，落在水面上，砸出一片水花，溅得陆佳期满心湿漉漉的。

陆佳期这才发现，这段时间，展凌萧一直陪在她的身边，她去医院，他帮她开车；她夜里睡不着，他就坐在沙发上看杂志；她不吃饭，他会在半夜煮一碗面端到她面前。

如果没有他，这段时间，她不知道自己会过成什么样子。

展凌萧蹲在地上帮她包扎完毕，确定她的脚没有大碍了才起身，坐到她的身边。

“你想看什么频道？”他问她。

陆佳期摇头。

“还是你想听点音乐？”展凌萧关了电视。

陆佳期摇头。

展凌萧于是不再问她，拿出放在抽屉里的《格林童话》，念了起来。

他讲的是《白雪公主和七个小矮人》的故事，是一个从小听烂了的故事，可是很奇怪，当他用温柔的嗓音说起来的时候，陆佳期竟然认真地听进去了。

他的声音像是催眠曲一样，陆佳期听得昏昏欲睡，头不由自主地往展凌萧的方向靠拢。

展凌萧轻轻揽过她，轻手轻脚地把她抱起来，放到床上。

陆佳期闭着眼睛，呼吸均匀，脸上还带着疲惫的倦容。

展凌萧半蹲在床边看着她，用手轻轻抚摸她的发丝和她的脸，低声在她额头上落下一吻：“别害怕，有我在。”

他帮陆佳期把被子盖好，站起身，缓缓地走了出去。

3

“飞鹭”酒店是鹭宁唯一一家五星级高档酒店。

门口挂着气派的灯牌，正闪烁着璀璨的光线。

展凌萧立着领子，拿着房卡站在酒店的电梯里，镜子里映出他那张帅气的俊脸，只是平日里那张总带着微笑的脸上，此刻严肃地紧绷着。

电梯里的几名女子都盯着他的脸看，他这样光芒四射的人，在任何地方，都会引起注意。若在往常，他肯定会礼貌地报以微笑，可是此刻他一张俊脸冷然，难得的没有任何笑意。

电梯顶部的风吹入他的脖颈，仿佛脊背有阵阵刺骨寒风。

电梯在十九楼停了下来，他迟疑了一下，在电梯快关上门的时候踏了出去。

十九楼是VIP楼层，空空荡荡没有什么人，他手里的房卡上写着：1917。

这是徐琳留给他的房间号。

这几天，他看着陆佳期为了陆竟夕的事情奔忙，看着她失眠，看着她焦虑，看着她一点点地憔悴下去，他是真的心疼。

可是他知道光有心疼是不够的，陆佳期现在最需要的是能救她哥哥的骨髓。

在犹豫了一周后，他私下去找了徐琳，答应了之前徐琳的请求。

如果牺牲色相可以救一条人命，他觉得自己的牺牲并没有什么大不了，何况他一向以花花公子自居，不过是陪睡一晚上，又不会少块肉。

展凌萧站在1917的房间门口，深吸了一口气，才按响了门铃。

房门很快被打开，徐琳穿着性感的低胸吊带，化着精致的浓妆倚在门边。

“展三少，没想到你真的会来。”徐琳看到展凌萧眼睛弯成一条缝，一把将他拉到房间里。

徐琳身上喷了香水，混着她身体的香气，风情万种的模样。

展凌萧本以为自己阅人无数，遇到这种事情应该能从容应对，没想到当徐琳搂着他的脖子整个人要贴上来的时候，他突然下意识地把她推开了。

“怎么？还没做好准备？”徐琳笑着问道，口气不悦。

“露西姐，别急嘛。好歹喝上两杯找找感觉。”展凌萧佯装笑脸，扬了扬手里的两瓶红酒。

“怎么？你想灌醉我……然后……蒙混过关啊？”徐琳看穿展凌萧的把戏。

“我怎么敢蒙露西姐。”展凌萧笑着应答，这两瓶酒里他放了一定量的安眠药，就是希望露西喝了之后容易犯困。

“如果我没猜错，你这酒里，肯定给我下药了。”露西笑着钩住他的脖子，“姐姐在风月场待了那么多年，什么场面没见过，你这点小伎俩，骗不了我。”

“我怎么会给露西姐下药？美人在怀，我可是求之不得。”展凌萧生怕惹怒露西，赶紧解释。

“我年轻的时候的确是个美人，那时候每天点着让我出台的人都能绕鹭宁城三圈。多少富商要包养我，我都没有答应啊。现在……呵……已经老了。”徐琳不动声色地拿过他手里的酒，放在柜前，没有要打开的意思。

“露西姐哪儿有老，现在看着也和小姑娘一样。”展凌萧赔着笑脸。

“是吗？那你亲我一下。”露西抬头看他。

“呃……”展凌萧愣了一下，并没有行动。

“你啊，也就是平时看着花花大少的样子，其实啊，纯情着呢。”徐琳一双手在他的身上不安分地游走，“你看，一让你真枪实弹就不行了吧。”

“露西姐，我这不面对你一大美女害羞嘛。要不……我先洗个澡。”展凌萧尴尬地说。

“好啊，那我们就洗个鸳鸯浴吧。”徐琳不由分说地开始脱展凌萧的衣服。

展凌萧的内心有千万个声音想拒绝，但是他知道他现在不能拒绝，于是强忍着心里的不适，由着徐琳把他的衣服脱下来。

当衬衫的扣子被一颗一颗都解开的时候，展凌萧结实的胸膛裸露在外，徐琳用手轻轻抚摸他的身体，慢慢地挑逗他。

“真是年轻的身体啊。和我想的一样美好。”徐琳把脸贴上展凌萧的胸肌，忘我地陶醉着。

展凌萧本以为就是欢爱一场没有什么难度，男女之事他作为男人总不会吃亏，何况徐琳虽然上了年纪，却也是标准的美人一个，也不至于让他难以下手。

可是他好几次把手扬起来，却还是放下了。

他面对陆佳期的狂热和痴恋，在别的女人身上完全发挥不出来。

徐琳抬起头，痴痴地看着他："你真像他年轻的时候。"

"露西姐说的是谁？"

"嘘……"徐琳把手按在他的唇上，"吻我。"

展凌萧看着那张依然美艳动人的脸庞，她穿得火辣暴露，甚至隐约可见她高耸的酥胸，她在期待他的一个吻和拥抱。

他握住拳头，几乎是强迫自己慢慢地低下头去。

在两片唇快要碰撞的瞬间，宾馆的房门被人用力地踢开。

展凌萧和徐琳均是吓了一跳。

陆佳期怒目圆瞪地站在房间的入口处，气势汹汹地看着展凌萧说："展凌萧，给我滚过来。"

"美女，没看到我们正在快活吗？"徐琳把头贴在展凌萧的胸前，双手揽住他的腰。

"你这个不要脸的老妖精，你快点放开他。"陆佳期耐着性子却厉声道。

展凌萧不知道陆佳期是怎么找到这里的，又是怎么在千钧一发的时刻到来的，但是他知道说服徐琳就这一次机会，绝对不能让陆佳期破坏。

"佳期，你先回去。"展凌萧没有要走的意思，冷静地对陆佳期说。

"你不用这么做，我哥的事情我自己有办法解决。"

"是我自己要来的，和你没有关系，我就是想找个人放松一下，正好遇到露西姐而已。"展凌萧站在原地一动也不动，满口胡诌。

"这么蹩脚的谎话你都说得出来？行，你要放松是不是，你跟我回去，我和你放松。"陆佳期根本不知道自己在说什么，她脑中只有一个念头，就是带走展凌萧。

"你一口一个老妖精骂得很过瘾吧？"徐琳脸上不悦，松开抱着展凌萧的手，"三公子，我觉得买卖这种东西搞成这样就不愉快了，我从来不是一个强人所难的人，不行的话就请离开吧。"

徐琳走到客厅的沙发，坐下点了一支烟。

展凌萧看得出徐琳的不悦，他知道如果陆佳期再这样闹下去，今天又要功亏一篑。

“你还在这儿干吗？快走了。”陆佳期去拉展凌萧的手。

“小舞，对不起了。”

“你……”陆佳期还没明白怎么回事，已经被展凌萧出手打晕了。

展凌萧把陆佳期抱到另一个房间，把她放在床上，又走回客厅。

“露西姐，真的很抱歉，我没有想到她会来。”展凌萧低声道。

他从来没有这样和别人道歉过，可是他知道这次他必须这么做。

“算了吧，被她这么一搞，我也没兴致了。”徐琳抽着烟，脸上表情冷淡，“你走吧。”

“不，露西姐，我们可以继续的，你无论要我做什么我都可以配合你。”展凌萧的声音几乎哀求。

“你女朋友可就在隔壁，你想好了？”

“我早就想好了。”展凌萧坚定地说。

“真的什么都可以配合？”徐琳问道。

“是的。”

“那……你现在跪下来。”

“什么？”

“我让你跪下来，跪下来求我。”

展凌萧长这么大，从来没有受过这种屈辱，可是他知道陆佳期的出现已经彻底惹怒了徐琳，现在她在气头上，他必须要做一些让徐琳高兴的事情。

他想起陆佳期失望的表情，眼睛一闭“扑通”一声跪了下去：“露西姐，我求你，我求你不要拒绝我。”

徐琳没有想到展凌萧真的会跪下，他低着头，双手握拳，说话的声音都在发抖。

一个富家大少爷，跪在一个妈妈桑面前哀求，这对他来说，是莫大的屈辱，可是他还是这样做了，做得义无反顾。

徐琳俯下身，伸出手把展凌萧的头托起来。

落地灯的光线打在他白皙的脸孔上，那张富家大少爷的脸，平时不可一世的脸，在此刻统统不见了，有的只是一张为了爱人可以奉献全部的可怜脸庞。

是为爱义无反顾的眼神啊！那么悲凉，却又那么动人。

“你很爱她？”徐琳问。

“为了她，哪怕你要我的命，我也会给你。”

“如果你和我上床，你觉得她还会要你吗？”

“只要她幸福，我怎么样都无所谓。”

“她是富家小姐吗？”

“不，她没有父母，从小跟她哥哥相依为命。”

“你爱她什么呢？”

“我也不知道。”展凌萧笑笑，“但是看到她就会开心，就会感到很幸福，希望她每天都快乐，总想把最好的一切都给她。”

展凌萧说这句话时，眼睛里泛着幸福的目光，令徐琳看了恍惚。

“真是痴情啊。”徐琳盯着他的脸，“我一直以为豪门无真心，原来也不是全没有的。”

徐琳松开捏着展凌萧下巴的手，深深叹了一口气：“你起来吧。”

“露西姐，你不要让我走，我真的做什么都可以的。”

“你先起来。”

展凌萧缓缓地站起身。

露西走到窗边，推开大大的玻璃窗，盯着窗外：“你知道吗？我曾经也以为自己遇到了真爱，那个人也像你一样英俊好看，给了我很多的承诺，我当真了，相信了，可是最后他给了我一大笔钱，离开了我。”

展凌萧没有说话，只是静静地看着徐琳。

徐琳把头转过来，看着展凌萧：“我第一次看到你的时候，我就想起了他，你可真像他年轻的时候，都是那么意气风发气宇轩昂，似乎只要一个笑容，就能让人沉溺很久很久。”

徐琳叹口气：“可惜，你终究不是他，也不会是他，我不过在自欺欺人罢了。”

她姣好的脸庞有些倦怠，回忆总是让人沧桑，连最光亮的眼神都失去了色彩。

“帮我做一件事，事成之后，我就去捐骨髓。”徐琳突然说道。

“什么事？”

“我要沈超然家的祖传翡翠玉镯。”

4

火车贴着轨道发出阵阵声响，一路呼啸而过，带出一阵飓风。

陆佳期被刺耳的鸣笛声惊醒。

风沉沉地在夜色中流淌，漆黑寂静，路边几盏破损的路灯，发出微弱的光芒。

而她却靠在一个温暖的怀抱里。

是展凌萧的怀抱，陆佳期想到刚刚的场景，她迅速地把展凌萧的衣服拉开，去检查他的身上，衬衫的纽扣被她粗暴地扯掉，露出里面健硕的肌肉。

从脖子到身上，没有半点痕迹，她松了一口气。

“放心吧，这身体还是只属于你的。”展凌萧先开的声，语气中似有玩笑。

“你以为你这样做很英勇？你以为你这样做我会感激你？展凌萧，你不要做这些无谓的事情行不行？”陆佳期皱着眉头，所有的冷静都化作愤怒，她的声音很大，在夜里的铁轨上回荡。

“用我一个晚上可以换陆竟夕一条命，我觉得并不是无谓的事情。”

“你不是一直很讨厌他吗？”

“我讨厌他是因为我嫉妒他，可是我更知道，他对你的意义。”展凌萧看着她，“我现在一无所有，唯一能为你做的就这么一点点事情而已。”

陆佳期心头一颤，被这句话震住，刚刚愤怒的脸有所收敛。

“可是我并不需要。”许久之后，陆佳期还是毫不客气地回绝，她不想再听展凌萧说这些，她怕自己的内心会动摇，她太了解自己会多轻易被他的话影响，她不想这样。

“我只是想告诉你，即使没了陆竟夕，你也不用害怕，我在你身边，会做得比他更好。”他的目光是悲伤的，“你是关心我的，否则你不会在我的手机里装跟踪器。”

“我……”陆佳期看着展凌萧的手机一时语塞，“我……我只是不知道你这只小狐狸又会耍什么花招，跟踪器是以防万一而已。”

陆佳期虽然矢口否认，可是她心里明白，展凌萧说得没错，她在展凌萧走后就醒来了，并不知道他要去哪里，干脆拿了跟踪器查询，发现他在酒店，于是匆匆跟了过来。

她明明知道只要展凌萧的妥协就能换来陆竟夕的命，可是她还是无法忍受他抱另一个女人。

展凌萧看着陆佳期的脸，仿佛要在她脸上看出端倪：“以前读书的时候，是我给你装窃听器，那时候你为这个事情没少和我生气。”他说着说着嘴角忍不住微弯，“现在换你给我装了，但是我一点儿也不生气，反而觉得好幸福。”

展凌萧的表达从来都是直接又简单，分明是露骨的情话，被他说得自然而云淡风轻。

陆佳期想起初遇他的时候，他是那样情深又乖巧，锲而不舍地跟在她的身边，她被他的闯入弄得毫无章法，平静的心里却生出不一样的波澜。

不过那是从前。

陆佳期没有接话。

“小狐狸，是你给我取的外号？”

“我哥取的，他说你平时聪慧乖巧，实则狡猾又多疑。”

“那我这只狐狸，在你面前，怎么总是栽跟头呢？”展凌萧靠近陆佳期，轻声说道。

此刻他的衣领敞开，露出健硕的肌肉，月色顺着他雪白的脖颈一路往下蔓延，性感的锁骨在夜风中分外勾人。

陆佳期被这侵略性的动作吓得向后退了一下，展凌萧一把扶住她的腰：“小心。”

整个人被展凌萧揽到怀里来，小小的脸不偏不倚正好靠在他的胸膛上，他的皮肤被夜里的风吹得微凉，又带着温温的暖。

展凌萧就这样抱着她，拿手轻轻地梳理着她的头发，安抚地拍打她的背，轻柔得像对待一个孩子一样：“我以前总看凌歌拿着个布娃娃，给它梳头，给它穿衣服，我知道他那是睹物思人，把娃娃当成了另一个人，可是我从来不会那么做，我甚至一次也没有回过安和巷，没有重复做过一件我们曾经做过的事情，因为我相信我会再见到你，那些事情我要和你一起去做。”

陆佳期抬头看着他，看着这个从年少长到成熟的男人，他的情话和以前一样动人，她的心和以前一样悸动，可是她不敢，也不想再踏出那一步。

她张了张嘴，最后只说了三个字：“回家吧。”

陆佳期走路有些跛，月色下她脚上的伤特别醒目，可是她并没有给展凌萧扶她的机会。

展凌萧知道，她的心里还是不信任他的。

不管他做多少事情，都没办法弥补他曾经对陆佳期的伤害。

“露西姐说，只要我们把沈超然家的翡翠玉镯取来。她就去给陆竟夕捐骨髓。”隔着风，展凌萧说出了这则消息。

这或许是这段时间以来，陆佳期听过的最好的消息了。

5

沈超然的名字陆佳期并不陌生，他是鹭宁市的房地产巨头，而他的另一重身份，就是沈天泽的父亲。

那个被陆佳期利用而伤心的沈天泽，听闻他萎靡了很长一段时间，最终离开鹭宁去了美国。

陆佳期给他打了几次电话，电话都没有人接听，她知道，沈天泽是带着怨恨离开的。

陆佳期对他始终怀着愧疚，本不会动他家的东西，可是这次实在是被逼无奈。

救人如救火，为了陆竟夕，陆佳期也顾不上别的，于是叫来阿昭，开始策划如何把翡翠手镯拿出来。

沈超然家的翡翠手镯并不是普通的手镯，据闻是乾隆年间慈禧太后戴过的，不知道后来怎么流落到了沈家，作为传家宝传给沈家的历代长媳。

陆佳期曾经见过这只手镯，在一次古董展览会上，无论是颜色、种水还是质地都是极上乘，那时候沈天泽还说要把这只手镯送给她做定情信物，她吓得赶紧拒绝。

她没有想到有一天她要把这件东西，再“偷”出来。

世事变化，从来不在人的掌控之中。

这只翡翠手镯目前被沈超然放在一间瑞士银行的保险柜里。

要偷取这只手镯并不是一件容易的事情，不单单要有保险柜的密码，重要的是能安全地进入到银行内部。

陆佳期半夜潜入沈超然的家中，趁着他睡着印下了他的手指纹。

手指纹到手之后，她打算把阿昭易容成沈超然的模样，无奈阿昭的身高与沈超然差了十多公分，无论脸做得多像，身材也很难达标。

以前这些活计都是她和陆竟夕一起完成，现在没有了拍档，本来很简单的一个案子，完成起来就变得有些棘手。

“要不然让我来？”展凌萧自告奋勇。

“你？”陆佳期看着展凌萧。

“我的身高身材和沈超然差不多，你可以把我打扮成沈超然的样子。”

“可是你没有这方面的经验，万一露馅了怎么办？这种事情可不是开玩笑的。”陆佳期不同意。

“你可以提前教我一些简单的技巧啊，我只是装装样子进去把东西拿出来，保证不会露馅。”

“不行，不行。”陆佳期摆手。

“佳期姐，都什么时候了，你不让他去，竟夕哥的命就没了。”阿昭在一旁急得不行，“只要打扮不出纰漏，再让他快速地进出，前后十分钟不到，就能完成了。”

陆佳期看着展凌萧，没有说话。

说实话，她并不想展凌萧卷入这件事情当中，可是此刻她真的没有选择。于是在犹豫了片刻后，陆佳期做出了一个大胆的决定。

“好。”

接下去的时间，陆佳期开始认真教展凌萧一些简单的技巧，从讲话的态度，交流的方式，包括如何把克隆下来的指纹膜贴在自己的手上躲开摄像头。

她像个严格的老师，展凌萧有一点学得不好的地方，她都要严肃认真地给他纠正出来，反复地给他解说沈超然的姿势、神态，包括说话的口吻，再不断地演示画面。

那是展凌萧重遇她之后，与她最亲近的时刻，她的脸近在咫尺，一遍一遍地对他讲说。

那个画面时常让展凌萧恍惚回到高中的时候，陆佳期教他功课，也是一双这样的眸子。

那时候他总是学不好，陆佳期恨铁不成钢地骂他笨，可是现在他学得特别快，很多东西她说一遍他就能领悟七八分，不出几天，他几乎把沈超然的动作、神态，包括声音都能模仿得惟妙惟肖。

最后一次演习，陆佳期对着沈超然的照片给展凌萧化妆，桌子上摆放着各种各样的化妆道具，琳琅满目，见所未见。

一个小时过后，一个八分相似的“沈超然”出现在大家的面前。

当身穿西装拿着烟斗的“沈超然”站起身的时候，阿昭在旁边目瞪口呆地说：“佳期姐，你真是太厉害了，这简直就是易容术啊！”

“那当然啦，你姐姐的化妆技术可是和好莱坞的特效化妆师学习过的。”陆佳期看着眼前的“沈超然”十分满意。

展凌萧虽然知道陆佳期一直在做旁门左道的事情，可是当他看到她高超的“易容”术的时候，还是惊诧了一番。

镜子里的自己，连他都难分到底是不是沈超然。

6

陆佳期查到，沈超然在周五有一个庆典活动要参加，那个位置和银行刚好是相反的两个方向。

他们打算利用这个时间去把翡翠玉镯取出来。

陆佳期给展凌萧化好妆，他穿上西装，戴上帽子，三个人坐上车，一路开往瑞士银行。

车是阿昭开的，陆佳期和展凌萧并肩坐在后排，一路上她都没有说话。

“干吗这么安静？以前都是有说有笑的啊。”阿昭笑着说道。

“专心开车，别说话。”陆佳期厉声道。

阿昭噤了声，乖乖地开车。

车子顺利到达银行对面，停在了一处没有摄像头的位置。

“我去了。”展凌萧拿起所有的材料准备开车门。

“小心一点。”在他拉开车门的时候，陆佳期抓住他的手说。

“不用担心我。”展凌萧冲她微笑，轻轻拂去她额前落下的碎发，“等我的好消息。”

一个细微的动作，陆佳期感觉得到，展凌萧是在安慰她。

展凌萧戴上眼镜像模像样地走了出去，在路上告诉自己一定要冷静，所有的成败都在今天。

瑞士银行的安保做得非常严格，展凌萧说要来拿东西的时候，他们一如往常地要查看他的资料和证件，他很冷静地把资料证件递了过去。

那些资料和证件是陆佳期一早克隆过的，基本上和真的没有二致，展凌萧非常轻松地走到了银行的保险柜前。

“请按下指纹。”银行工作人员说道。

指纹是最难的一环，因为没有人知道沈超然会用哪一根手指做指纹识别，这个地方只能靠猜测。

按惯例，展凌萧先伸出右手食指按了上去。

密码错误。

“有一阵没来了，都忘了哪只手了。”展凌萧笑着解释。

他犹豫着又伸出大拇指按了下去。

依然提示没有成功。

“沈先生，再输错一次，您在一个月内不能再开这个保险箱。”银行工作人员提醒道。

到底是哪一只手?

展凌萧的脑中开始回放他看到过的沈超然近期的视频，他吃饭喜欢用右手，可是拿杯子的时候，却是用的左手，而他的左手小拇指上，戴着一枚小小的白金戒指。

展凌萧想到这里，伸出了左手的小拇指，按了下去。

密码箱正在读取指纹，展凌萧盯着屏幕，虽然感应只有五秒钟，他却感觉时间过了一个世纪那么久。

密码正确。

指纹顺利识别，保险箱的门被打开。

他的心里长舒了一口气。

银行工作人员把装着翡翠手镯的盒子拿出来递给他：“沈先生，这是您的东西。”

展凌萧打开盒子，一只碧绿通透的玉镯出现在他的面前，以他多年把玩古物的眼光，一看就知道是一只上乘的玉镯。

他小心翼翼地把盒子装进随身携带的箱中，微微点头，刻意避开摄像头，昂首阔步地走了出去。

7

陆佳期盯着银行门口来来往往的人，觉得每一分钟都那么煎熬，以前她自己行动，只觉得惊险又刺激，而这次，她提心吊胆。

因为在里面的人不是自己，而是展凌萧。

一辆黑色的宝马从远处开过来。

“不好，那是沈超然的车。”阿昭先认出来，“他现在不是应该在典礼上吗？展凌萧还没有出来，要是两个撞见了可怎么办？”阿昭惊慌地说。

“我去引开他，如果展凌萧出来了，你们先走。不用等我。”陆佳期拉开车门走了出去。

“喂，佳期姐，佳期姐……”在阿昭的叫声里陆佳期已经下了车。

那辆宝马的确是沈超然的车，他今天的活动临时取消，正巧路过银行，就想来办一些外汇。

在沈超然即将下车的时候，陆佳期笑着走了过去说道：“沈伯父，您好。”

“陆小姐？”沈超然对陆佳期的出现表示非常惊讶，“这么巧？”

“我来银行办点事情，恰巧遇到沈伯父，就过来打个招呼。”陆佳期笑着，“天泽的事情，我一直没有上门道歉，现在想想非常内疚。”

“现在说这些，好像有些晚了吧。”沈超然听到陆佳期提及沈天泽，像是勾起他的痛处。自从沈天泽出国之后，他就断了和陆竟夕的合作，他不知道沈天泽和陆佳期之间发生了什么事情，但是从他儿子郁郁寡欢的表情上，可以得出一二。所以他对陆佳期的突然道歉，并无好感。

“我联系过天泽，但是他的电话打不通，人也不在鹭宁……”陆佳期假装哀伤，余光却始终看着身后的银行方向。

“这件事已经过去这么久了，陆小姐现在到我跟前忏悔好像没有多大意义。”沈超然虽然对陆佳期的表现感觉有些奇怪但是又说不出哪里有问题。

“我知道伯父不能原谅我，只是想麻烦伯父告知天泽的电话，我想和天泽联系。”

“那就不必了吧。天泽好不容易从这段感情里恢复过来，陆小姐就不要去打扰他了。”沈超然下车，“我今天还有事情在身，就不和陆小姐多说了。”

瑞士银行的门口，展凌萧还是没有出来，陆佳期知道要是这时候沈超然进去，他们精心布置了这么久的事情肯定要泡汤，她一把拉住沈超然：“伯父留步。”

“陆小姐又有何事？”沈超然脸上有些不悦。

“家兄生病的事情不知道沈先生是否知晓？”陆佳期转移话题。

“略知一二。”

“实不相瞒，自从沈伯父断了和我们陆氏的合作之后，家兄就一直怪责我，为了这件事几个月都没有与我说过话，他现在得病，已是病入膏肓，近来他总是在病床上提及亏欠沈先生的事情，千叮万嘱要我登门道歉，我脸皮薄，去了贵公司几次，都没好意思进去，今天恰巧在这里遇到伯父，我想可能是冥冥中自有注定，知道伯父不愿意见我，但是我还是要表达一下我的愧疚之情。”陆佳期说得动情，声音轻颤，眼中含泪，说完还深深地给沈超然鞠了一躬。

沈超然没想到陆佳期会行这样的大礼，吓了一跳，赶紧去扶她。

就在沈超然去扶陆佳期的时候，展凌萧拿着东西从银行出来，直接进入街对面阿昭的车上，车子疾驰而过，在熙攘的街道上，仿佛没有任何声响。

陆佳期听到一个细小的哨声，那是阿昭事成后发出的暗号。

陆佳期低垂的双眸闪过轻松的笑意。

“陆小姐言重了。这件事已经过去了。”毕竟是一个如花似玉的美人，眼波婉转，哀哀凄凄的模样，任谁见了也气不起来。

“沈伯父当真不再怪罪了吗？”陆佳期抬起头，又是一脸愁容。

“不怪罪了，也让你兄长不要记挂这件事，好生养病。”

“伯父这样说，佳期也就放心了。”陆佳期点点头，轻拭脸颊的泪痕，“那我就不打扰伯父了，家兄还在医院等着我。”

“告辞。”沈超然径直朝银行走去。

陆佳期看着他离去的方向，刚才还哀愁的神色立刻荡然无存。

她整了整衣领，走到街边，轻松自如地拦下一辆出租车，钻了进去。

午后的阳光犹如一块松软的蛋糕，仿佛带着奶油的香气，陆佳期靠在座位上，把手伸出窗外。

微风掠过指尖，梧桐树下的光影洒落在手心里，映出掌心上细细的汗渍。

这一场戏，可真是，有惊无险。

第十五章 莫忘欢乐

你要杀人，我给你埋尸，你要去地狱，我就和你一起死在地狱里。你这辈子，都丢不掉我。

1

沈超然的翡翠玉镯丢失，这则新闻在鹭宁引起不小的轰动。

罗菲所在的刑警队立刻开始立案侦查，他们把所有的监控录像调出来，只看到一个和沈超然极其相似的人将玉镯取走，除此以外，暂时查不出任何蛛丝马迹。

鹭宁城轰轰烈烈地报道此次事件的时候，陆竟夕已经被推进手术室里做骨髓移植手术了。

徐琳很守信用，拿到翡翠手镯后，立刻去医院捐了骨髓。

陆佳期每天都做好吃的让阿昭送过去，阿昭还会留在病房和徐琳聊一会儿天，阿昭嘴甜又乖巧，总是把徐琳哄得开开心心的。

手术进行得很顺利，做完也没有任何的排斥现象，当医生说陆竟夕这次移植非常成功的时候，陆佳期心里长久以来悬着的那块石头终于落了地。

在此之前的两个月，她每次踏进医院，都感觉这里像一座监牢，压得她透不过气，可是那天，她的心情却分外轻松。

她没有开车，只是在路上走着，展凌萧跟在她的身侧，静悄悄的一句话也没有，仿佛是她的影子。

过马路时，有车快速地开过，他紧张地拉住她的手说了一句：“小心。”

陆佳期扭头去看他。

他的脸上长出了青色的胡楂，却还是能看出那张漂亮动人的脸，一件穿得有些破旧的衬衫在夕阳的余光下，有些寒酸地闪耀着，什么时候开始，那么注重打扮的他，竟变得这样不修边幅？

“这阵子辛苦你了。”陆佳期真心地说。

“干吗突然和我说这个？”展凌萧摸摸她的头，“能和你在一起，我一点儿也不辛苦。只是没钱买漂亮的衣服，只能凑合着过了。”

“没钱你为什么不和我说？”

陆佳期居然忘了，他现在已经不是大少爷了，早就没有了经济来源，这两个月，他连衣服都只穿替换的那三四件，有时候她夜里起来，看到他蹲在卫生间洗她的衣服，满手的泡泡浸在水中，轻声哼着歌。

“有什么好说的，衣服能穿就行。等过几天我出去找找工作，到时候就有钱打扮好看啦！你可不能因为我现在没钱不要我啊。”

陆佳期莞尔：“你救了我哥，我都还没有感谢你，怎么会赶你走呢。”

“那你想要怎么感谢我啊？”展凌萧凑过去，像是邀功，“要不……你以后做任务都带着我，我们可以做雌雄大盗！偷遍鹭宁所有富商！”

“想什么呢？就你那点技术，还想偷遍富商。”陆佳期觉得好笑。

“你可不要小看我，我很聪明的！”展凌萧一脸认真。

“好了，这样吧，如果你不嫌弃，先去我哥哥的玩具厂上班，工资不会太高，看你的能力给钱。”

“本来陆竟夕的公司我是不会去的，不过看在你亲自请我的份上，我就勉强答应吧。”

陆佳期看着展凌萧一脸孩子气地和她说话，恍惚把他和十七岁的那个少年重叠在一起，他好像没有变，所有的一切都还是少年时，一个不经意的撒娇和笑容，都会让她温暖许久。

可是他不再是十七岁了，十七岁的那个展凌萧瘦小、懦弱，连碗都洗不好，现在的他，身姿健硕，会做饭，会帮她洗衣服，会帮她把家里打理得井井有条，她甚至不知道他是什么时候学会了这些事情的。

2

陆佳期去了一趟孤儿院，自从陆竟夕生病以来，她将近两个月没有去过孤儿院，小武已经开始上小学了，每天按时上下课，林家的人会派车接送他，林翱也常常来探望他。

陆佳期到的时候，小武刚刚放学回来，林翱正往小武手里塞新的玩具飞机，小武刚想甩掉，林翱说：“这可是你佳期姐姐家做的，你真的要扔掉？”

小武看到上面写着“童心玩具厂”的字样，想了一下还是把飞机接过来了。

“佳期姐姐。”小武看到陆佳期，开心地跑过去一把抱住她。

陆佳期摸着小武的头，感觉他长高了一些。

“竟夕哥哥呢？”小武看到陆佳期身边的展凌萧，“你怎么跟这个大坏蛋在一起？你不要竟夕哥哥了吗？”

“谁是大坏蛋呀，小弟弟。”展凌萧笑着说，“我可是你爸爸的朋友。”

“你们都是大坏蛋。”小武大声说。

“那你承认大坏蛋是你爸爸了。”

“我……你别胡说。”小武一个小孩子哪里是展凌萧的对手。

“你手里还拿着你爸爸给你的玩具呢。”

“这……这是他硬要给我的……”小武想要狡辩又有些心虚，一张脸涨得通红，“佳期姐姐你看他，欺负人！”

“哟哟哟，被我戳穿了，就找人帮忙啊。”

“好啦，你别逗他了。”陆佳期说道。

“姐姐今天来看看你，这是给你买的新书包和本子，现在上学了，一定要好好读书。”陆佳期摸摸他的头。

“我一定会的，你放心吧！”

小武把书包里的书和最近考试的成绩单都拿出来给陆佳期看，他的成绩很好，字迹也很工整，看得出有认真学习，他和陆佳期很亲昵，不停地和她说话，抱着她的胳膊撒娇，挑衅地看了展凌萧一眼。

展凌萧对于小武的举动完全没有反应，反而笑眯眯地看着他们。

以前陆竟夕很喜欢和小武争宠，现在面对展凌萧的无动于衷，小武反而败下阵来。

陆佳期要走的时候，小武终于忍不住问展凌萧：“你怎么都不生气啊？如果是竟夕哥哥都不知道多吃醋。”

“我才不会把你当成假想敌呢！”展凌萧一脸笑意，“你佳期姐姐心里只有我。”

陆佳期一脸通红，却发不出脾气来。

3

晚上两个人在家里边看电视边吃饭。

晚饭是展凌萧做的，一碗普通的蛋包饭，蛋皮煎得金黄，里面的米饭炒得颗颗分明，再撒上一点番茄酱，砂锅里煲了玉米排骨汤，一口米饭配一口汤，鸡蛋的味道混合玉米排骨的清香，简单却又知足。

陆佳期第一次认真地去品味展凌萧做的饭，发现无论是用料还是厨艺都非常用心。

电视里放的是《康熙来了》最后一期，蔡康永说着煽情的告别词，屏幕上回放这么多年很多搞笑的画面，棚里的灯光暗下来，蔡康永和小S互相扶持着离开摄影棚。

一档做了十年的节目就这样收场了，令人唏嘘不舍，却又觉得理所当然。

这是他们这段时间的一个基本生活常态，两个人同坐饭桌上，却没有交流，电视声音放得很大，像是背景音乐。

但是今天不一样，今天陆佳期胃口格外好，她一个人吃了三份蛋包饭，喝掉了一整锅的排骨玉米汤，吃完摸了摸圆圆的肚子，饱得在房间里走来走去。

展凌萧洗完碗出来，看到她正在摸冰箱上的消食片，但是个子不够高，怎么也摸不到。

展凌萧走过去，帮她把消食片拿下来。

“今天胃口可真好。”展凌萧笑着。

陆佳期闻到他身上还有刚刚做饭留下来的蛋香味，他穿着围裙，手上还淌着水。

“你不是说没钱了吗？”陆佳期看着他有些旧的衣服说。

“我的钱不都给你买吃的了吗？”他宠溺地看着她。

“我有那么能吃啊？”

“也不是特别能吃吧，一顿饭也就吃三四碗米饭，四菜一汤全扫光。”

展凌萧沉思了一下说。

陆佳期想起来这阵子，她虽然味同嚼蜡，但是却还是食量很大，对于她来说不管开心不开心，都不会影响她吃东西。

她有些不好意思。

“本来想让你到我这里好好过日子，没想到还给你添麻烦了。”

展凌萧低头，看到她小小的脸，眼巴巴地瞅着他，一双漂亮的眼睛染着雾气，水灵灵的。

他忍不住低头，去吻她。

陆佳期没有挣扎，任他这样吻着。

他的手捧着她的脸，吻得特别认真又温柔，她的舌头特别柔软，像是带着花的香气，甜得令人沉醉。

许久之后，他放开她，看着她红红的脸：“我想你一直麻烦我，麻烦一辈子。”

陆佳期的心有些动容，她看着他许久，那一张漂亮的脸褪去平日的矜贵气息，变得居家而温润，眉目间也不再轻佻，多了一份纯真。

这段时间他一直守护在她身边，在她最无助的时候帮助她，这些她都看在眼里，她能感受到他想要好好对待她，想和她认真地在一起。

可是她闭起眼，总是忘不了那个夜晚，董明伟死在她的面前，她忘不了她坐在警车上，他目睹她离开的样子。

搂住他腰的手，轻轻松开了，她冷冷地推开他，走回了自己的房间。

陆佳期站在窗户上，看着楼下。

街对面开了一家小餐馆，像是一对小夫妻在经营，女人站在门口招呼，男人在里面炒菜。

女人时不时地会走进去给男人擦汗，喂水。

店里生意不算很好，但是每到饭点也都坐满了人。

幸福吗?

是的。

可是谁又能知道，旁人所看得到的幸福，是不是只是他们刻意营造出来的表象呢?

结发为夫妻，恩爱两不疑，
努力爱春华，莫忘欢乐时。

4

徐琳养好身体离开医院的那一天，陆佳期和展凌萧送她回家。

她穿一件烟灰色的长裙，长发披散下来，脸上极素净。

她褪去一脸的妆容，脸上有岁月留下的细纹，可是依然难掩她姣好的容颜。

展凌萧开着车，陆佳期和徐琳坐在车后，没有人说话。

路上的梧桐树上金黄色的叶片开始掉落，纷纷扬扬落在车窗两旁。

徐琳从包里把翡翠镯子拿出来，戴在手上。

“陆小姐，你知道这只镯子叫什么名字吗？”徐琳看着镯子问道。

陆佳期摇摇头。

“汉朝的苏武有一首诗叫《留别妻》，你可听过？”

“结发为夫妻，恩爱两不疑。诗里还有一句：努力爱春华，莫忘欢乐时。”徐琳轻轻抚摸手中的玉镯，“这只镯子，叫春华。”

陆佳期听着徐琳的声音，隐约能感觉她语气里的怅惘。

“你一定很好奇，我为什么让你取这只镯子。”徐琳转头，“我十几岁的时候家里很穷，供不起我上学，一个人来到大城市，也不知道要做什么，去工厂做过女工，在餐厅给人端菜，睡过天桥，被人偷过钱，日子过得太苦了，有一天看到夜总会在招公主，我也不知道是做什么的就进去了，第一次，什么都不懂，稀里糊涂的就……后来就在夜总会做下来了，本来也没想遇到什么真情，可是老天还是让我遇到了他……”

徐琳的眼中似有微微光亮：“他是那么年轻、帅气，又风度翩翩，我记得那天有个客人一直灌我酒，他来替我挡酒，后来我才知道他酒精过敏，当天晚上被送到了医院，我很内疚，做了一些饭菜给他送去，他说从来没有女人给他做过饭，他吃饭的样子就像个孩子……”徐琳笑了，是甜蜜幸福的笑容，“后来他就经常来夜总会找我，聊天，说话，我们像是认识了很多年，有聊不完的话题，那时候很多客人点我，我也不去，这样得罪了不少人，但是我也不在乎，觉得能和他在一起，哪怕不说话，世界也是美好的。他甚至把他家的祖传翡翠手镯送给我，我当时真的特别感动，我觉得我们一定能冲破阻碍幸福地生活。但是好景不长，我们的感情被他父亲知道了，他父亲把我找到他家里去，让他和我说清楚，我看到他一脸害怕的样子，哆哆嗦嗦地和我说着那些绝情的话，我觉得自己特别可悲，当他把翡翠手镯从我手上拿下来的时候，我都能听见自己心碎一地的声音。”

“他没有再找你了吗？”

“派人来过一次，送了我一张银行卡，里面有三百万。没多久，他就和本地一个有钱人家的小姐结婚了，婚礼办得很隆重很盛大，全鹭宁的人都知道，我的姐妹们都在嘲笑我，大家都以为我肯定会灰头土脸地离开，但是我没走，我还在这里，每天灯红酒绿迎来送往。只是再也没有一个人能让我为他付出真心了。”

“难怪你不差钱。”

“不能和自己所爱的人在一起，纵使有再多的钱，在哪里都是孤独的。”

言谈间，车子已经到达徐琳家楼下。

那是一栋十分破旧的小楼，只有五层高，墙壁上的漆都开始脱落，看得出有很多年头了，站在楼下就能闻到楼上人家炒菜的烟火气息。

门口也有一棵巨大的榕树。

树下放着一张石桌，几把石凳，干干净净。

“这房子，是我买的，我在这里住了二十年，那时候这棵树还是一棵小树苗，现在都长得这么大了，以前他常常送我回家，站在这里拉着我的手，依依不舍。时光过得可真快啊，我都这么老了。”

徐琳把手举起来，放在榕树下，那一只翡翠玉镯在阳光中分外通透翠绿：“这只镯子却一点也没有变。”

“他或许有什么苦衷呢？”展凌萧不忍心见她这样，拿话来安慰她。

“他妻子死了三年，父亲也已经过世，可是他还是没有来找我。我日日守在这栋房子里，等在这棵树下，把桌子凳子擦了又擦，可是又怎么样呢？他还是没有来，我知道，他不会来了。即使这镯子丢了，他也不会来。”

徐琳把手镯用力往石桌上一砸。

“露西姐，你这是……”展凌萧想去阻拦，已经晚了。一只价值连城几经辗转好不容易到手的镯子，顷刻尽毁。

“断了吧，一切都断了。”徐琳低低呓语。

“断了也好，算是一个了结，人总不能永远活在过去里。”陆佳期说道。

她理解徐琳的心情，许多年前，她也曾怀着这样的心情一次又一次和自己的内心告别。那是一种痛苦的剥离，像是把血肉从自己的身体里剥离开，无比疼痛，却又必须要面对。

有小贩在卖糖炒栗子，徐琳对展凌萧说：“能麻烦展公子帮我去买一点糖炒栗子吗？”

“好的。”展凌萧知道徐琳是故意要支开他。

展凌萧走到街对面去买糖炒栗子，走到一半的时候突然回过头，问：“佳期，你吃吗？”

“我不吃。”陆佳期摇摇头。

展凌萧有些失望地走掉。

徐琳看着展凌萧的背影说：“陆小姐，我很羡慕你。”

“羡慕我？”

“有一个男人这么爱你，无怨无悔为你付出他所有的一切。”徐琳看着展凌萧。

“他伤害我的时候，你没看到，不知道多遭人恨呢。”陆佳期反驳道。

“谁不会犯错呢？至少他愿意改，愿意弥补。”徐琳靠近陆佳期，在她耳边说，“你如果知道他为了你都做了什么，你肯定舍不得恨他。”

“给，露西姐。”展凌萧从街对面走过来，把糖炒栗子递给徐琳，又像献宝一样给陆佳期拿了另一袋，“这袋是给你的，野生小栗，你的最爱。”

“我都说我不吃了，你还买。”陆佳期瞪他。

“不就嫌剥栗子麻烦嘛，我给你剥就是了。”展凌萧笑嘻嘻的一点也不生气。

“你们感情真好，就像老夫老妻一样。”徐琳笑着。

陆佳期一怔，她这才发现，这段时间她对展凌萧的态度已经习惯性地变得亲昵。

“谁和他老夫老妻，我都不知道多讨厌他。”陆佳期嘴硬。

“你讨厌我没关系，我喜欢你就行了嘛。”展凌萧剥了一颗栗子放到陆佳期的嘴里，“好吃吧？”

徐琳看着他们两个人，微微地笑着：“谢谢你们帮我完成了一个心愿。”又诚心地说道，“也祝你们幸福。”

“谢谢露西姐，我们一定会幸福的。”还没等陆佳期回答，展凌萧抢先道。

陆佳期对于展凌萧的无赖，一脸无奈。

徐琳拎着行李，走进了那栋破旧的楼。

“结发为夫妻，恩爱两不疑，可惜，她始终没有等到他。”陆佳期叹口气。

榕树下，有风吹来，垂挂而下的枝条迎风摆动，石桌上摆放着的是断成三截的玉镯。

孤寂而悲伤地摊在桌子上，像是一个女子斩断过去的决心。

展凌萧走过去，把那几截玉拿起来，放到手心里。

“你拿这个干吗？”

“这可是我们第一次的合作成果，这么丢了多可惜，我得留着做纪念。”展凌萧捧着说。

陆佳期想起徐琳刚刚说的话：“你是怎么说服徐琳改变主意的？”

“都已经解决了，还问这些做什么？”展凌萧似乎不愿意提及，“回家吧，你给我做饭吃好不好？”他可怜巴巴地望着她。

“怎么不是你做给我吃？”

“这两个月的饭哪天不是我烧的？你看我的手都被烧成什么样子了！”展凌萧伸出手指，上面全是烧饭留下的疤痕，“你还不快点给我一个爱的亲亲。”

“你烧得那么难吃我都没说，你还好意思装可怜。”陆佳期才不上当。

“我不管，我就要亲亲。”展凌萧把脑袋赖在陆佳期的身上，像是小动物一样磨蹭。

陆佳期毫不客气地把他的脑袋推开：“走了。上车。”

“唉，没劲。”展凌萧拎着栗子，亦步亦趋地跟在陆佳期身后，犹如一个幸福的小跟班。

5

陆竟夕的身体在手术过后恢复得差不多，医生说回家休养就可以了。

他这次算是从鬼门关走了一趟，回去之后分外地珍惜自己的身体，除了玩具厂的玩具照常生产，其他的项目全部停掉，更不像以前那样满世界飞。

空闲时，他就在郊区的古董店里，养花逗鸟喝茶品茗。

陆佳期三不五时会来探望他，阿昭在巷子里摆一张小桌子，煮上几道小菜，几个人围着吃饭。

展凌萧从来不去，不管陆佳期怎么喊他，他都不来。

虽然陆竟夕活下来有展凌萧一半的功劳，可是陆竟夕身体恢复之后，展凌萧依然视他为情敌。

陆佳期觉得展凌萧有时候狡猾又奸诈，有时候却又幼稚得要死。比如旁人要学一年半载都学不会的开锁技术，她教他两日他就游刃有余，又比如每次看到陆竟夕就是死活不和陆竟夕对话，连正眼都不看陆竟夕。

那一副傲娇的样子，真令陆佳期头痛。

陆佳期起初不知道怎么安置他，于是给他在玩具厂安排了一个做设计的活，本来只是想让他去打发一下无聊的时间，没想到他和设计部的人一起设计出了几款新型玩具，投入到市场上小孩子出奇地喜欢，在孩子圈引起不大不小的潮流。

他每天到点去上班，下了班会绕去菜市场买点菜回来，然后站在她房间门口说："小舞，我饿了……"

不知道怎么回事，陆佳期虽然嘴上会说麻烦，但是每次都会起身去厨房做饭给他吃。

吃完饭，两个人一起坐在客厅里看电视，各自吐槽着剧情，展凌萧会看看杂志，有时候也拿纸张出来画点画。

生活周而复始，乏善可陈，却令她觉得安心。

有次陆佳期在古董店里吃饭吃到一半，展凌萧打电话来，可怜兮兮地说："小舞，我一个人在家快要孤独得死掉了，你什么时候回来啊？"声音带着软萌的撒娇，却又相当洪亮，透过手机结结实实地落到陆竟夕和阿昭的耳朵里。

"佳期姐，你金屋藏娇。"阿昭说。

陆佳期怕陆竟夕不高兴，赶紧去看他，他的表情很淡然，还是如往常一样吃着饭菜。

一顿饭好不容易吃完了，阿昭拿着碗进屋去洗。

"我身体没什么大碍，你以后不用来得这么勤。"陆竟夕在给多肉喷水，头也没抬地说道。

陆佳期听出他话里的意思。

"你不反对展凌萧留下了？"

"我反对有用吗？你想做的事情，谁能阻拦得了？"陆竟夕放下手里的水壶，"再说人家现在救了我的命，我也不能让人家露宿街头啊。"

"我把他留在公司，你不生气吗？"

"有什么可生气的，我听副总说他帮我们赚了不少钱……"

"你可真是个好商人。"陆佳期笑。

"这次住院，我想通了很多事情，你说我们小时候过得那么苦，现在好不容易有了新的生活，好的日子，我们还一直折腾，每天都在钢丝上跳舞，不值当，以后我们安安分分地经营我们的公司，赚不赚大钱都没关系，只要人健健康康开开心心就行，钱是永远花不完的。"

"我知道了。"陆佳期点点头。

“你决定和他在一起了吗？”陆竟夕迟疑了一下问道。

“我不知道。”陆佳期有点茫然，她贪恋现在的生活，却又不敢伸手去拥抱。

“你要明白，他现在是孤身一人无处可去才暂住你这里，就算他不是展宏的亲生儿子，但是终究养了这么多年，展宏不可能放任他一直流落在外。”

“这些我都明白。”陆佳期知道她现在贪恋的不过是一时的温暖，而这份简单的平静，很可能随时被打乱。她只是暂时假装看不到罢了。

“下个月我准备去一趟山区，给孩子们送点玩具。”

陆竟夕郑重地看着陆佳期：“无论你做什么哥都支持你，只要你能开心。人活一世，不过就是在苟且里，拼命地挖掘那么一点点活下去的希望。如果你看到了你的希望，就不要放弃。”

“哥，谢谢你。”

陆佳期的手机又响了起来，她低头看了一眼，按掉。

“好了，快回去吧。”陆竟夕知道是展凌萧打来的电话。

“那你要好好照顾自己的身体。”

陆佳期的身影消失在巷子口，她的步伐轻快，没有了以往的沉重，她的眼中有笑意，没有了平时的悲伤，而这些都是展凌萧带给她的。

陆竟夕用了十年的时间都无法做到让她发自真心地快乐，只有展凌萧，无论她有多恨他，讨厌他，可是她的心只有在面对他的时候会快乐。

陆竟夕轻声地叹了一口气：“或许这都是命吧，终是逃脱不了的。”

6

晚上回家，陆佳期在公寓门口遇到展凌杨。

他是刻意等在那里的，平日里只穿白大褂的主任医师换上了一身西装，温润如玉地朝她走过来，她差点没有认出他。

“陆小姐。”他走到她跟前，像是等了很久。

“展医生？”

“是我，冒昧打扰。”

“你是来找展凌萧的？”

“我来找他回家，可是……他不愿意。”展凌杨的声音透着深深的无奈。

陆佳期这才注意到展凌杨的西装上有鸡蛋的污渍。

“你对他说什么了？”

“我说只要他肯回去，父亲愿意接受他。”展凌杨看着陆佳期，像是有所保留，“只是……父亲有个条件……”

“要他跟我一刀两断是吗？”聪慧如她，又怎么会不知道展宏在想什么呢。

展凌杨的眼中闪过一丝诧异，他没想到陆佳期竟然一下子猜中了。

“难怪他要拿鸡蛋砸你？”陆佳期笑，她能想到展凌萧发脾气的样子。

“三弟好像变了一个人，以前不管多生气，总是笑嘻嘻的，无论对谁说话都谦谦有礼。”

“那是他伪装得好。”陆佳期笑起来，“在展家的时候，他活得小心翼翼，生怕别人不喜欢他，他要装懂事，装听话，就怕被人讨厌，被人抛弃，现在出来了，自然就没有顾忌，做回他自己。”

“我当他大哥三十多年，竟然都没有一个认识他半年的人了解他。”展凌杨感到很惭愧。

半年？他们何止认识半年，他们整整认识十年了啊！只是没有人知道罢了。

“他在我这里挺好的，你不用担心。”

“陆小姐，我知道你对凌萧好，可是他是我们展家的孩子，一直在你这儿住着也不太合适，父亲养了他那么多年，纵然他有天大的过错，父亲也能原谅他，只要他回来，他永远都是展三公子，受万人追捧，可是他在外面，在你公司，他永远只能是一个跟班，一个打工仔，一个吃软饭的男人。我了解他，从小他自尊心很强，任何事情都不能落在别人后面，他那么急功近利地伤害老五，也是想在父亲面前好好表现，以后继承家业，我们展家这么大盘的生意，以后会让他和凌歌打理。”展凌杨认真地看着陆佳期，“这段时间我看着凌萧为你哥的事情忙前忙后，像一个跟班一样，那么多人对他投去嘲笑的目光，但是你却对他不闻不问，甚至连一个笑脸也很少给他，我不知道你对他是什么感情，我更不知道你把他放在什么位置上，如果你不想和他在一起，就放他回去吧。我不想他在你身边，像一条狗一样，卑微地祈求你的爱。”

展凌杨说这些的时候，是一个大哥对弟弟的心疼，展凌萧的感情他看在眼里，可是他无能为力，他不知道陆佳期和展凌萧到底有过什么样的感情经历，可是他确定展凌萧如果不离开她，早晚会因为她葬送自己。

“我知道他的执着，多年前他差点为一个女孩死，现在我不想他为另一个人再死第二次。”

他并没有等陆佳期的回答，转身就朝着门外走去。

天空开始下起了雨，陆佳期一个人站在雨中，雨越下越大，几乎把她全身浇湿。

她不知道展凌萧这么多年都经历了什么，她从来不问他，也不想知道，她冷漠地看着他在她身边奔忙，为她鞍前马后，她假装看不见，依然对他时好时坏。陆竟夕住院期间，她好几次精神崩溃，一点点小事就对展凌萧发怒，他也从来不还嘴，静静地站在她面前让她骂，骂完了还继续帮她操持着一切。

他做得那么卑微，那么不动声色，让陆佳期几乎察觉不到他的改变。

是展凌萧把陆佳期抱回家的，他看等了这么久都没有等到陆佳期回来，有些担心，就出去看看，没想到看到站在大雨中的陆佳期。

“下雨了也不知道躲？”展凌萧一边抱着陆佳期一边往里面走，雨伞遮住她的全身，却让自己整个人淋在大雨里。

陆佳期抬头去看他，那个眉目如画的男人，臂弯温暖，双眸含着心疼。

他小心翼翼地把陆佳期放在沙发上，拿来毛巾帮她擦头发，擦身体。

“我在门口看到你大哥了。”

“这么巧啊……”展凌萧并没有要说的意思，继续帮陆佳期擦着头发。

“为什么不回去？回去多好，重新做你的展家三少爷。”陆佳期冷冷地看着他。

“我说过我只想和你在一起。”

“和我在一起，你永远只能是一个打工仔，一个假少爷，外面的人都会嘲笑你，说你吃软饭，你在鹭宁永远都抬不起头。”

“我不在乎别人怎么看我，我只在乎能不能和你在一起！”

“我是谁？我是这鹭宁城所有公安都在搜捕的窃贼飘，我随时都有可能被抓，你和我一起，你就是共犯。要坐牢的你知不知道？”

“如果你被抓，我就和你一起坐牢，我不怕。”

“当警察把手铐铐在你的手上，当你被关在漆黑的房间里，当半夜三更有人突然在你旁边咬舌自尽，你就知道你有多害怕！”陆佳期捂着耳朵，“我忘不了你害死了老爹，我忘不了那天晚上的月光，我忘不了在监狱里的一千多个日日夜夜，这些都是你给我的，是你！你这个凶手！”

“你为什么要说这些话？你知道我听到这些会有多心痛，我们重遇之后，我一直都想弥补我当年的过错，是你不给我机会！只要你一句话，去死我愿意！”

“你会舍得死吗？你这么自私自利的人，你会舍得你的身份地位还有名利？你不会！你舍不得那些！”

“董小舞！你为什么总是揪着我的这个错不放！我不是舍不下那些，我只是想你脱离董明伟的魔掌！我只是想救我母亲，我有什么错？？你为什么就是不能理解我！”展凌萧的声音几乎带着绝望。

“你走吧。回去吧。”陆佳期冷冷地说道，“回到展家，做你的展家三公子。”

“你现在在气头上，等你冷静了我再和你说。”展凌萧的声音发颤，却强迫自己冷静。

“我想得很清楚了，我不要你了，展凌萧，我不要你了你听到没有。”陆佳期攥着拳头，她知道自己一定要和展凌萧做个了断。

好不容易强迫自己冷静下来的展凌萧在听到陆佳期这句话时，一瞬间就炸了，他冲上前，一把抓住陆佳期的手，几乎整个人都倾压在她身上。

“董小舞，你再说一遍？”一张俊颜，差一点要贴上陆佳期的脸，他愤怒地看着她，让她无处可躲。

“我不要你了……我不要……唔……”陆佳期的话还没说完，展凌萧的吻就落了下来，愤怒带着炙热的情绪，舌尖在她的口中翻搅，像是江河奔腾。陆佳期想要挣扎，手却被他狠狠地抓紧，她想使劲，却发现根本推不动他，此刻的他，力气大得惊人。

“你不要我？”展凌萧压着她，“从遇到你的那一天，你就把我迷得神魂颠倒，为你我情愿做你的跟班，为你我和父亲吵翻天，为你这么多年我拼命地学习各种技能，为你我放弃了努力经营了这么多年的事业！现在我把自已搞得人不像人鬼不像鬼，你却说你不要我了？”展凌萧的眼中蓄着泪，“你怎么这么狠？难道我犯了一个错……就再也得不到宽恕了？”他的眼泪终于忍不住掉在陆佳期的脸上，像是温热的光，落在心上，灼得生疼。

“你可以让陆竟夕陪你这么多年，刀山火海他和你一起，我告诉你，我也可以。你要杀人，我给你埋尸；你要去地狱，我就和你一起死在地狱里。你这辈子丢不掉我！”

他吻她，那种带着侵略和不满的愤怒，全在这个吻中发泄出来，他疯了，被陆佳期那句话逼疯了，她怎么可以不要他？他这辈子从遇到她开始，就早已经把所有的一切都给了她。

她怎么可以不要他？

他做了那么多事情想要弥补，为什么她连一个机会都不给他？

他的卑微，付出，换来的只是她的抛弃？

大雨淋湿了陆佳期的衬衫，展凌萧撕开她的衣服，低头亲吻上去。

一种难掩的愉悦和羞耻让她呻吟了起来，湿漉漉的身体，裹着炙热的内心，那伪装的冷漠，在此刻全都释放了出来。

她可以从言语上拒绝他的靠近，却无法令自己的身体说谎。

展凌萧用手轻抚着她的脸，她的脸颊一片潮红，眼中没有了拒绝的冰冷，散发着渴望的迷离。

他进入她的身体，看着她闷闷地娇喘着，那声音像是小小的羔羊发出来的，细碎而娇美，听得他血液沸腾。

“小舞……你需要我……对不对？”他的唇贴着她的耳朵问道。

“我……我不……”她摇着头，可是后面的话却被展凌萧的吻吞了下去。

他不要听到陆佳期说这些，她明明是爱他的，可是她就是不肯接受他。

陆佳期的手在他的背上抓出一道一道的口子，那些疼痛让展凌萧更加放纵。

客厅忽闪的灯光映出展凌萧绝望又英俊的脸，那张她从来不敢拥有，用恨来逃避的脸。

从小就被人抛弃，在各种行骗欺诈的环境中长大的她，从来不知道应该怎样去相信一个人，更何况是一个曾经欺骗过她的人。

可是现在，她逃不掉了，她爱他，哪怕她对他的爱没有了信任，可是她知道，她爱他。

她渴望他在她身边，渴望他所有的一切，她渴望拥有也渴望给予。

只是她害怕。

那个留在她身边而一无所有的他，真的会快乐吗？她这样一个冷血无情的女人，真的能给他带去快乐吗？

她做得到吗？

陆佳期感受到他的体温，他的亲密，他暴风雨一般的愤怒。

她闭上眼睛，眼角有泪水滑落。

7

陆佳期并不记得展凌萧是什么时候停止的。

她躺在浴缸里泡澡，全身都酸痛，感觉自己和一条死鱼没什么两样。

展凌萧坐在浴缸外的地板上给她按摩肩膀，手法娴熟，动作老练，非常舒缓。

“怎么样，我技术是不是很好？”他一语双关地问道。

陆佳期用最后一点力气瞪了他一眼：“你这个疯子。”

“我是疯子，一辈子都想赖着你的疯子。”他在她的耳边摩挲道，“你想要丢掉我，我就折磨死你。”

这句话听得陆佳期一阵胆战心惊。

展凌萧愉快地帮陆佳期把澡洗完，擦干，再抱她回到房间里。

他躺在她的身边，把她整个人圈到自己怀里来，两个人的肌肤紧紧地贴在一起，仿佛这样才能令他感到安全。

房内的蜡烛已经烧了一半，满屋都是淡淡的洋甘菊的香气，他贪婪地吸了一口说道：“真香。”

陆佳期的脸贴在他的胸膛，那里能听到他清晰的心跳。

“这么一点香气，就把你迷住了。”她幽幽地开口。

“我还记得十七岁那一年，我第一次走到安和巷，你蹲在屋檐下和一只鸟在玩，那天下着淅淅沥沥的雨，你穿着一件小雏菊印花的裙子，我感觉整

不能和自己所爱的人在一起，

到哪里都是孤独的。

个世界都是小雏菊的香气。就是这么一点点的香气，把我迷了这么多年。”展凌萧低头看到陆佳期身上的青紫，“刚刚弄疼你了吧？”

陆佳期摇摇头。

“我刚刚气昏了，我听到你说你不要我，我就疯了。”他的声音轻轻的，“我知道一定是我哥跟你说了什么，你才会说出那么残忍的话，那不是你的本意。”他的手抚摸着陆佳期的背，“可是你怎么能说不要我呢？我可以忍受这世上所有的痛苦，就是不能忍受失去你。”他搂紧她，“老天让我们再遇到，就是给我们一次机会，我们注定是属于彼此的，谁也不能离开谁，谁也不能，把我们再分开。”

陆佳期睁着亮晶晶的双眸抬头看他。

“我愿意做你的跟班，愿意屁颠屁颠地跟在你的身后，什么展家三少爷，别人倾慕的目光，我都不在乎。这么多年，我拥有了这些，可是都比不上和你重遇的这半年。”他垂眸，“我想要承担你的现在，你的未来，你的一辈子，我不能保证能做到最好，但我保证，我会努力去做。再相信我一次，好不好？”

陆佳期看着他真诚的眼神，那张流光婉转的脸似乎散发着动人的光泽。

“这些话你还和谁说过？”许久之后陆佳期问道。

“我发誓只和你一个人说过。”展凌萧信誓旦旦。

“真的？”

“千真万确。”

陆佳期盯着他的眼睛，良久之后说道：“那以后也不许和别人说了。”

说完这句话，她轻轻地吻上展凌萧的唇，柔软而温存，带着接纳的美好。

展凌萧对她突如其来的吻有些怔忡，却很快反应过来。

他们彼此深情地交缠着，仿佛筑起的那道冰终于融化了一般。

再相信一次吧，陆佳期听到心里的一个声音在对她说。

纵使他们中间横着巨大的能将人吞噬的黑洞，可是只有他陪伴的人生，才能在苟且生活的世界里，活出难得的幸福。

夜静了下来，床头的蜡烛被吹得猎猎摇晃，两个孤独的人在静夜中彼此拥抱吸取温暖，完成最漫长的孤独交换。

第十六章
永失永爱

恨的反面是爱，而最最深的爱，是永远失去爱。

1

破碎的感情真的可以重新开始吗？

陆佳期不知道。

她只知道，因为展凌萧的存在，她的生活开始回归到正常的轨道。

每天他六点起床，给她熬粥煎鸡蛋热牛奶，早上八点准时出门去玩具厂上班，晚餐两个人轮流做，一人一天煮一餐。

展凌萧有几道拿手菜，据说是之前在家跟厨师学的，煮起来无功无过，但是他不满足，在网上下了很多菜谱，对着学，于是人间惨剧就此发生，菜不是烧烂就是烧焦，焦味传遍四邻，众人还以为着火了。

陆佳期对此非常无奈，只好停止让他煮饭，自己每天四菜一汤变着法地做出各种美味。

展凌萧从来不加班，不管公司有什么急事，他到点立刻走人，一到家迫不及待地开始吃饭。

有次在他强烈要求下，陆佳期去公司给他送了一次饭，刚进公司就看到远处人头涌动，环肥燕瘦的姑娘们拿着自家的爱心便当挤在展凌萧的周围要给他送，他向来不会拒绝，只好笑着说：“谢谢大家。”

陆佳期心下不快，在远处喊他：“凌萧。”

“不好意思，我女朋友来了。”展凌萧说得大声，推开人群走到陆佳期面前，一把牵过她的手，假装吃惊地看着陆佳期，“你来给我送饭了呀。”

两个人十指紧扣，爱意流转，俘获了公司里姑娘们的一片芳心。

陆佳期走到他工作的位置上，上面放着各种零食和饮料，还附上娟秀字迹的小字条，他把字条拆下来丢掉，把零食分给周围的人。

“你看我乖吧，我一个都没有吃哦。”他笑着，表忠心。

中饭还没吃两口，主管临时开了一个会，透过会议室的玻璃，陆佳期看到展凌萧站在投影仪前介绍自己最近设计的产品，自信飞扬，侃侃而谈，仿佛比他在展家做万人追捧的三公子还要来得神采奕奕。

他身上的西装是她陪他去挑的，领带也是她为他选的，就连他的发型，都是她看着设计师剪出来的。

他所有的一切她都参与了，从里到外完完全全在她的眼中。

展凌萧分外喜欢设计玩具，书房里都是他设计的图纸，别的设计师几个月设计一款，他一个月设计十几款，几乎把别的设计师的活都干了，而且款款问世都是爆款，简直让别人活不下去。

有阵子他开始翻出各种锁来拆，研究每种锁心的拆解方法，开始还要陆佳期指导，后来无论什么锁，都能轻松打开。

因为开锁玩得起劲，他还特意设计了一种新型的解锁玩具，一个暗扣搭着一个暗扣，看着非常复杂。

玩具公司的人不理解他为什么设计这么复杂的玩具，一般智力的孩子根本打不开。

他根本不管别人的看法，自己花钱做了一批，送给小区里有孩子的家庭测试。

高档小区里难得有一个和明星一样的帅哥，师奶们非常开心，经常集结孩子晚间斗锁，聪明的孩子几分钟打开，愚钝的孩子解不开便恼羞成怒，被爸妈拎起来狂骂一顿。

有一阵子，陆佳期公寓门口经常有人把砸烂的锁丢在那里表示愤怒。

有时候也会抓到正丢锁的孩子，展凌萧像拎小鸡一样把他拎起来，狠狠地在他屁股上打两下，在他准备扯着嗓子哭得昏天暗地的时候赶紧拿出一堆玩具送给他。

小孩的世界特别单纯，几块糖几个玩具便能收买，吃完开开心心地回家。

我这辈子只有一个梦，
那个梦，是你。
miss you

周末的时候，展凌萧会放下所有的工作，专心致志地陪着她，有时候拿着吉他在小区里给她唱情歌，有时候拉着她一起去参加骑行活动，他们在鹭宁的每一条街道上行走，穿过风和树木，穿过小摊和琳琅小店。

岁月匆匆，时光不老，他拉着她，仿佛一切都能静止。

她感到又平静，又幸福。

他们最喜欢的事情就是入夜之后去楼下的小店喝酒吃夜宵。

老板娘站在门口吆喝，店老板在里面炒菜，小店门口放着很多桌椅，他们坐在露天之下，点几盘小炒，喝着酒划拳。

陆佳期很爱喝酒，展凌萧并不阻止她，喝多了会缠着展凌萧和她跳舞，她的舞技还是那么烂，总会踩到展凌萧的脚，展凌萧也不生气，依然温柔地抱着她，任她踏着错误的步子。

他们在微微的光亮里亲吻，在黑夜里交缠，熟悉彼此的气味和身体的每一寸肌肤。

有时候陆佳期在迷迷糊糊中去看他，他的肩膀再也不是瘦小而孱弱的，变得健硕而宽阔，肌肉的线条清晰有力，可以轻而易举地把她抱起来，举得高高的。

以前的他除了跳舞什么都不会，可是现在的他好像是她的骑士，踏马而来，将她从地狱里拯救出来。

她很久没有这种踏实又安心的感觉，什么赚钱、盗窃的爱好，似乎通通都不见了。

她有种错觉，如果能这样一直过下去，好像一不小心，就会地老天荒。

2

快要入夏的时候，陆佳期接到了罗菲打来的电话。

罗菲的声音哽咽，讲话断断续续。

陆佳期听了很久才听清楚事情的来龙去脉。

原来前阵子警方在山区抓获一个贩卖人口的犯罪团伙，罗菲在执行任务的过程中与外界失联，展凌歌不放心就去那里找她，结果为了救她中枪，失血过多，虽然抢救及时没有了生命危险，却成了一个植物人。

这对陆佳期来说是个不小的冲击。

展凌歌可以为罗菲做到这么多，她是万万想不到的。

陆佳期和展凌萧前去医院探望。

罗菲正在给展凌歌擦拭身体，动作轻柔又仔细，像是对待一个孩子。

展凌歌躺在病床上，漂亮的五官沉浸在阳光中像是上帝的宠儿，罗菲的眼中满是哀伤。

陆佳期竟然一时间想不到词来安慰她。

比生离死别更残忍的，莫过于人还在，却再也不能开口说话。

短短一年的时间，陆佳期看得出罗菲变了很多，她在提到展凌歌的时候不再怨恨，在看他的目光中多了几分爱意，她不知道什么时候爱上了这个男人，可最终，这个男人也无法知道了吧。

她看着展凌萧有些怅惘。

展宏和展凌杨也来了，他们拉住展凌萧谈话，陆佳期识相地退了出去，走到医院的角落里等他。

林笑笑从电梯里走出来，恰好看到了她。

“陆小姐，这段时间，过得可好？”林笑笑走到陆佳期的面前。

“还不错。”

“最近好像没有做什么大买卖了。”她不动声色地说。

“我一直都是闲人一个。”

“原来展家的《红玫瑰》和沈家的翡翠手镯，都是闲人干的，真是佩服。”

陆佳期这才警惕地看着她，她的话里意思非常明显，陆佳期不会听不出来。

“如果我猜得没错，冒充沈超然去银行盗取翡翠手镯的人，不是别人，就是凌萧吧。”林笑笑看着手里捧着的花，“那么精妙的打扮虽然可以瞒过警方，却不能瞒过我的眼睛。”

“林小姐说哪里的话，我为什么听不懂？”陆佳期虽然脊背发凉，却佯装镇定。

“真正的陆佳期早在五年前的一场车祸中死了，你不过是整成她的样子，冒充她的身份，不知道我说的对不对？董小舞小姐。”林笑笑胜券在握，杀了她一个措手不及。

陆佳期知道林笑笑调查了她所有的动向，但是她依然不动声色地说：“这么精彩的故事，我也是第一次听说，不过不管是陆佳期还是董小舞，展凌萧都不会爱上林笑笑。对吗？”

“你！”林笑笑的声音从得意变成了愤怒，却又反驳不出来，“你别得意得太早，我告诉你，凌萧之前住在你这里是迫不得已，他不是展伯父亲生的回到家里肯定不会受重视，加上还有一个展凌歌和他争，但是现在不一样了，展凌歌成了植物人，展家没有人可以接手这些生意了，他回来所有的一切都是他的，你觉得他会甘于做一个玩具厂的小设计师？你陆家的入赘女婿吗？爱有什么用？他苦心经营了这么多年，会忍受自己输得一败涂地吗？你敢不敢和我打个赌，他很快就会离开你，回到展家做他的接班人。”

“是吗？那我们拭目以待。”陆佳期轻蔑地看了看林笑笑。

3

回家的路上，展凌萧开着车一言不发。

陆佳期想起刚才他和展宏谈完从病房里走出来，脸色凝重，眉头紧锁的样子。

“怎么了？你爸和你说什么了？”陆佳期试探地问了一句。

“没什么，我会处理好的，你别担心。”他假装没事，“罗菲怎么样？”

“不太好。”陆佳期靠在椅子上，“她以前那么恨他，恨他不择手段地困住了她，可是她没有想到有一天会爱上自己最恨的人，你说爱情奇怪不奇怪？你不想要的时候，老天拼命地要塞给你，你刚想伸手，它却毫不留情地拿走了。你说是上天太残忍，还是我们没有珍惜？”

“你怎么有这么多的感慨？”展凌萧伸手抚摸她的头，“别想那么多。”

陆佳期探过身，在展凌萧转过头的瞬间亲了他。

阳光透过车窗照进来，照在陆佳期微微闭着的眼睛上。

展凌萧有些发愣，手上的方向盘差点打滑，还好他紧急刹住了车。

“你干吗这么突然，吓我一跳，要是撞到车怎么办！”展凌萧惊魂未定，第一反应是检查她的身体，看到她安然无恙，才放松下来。

“你怕死？”

“你不怕，我就不怕。”

她有些悲伤，钩着他的手，靠在他的肩膀上：“如果你离开我，我会去死的。”

声音并不是动情的，而是斩钉截铁的冷静。

“呸呸呸，干吗说这么不吉利的话，我们都要长命百岁。你还要给我生孩子呢！”展凌萧吓了一跳。

“你都没跟我求婚，我才不会给你生孩子呢。”

“那看来我要快点准备准备了，别让有的人等得太着急。”展凌萧笑着回答，却把她搂得更紧了。

傍晚的云霞染红了绿色的草木，映出两个人相互依偎的身影，光影从他们的身上掠过，两人怀着各自的心事沉默。

4

见完展凌歌后，展凌萧的状态明显发生了改变，不再像之前那样安于现状。

他经常蹙眉，焦虑，看电视也会发呆。

有时候半夜陆佳期醒过来，发现展凌萧站在窗户旁边抽烟，目光迷茫地看着窗外。

他在挣扎吧，那么好的一个机会摆在他的眼前，他内心肯定在挣扎吧。

那段时间陆佳期经常做梦，梦到自己回到十七岁，展凌萧与她面对面地站着，他们之间横着一个过不去的黑洞，他过不来，她也过不去。

她还梦到董明伟站在铁轨上，一身灰色的中式长袍，手里拿着一本书，她想走近去看，忽然一列呼啸而过的火车，将董明伟撞飞。

她吓得从梦中惊醒过来，满身是汗。

她不知道这些梦预言着什么，但是她能感觉到她的周围又开始面临乌云密布，现在不过是狂风骤雨前的宁静。

林笑笑知道了她的身份，这个讯号像是一枚定时炸弹，她知道鹭宁对她来说已经变得不再安全，他们经营了这么多年的一切都不再安全。

陆佳期把这些情况告诉了陆竟夕，陆竟夕当即决定离开中国。

陆竟夕结束了所有名下的产业，把玩具店的股份也全部转了出去，短短一个月的时间已经把所有的财产转移走。

陆佳期坐在“荧惑”里，看着陆竟夕和阿昭把所有的古董装起来，原本琳琅满目的古董店渐渐空了，她有些恍惚。

“真的要走了吗？”陆佳期抚摸着那一盆一盆被陆竟夕悉心照料的多肉植物。

“佳期，还记得小时候老爹和我们说得最多的一句话吗？我们这一行最忌讳的，就是舍不得。”陆竟夕走过来，“他一生狠戾又决绝，却因为他的舍不得死在了一个不爱他的女人手上。”

“他后悔过吗？”

“谁知道呢。”陆竟夕叹口气，“我知道现在和你说什么都没有用，现在的局势要么你和展凌萧一刀两断和我离开，要么让他跟我们走，我在海外已经安排好了一切，未来不用担心。”

“哥，谢谢你，这么多年，你都在为我考虑，包容我的任性。”

“我能为你做的只有这么多了。”陆竟夕的眼神充满了担忧和不舍，他知道事到如今他已经不能再做什么了，陆佳期已经走上了一条他无法阻止的路，他只能看着她越走越远。

“你们什么时候离开？”

“今天晚上。”

陆佳期拥抱陆竟夕：“哥，保重。”

陆竟夕轻轻抱着她，那个从小和他相依为命，他以为可以保护一辈子的人，却要义无反顾地奔赴她的爱情了，他想劝阻，可是又不能劝阻，他知道，她的生命一直都由她自己掌控，他永远只能在远处默默地注视。

他记得幼年她被董明伟捡回来的时候，只有三岁，穿着破旧的衣服，冻得瑟瑟发抖，老三看她可爱伸手掐她脸，被她一口咬住手，咬得老三哇哇乱叫，等他过去把他们分开，她的嘴上全是血，被风雪吹裂的嘴唇却透着倔强不服输。

她身在贫民窟，却能高傲得像个小公主。

他想一生一世地宠着她，用自己微弱的力量。

可是她遇到了展凌萧，那个漂亮又有些变态的少爷，展凌萧总是肆无忌惮地纠缠她，她从对他的厌烦，到接受，再到依恋。他看着她因为这场恋爱变得温柔，变得娇美，他替她开心，又替自己悲伤。

无论过去多少年，无论是十几岁还是二十几岁，她的心里都只有那么一个人。

为他动摇，为他疯狂，为他绝望，为他改变。

他希望她和展凌萧获得幸福。

可是世界上的事情，不是他希望，就能如愿的啊。

就像他想一直陪伴着她，可是她永远不给他机会。

“我给你们买了后天的飞机票。”陆竟夕摸摸她的头，“所有的东西都放在老地方。”

陆佳期走到门口，转头看了陆竟夕一眼：“哥，无论发生什么事情，都不要回来。”

门口的珠帘后面，映出陆佳期那张绝美又悲伤的脸。

5

真的要离开了吗？真的要和鹭宁所有的一切告别了吗？

当年她从监狱里出来，为了逃避展凌萧整成了陆佳期的模样，来到完全陌生的鹭宁重新开始生活，她始终觉得自己只是这里的一个过客，可是当她真正要面临离开的时候，她突然又有些不舍。

舍不得的是鹭宁，还是在这里让她遇到的展凌萧呢？

陆竟夕让陆佳期找时间和展凌萧摊牌，要么一刀两断，要么跟她漂洋过海一起离开，陆竟夕已经在海外安排好了一切，只要离境，所有的事情都会安然无恙。

她曾经是那么洒脱的一个人，可是现在却不知道如何和展凌萧开口。

她在小区门口看到林笑笑拉住展凌萧的手，林笑笑眼眶泛红："凌萧，我会等你的。"

展凌萧看到陆佳期，立刻甩开林笑笑的手冷漠地说："你走吧。"

林笑笑仇恨地看了陆佳期一眼，然后走掉了。

"佳期你别误会……"展凌萧着急解释。

"我饿了。"陆佳期打断他。

她走到楼下的小炒店，还没到吃夜宵的时间，人迹寥寥。

陆佳期走到厨房问："老板，能借厨房给我炒个饭吗？"

因为是老顾客，老板很快把厨房空出来。

陆佳期走到厨房里，熟练地切菜，下锅，没多久一碗香喷喷的蛋炒饭就上桌了。

"吃吧。"

"你不是饿了吗？你先吃。"他舀了一口喂给陆佳期。

陆佳期张嘴咀嚼了几下，明明是很香的食物，可是她却吃得一点味道都没有。

一碗蛋炒饭很快被展凌萧吃完了，陆佳期托腮看着对面的他："好吃吗？"

"好吃。"展凌萧点点头，"我常常会想起我们十七岁的时候，我帮你一起摆摊，每次收摊你都会给我炒一碗饭或者面，真的特别好吃，和这个味道一模一样。"

“你还说以后要开一间三无小炒店，你吆喝我炒菜，做一个幸福的小老板。”陆佳期笑起来，仿佛忘了刚刚看到的那一幕。

“现在这个心愿也没有变啊，我还是想做一个幸福的小老板。我们就像他们一样，简简单单快快乐乐地生活在一起。”

“真的可以简单又幸福吗？”陆佳期叹了一口气，站起身。

展凌萧跟在她的身后，两个人沉默着走进电梯。

“陆竟夕要出国了？”展凌萧问道。

“对。”

“你要跟他走吗？”

“你想我跟他走吗？”

电梯到达他们的楼层，展凌萧还没有答应那句话，就看到站在电梯口一脸严肃的展宏。

“展伯父，你好。”

展宏的目光扫过陆佳期，却没有搭理她，而是走到展凌萧的面前：“我今天再给你最后一次机会，要么现在跟我回展家，要么就永远都不要回去。”

“爸，你别逼我好不好？”

“我给了你时间，今天是最后的期限。”

“爸……”

“她是什么人你不知道吗？你和她在一起会有什么好下场？”展宏看看表，“我给你三分钟。”

展凌萧看着展宏，又看着身后的陆佳期，他的目光悲伤、焦虑又无望，时钟似乎在滴答滴答地行走，那三分钟像是历史上最漫长的时间。

陆佳期多么希望展凌萧可以勇敢地和他父亲对抗，多么希望他像个真正的骑士一样手持长剑捅向敌人。

可是许久之后，他握着拳头转头对陆佳期说：“佳期，你给我几天时间，我会回来的。你等等我好不好？”

像是有什么在心里塌陷了下去，陆佳期心里那最后一点点期望，全都覆灭了。

陆佳期没有说话，只是开门走了进去。

关上门的一瞬间，她终于再也抑制不住地哭了出来。

为什么他总是打碎她好不容易筑起来的城堡？他难道不知道，全心全意交付一颗真心，对她而言，犹如剔骨剜心那么疼吗？

他为什么要那么轻而易举地把它打碎？

隔着一扇门，陆佳期哭得犹如一个泪人。

6

展凌萧回到展家的第二天，陆佳期在一间小书店看到一本书。

俄罗斯作家列夫 · 托尔斯泰写的《安娜 · 卡列尼娜》。

安娜为了追求爱情，经历了悲伤，挫折，最后绝望地卧轨自杀。

看到最后一段安娜自杀的时候，她突然悲从中来。

她付了钱，把书装在口袋里，慢慢地走回去。

陆竟夕和阿昭已经先去了国外，陆竟夕天天给陆佳期打越洋电话让她走。

可是她就是不愿意走。

展凌萧让她等他，她就想再等等。

她想留个希望给自己，还想给他最后一次机会。

警察到来的时候，陆佳期正在厨房做一锅煲仔饭。

小时候董明伟经常会煮一大锅给他们吃，后来陆佳期掌厨，几乎没做过，后来董明伟只做给柳云霜吃，每次煮都满怀深情，偶尔会让陆佳期帮忙尝一尝味道对不对，但是却不肯让她多吃一口。

他小心翼翼地要把最好的东西都留给他的爱人，哪怕他的爱人始终不知道。

警察到来的场面并不陌生，许多年前董小舞也经历过一次，那是她人生最失望的黑夜，她以为这辈子她不会再遭遇。

她万万没有想到，这一次她还是没有等到展凌萧来带她走，而是等到了警察。

“你们稍等，我去关一下火。”陆佳期平静地看着屋子外面的警察，她走回厨房，把火关上，掀开盖子，用手抓了一口米饭吃。

那味道可真香啊，和小时候煮的一模一样。

屋内香气袅袅，陆佳期脱下围裙，挂在厨房的墙壁上，白色的文鸟在窗台上挥着翅膀挣扎，她看了整个房间一眼，跟警察走了出去。

坐在警车里，隔着车窗，她朝外面望去。

密密匝匝的小区人群里，唯独没有那张她熟悉的脸孔。

烈烈长空，萧萧深夜，她始终没有等来心里的那个人。

他又一次，用谎言骗了她。

她绝望地闭起眼，眼泪顺着眼角滑落。

7

陆佳期对自己做过的事供认不讳，期间有人来看她，她统统都闭门不见。

鹭宁的看守所和安海的并没有什么不同，都是冰凉没有温度的。

她穿一件白色的圆领衫，素着一张脸，吃饭，睡觉，等待判决，从不和任何人说话。

有一天警察把她带出去，说她的代理律师来了，她以为是陆竟夕找了人。

到了外面，她看到了林笑笑。

“陆小姐，我是你的代理律师。”林笑笑得意地和她宣布。

“不需要。”她转身要走。

“你不是一直很有自信展凌萧会选择你吗？事实是很残酷的，他最后还是抛弃了你。”林笑笑忍不住示威。

“就算他抛弃了我，我也永远会在他的心里，没有人可以取代。”陆佳期冷笑，哪怕是憔悴的她，也不会在阵势上输人。

“你还不知道吧，凌萧很快就会和我结婚，你们监狱里肯定也能看电视，到时候可以从电视上看看我幸福的样子，他现在心里没有我，我总有一天会让他喜欢上我。而你呢？你永远只是一个低贱的诈骗犯！小偷！”

陆佳期明白了，林笑笑不是来做她的辩护律师，而是来示威的。

陆佳期轻笑了一声：“是你报的警，对吧？”

“你别胡说！是警方自己掌握了你的犯罪证据。”林笑笑拒不承认。

“为了找我这些证据，你没少花时间和精力，也真是难为你了。”陆佳期轻蔑地笑，“要得到一个人的爱，不是通过杀死他的爱人，而是彻底地虏获他。

威逼利诱得来的爱，只是一场自欺欺人的笑话。”

她了解展凌萧，他最多只是懦弱，放不下名利，他不可能会做出把她送入监狱的事情，她走到这一步，都是林笑笑的计划。

“我和凌萧三天后就要举办婚礼了，爱有什么用？他最后娶的人，是我！”林笑笑像是被激怒了，失去了律师应有的冷静，面孔狰狞。

陆佳期看着林笑笑，苍白的脸上落下几缕碎发，眼中没有惶恐没有愤怒，有的只是同情。

“希望你能得到你想要的东西。”陆佳期转过身，慢慢地走了进去。

8

连续三天，陆佳期没有说一句话，她表面上装着波澜不惊，可是她的心里比谁都痛苦。

从小在董明伟的教导之下，她一直坚定自己要做一个洒脱的人，她热爱所有美丽的事物，从来不为任何人和事物留恋，她经过漫长时间的洗礼和考验，她觉得自己已经百毒不侵。

可是她遇到了展凌萧。

他是她的毒，为他寝食难安，为他牵肠挂肚，为他变成了另一个自己。

为他把自己送进监狱，换了一张脸。

可是她还是逃脱不了。

她站在水池里，隔壁的女孩一边洗衣服一边轻声地唱着歌，她把手泡在水里发愣。

夜静下来了，她似乎听见耳边有人在唱《漫漫人生路》，想起以前董明伟也很喜欢给柳云霜唱这首歌，他不虐待她的时候，就会抱着她给她唱歌。

董明伟的声音很好听，却像幽灵一般。

他等了柳云霜十几年，可是她却是为了利用他才回来，他在愤怒之下囚禁她，囚禁这个背叛他的女人，可是他还是忍不住地疯狂爱她。

后来陆佳期才知道，为什么当年董明伟要囚禁柳云霜，柳云霜在多年前和董明伟有过露水情缘，而她怀着别的小白脸的孩子嫁给了展宏，孩子出生后柳云霜就和小白脸远走高飞，后来小白脸做生意亏了钱，柳云霜又回到安海想周转一些钱，展宏把她赶走了，她出于无奈只好来找董明伟，却被董明伟发现她的动机，董明伟一气之下就把她囚禁了。

他恨她吧，可能没有人比他更恨柳云霜。

可是他爱她，哪怕他最后从监狱里逃出来，也是为了看她一眼，亲口问她一句："你到底有没有爱过我？"

只是那时候的柳云霜已经疯了，没有人可以再回答他这个问题，所有的一切都无法追回。

绝望的他选择了自杀。

她像是突然明白了董明伟当年的用心，他那样狠戾地让她离开展凌萧，他发现苗头不对，想要扼杀，可是她没有当回事。

她用敌对背叛的方式结束了所有的一切，也结束了董明伟的梦。

她记得董明伟在最后一刻和她说："小舞，老爹终于解脱了。"

这个从小像魔鬼一样训练她的人，从来没有怪过她的背叛，他这辈子狠戾决绝，也只是想活得快乐一些。

可是快乐对于他来说，太难了。

从被爱情背叛的那一天开始，他就已经失去了快乐。

他解脱了，可董小舞，却陷入了痛苦的挣扎里。

一切像是宿命般的安排，从一开始就想摆脱的男人，因为他的迟疑，懦弱，把她送到了监狱。

他真的爱她吗？

十几岁的背叛，二十几岁的重遇，他对她的承诺和痴恋，都敌不过对权势的贪念吗？

这样的爱，算是爱吗？

陆佳期从床上偷偷地爬起来，铁窗外有一缕霜白的光，她趴在上面。

他要结婚了，要和另一个女人手牵着手，要和另一个女人睡一张床，要和另一个女人生孩子，她要眼睁睁地看着这一切发生，像董明伟，像徐琳那样，等在小小的房子里，却等来那个人的薄情寡义。

不，她不要做那样的人。

她不甘心就这样消失。

陆佳期紧紧地握住铁窗，把自己缩得小小的，一点点地钻了出去。

她自幼学习这些技能，最擅长的就是在层层密闭的空间里逃脱。

她越过层层的防线，爬到了监狱外。

监狱里面警铃大震，她先飞奔到距离监狱不远处探头拍不到的一棵树下，趁着夜色去挖树下的泥土，果然树下埋着一套衣服和车钥匙以及几万块钱。

这是陆竟夕走之前给她留下的，他在鹭宁的各大定点都留了东西给她，以备给她不时之需。

他们干这行的，随时都要给自己留后路。

陆佳期很快地换上衣服，乔装打扮了一下，再把原来的衣服烧毁。

9

第二天，警方发现陆佳期逃狱之后，开始实施抓捕行动。

鹭宁四处都贴着她的照片，她失踪的消息一遍一遍地在新闻里播放。

这则消息在鹭宁引起轩然大波，特别是她的身份，她想展凌萧他们应该也知道了。

不知道他还能不能安心筹备婚礼。

她就是要他和林笑笑生活在惶恐中。

她没有着急出门，而是住在郊区的一间小石屋里。

那间小石屋是陆竟夕盖的，没有住人，位置非常隐蔽，一般人找不到，当初是建来给他们避难用的。

陆竟夕离开前在里面放满了水和食物以及一些简单的生活用品。

陆佳期在石屋里整整睡了三天三夜，醒了看看书，听听歌，饿了就吃点干粮和水，外面的人满世界都在找她，她不闻不问。

那几天她在看《安娜》，把这本书翻来覆去地看了很多遍，她发现这个世界就是一个牢笼，无论她身在哪里，都无法逃脱。

她知道逃狱会对很多人造成恐慌，不只是警察，还有展凌萧和林笑笑。

展凌萧和林笑笑原定在三天后结婚，现在她失踪了，对林笑笑来说，犹如一个炸弹。

有时候她躺在床上，会悲伤地想，展凌萧还是选择了有助于他的女人，尽管他不爱她。

他甚至没有来这里看她一眼，他做得可真绝情。

可是她千方百计地逃出来到底是为了什么呢？在展凌萧的婚礼上大闹一场？让他们不能安生？还是静静地看着他娶别人？

这些都不是她想做的。

她最想做的，是要令展凌萧惶惶不安；她最想做的，是要让他这辈子都觉得亏欠她。

展凌萧的婚礼并没有因为她的失踪而取消，婚礼准备了半个月，还是如期举行了。

陆佳期在他结婚的那天，给他发了一条消息：我会让你永远记住我。

展凌萧很快把电话打过来，他的声音焦虑又焦急："佳期，是你吗？你在哪儿？"

"你听，是我们初遇的声音，是我们告别的声音。"陆佳期把手机丢到铁轨上，不再去听那个令她心碎的声音。

她躺在铁轨上，冰冷的铁轨触碰着她的身体，天空是蓝色的，下着蒙蒙的雨，仿佛这个世界都在她的眼中。

风吹动着周围的草木，呼呼地灌入她的耳中，冰凉刺骨的。

她选择在展凌萧结婚这一天死去，既然她忘不了他，就让她死在他永恒的记忆里吧。

那一刻，她突然明白董明伟当年说的那句话的意思。

"困住我们的从来都不是我们自己，而是我们爱一个人的心。"

爱一个人的心，她收不回，又控制不了。

那就碾碎吧。

让列车从身上碾压过去，将心狠狠地碾碎吧。

她不知道躺了多久，终于听见远处火车缓缓驶过的声音，她听到鸣笛声。

"再见了。"陆佳期闭上眼睛。

"小舞！"

她的身体突然被人拽了起来，拉到了一旁，火车司机这才发现有人冲了过来，赶紧刹车，可是已经晚了，车子开过展凌萧的身体，把他撞向远处，才停了下来。

陆佳期眼睁睁地看着展凌萧腾空飞了起来，血混在细绵绵的雨水里，漫天地飞舞。

展凌萧为了拉开她，自己撞上了火车。

陆佳期发疯似的跑到展凌萧的身边，他的身上，全都是血，那张漂亮好看的脸被血覆盖。

“展凌萧，你怎么样了？”陆佳期一把抱起他的身体，她从来没看到他这个样子，气若游丝，像一个木偶。

展凌萧伸出手，紧紧地搂住她的腰，脑袋贴在她心脏的位置。

“小舞……对不起……这次又让你失望了……”

“你别说话了……我带你去医院……”

陆佳期想抱起他，可是他的身体太沉了，她根本抱不动。

“对不起……我又……错了……”

陆佳期整个人都在发抖，无法控制自己的身体。

展凌萧从怀里颤颤巍巍地拿出一件东西，那是一只带着锁的手镯，他把手镯放在陆佳期的手心里，轻轻地笑着说：“真想锁着你一辈子啊。天涯海角，都不让你再离开我身边……”

展凌萧的手渐渐下垂：“为你死……我没有……害怕过……”

手镯落在碎石上发出清脆的声响，他闭上眼，嘴角还带着淡淡笑意。

他害怕了一辈子，可是只有在为她死这一件事情上，他从来没有害怕过。

“展凌萧，你醒醒！你不能死，你这个浑蛋，没有我的允许你不能死。你听见没有。展凌萧，我恨你，我永远都不会原谅你。”陆佳期的眼角有大滴大滴的泪落下来。

天空下着瓢泼大雨，她仰头看着天空，抱着展凌萧的尸体，发出撕心裂肺的哭号。

10

当警察赶到铁轨旁的时候，看到的是陆佳期抱着展凌萧的尸体。

她像是大哭了一场，又像是没有哭，她的脸紧紧贴着展凌萧的脸，久久不愿意分开。

林笑笑和展宏一行人也赶到现场，眼前的场景让所有人都震惊了。

林笑笑像发了疯一样大哭起来：“陆佳期，你把凌萧怎么了？你这个杀人的魔鬼。”

展宏悲伤得差点没有站住脚，还好旁边的展凌杨扶了他一把。

他们谁也没有想到，事情会变成今天这个样子。

展宏从林笑笑那儿得知陆佳期就是当年的董小舞，也知道展凌萧为了陆佳期不惜放出私生子的消息离开家，虽然展凌萧不是他亲生的，可是他心里对展凌萧还是有着一份牵挂，他不想眼睁睁地看着展凌萧跟一个这样身份背景的女人在一起，所以他联合林笑笑以陆佳期的身份和案件作为威胁，让展凌萧就范。

在展凌萧一直难以取舍的时候，他们报警抓了陆佳期，他以为这样做都是为了展凌萧的前途，殊不知却把展凌萧推入了绝境。

而林笑笑呢，她亲手计划了这一切，千方百计地扒出陆佳期的底，让展宏做恶人，在陆佳期被抓之后去找展凌萧告诉他只要他和自己结婚，她一定有办法保陆佳期平安。

他们以为自己费尽心机换来了自己想要的，可是展凌萧的死，给了他们一个沉重的打击，把他们所有美好的想象都打碎了。

他心甘情愿地为陆佳期去死，完全不眷恋这个世间的任何东西。

在和陆佳期分开的这段时间，他比谁都更加煎熬，展宏得知了她的身份，掌握了她的犯罪证据拿这个威胁他，他没有办法，只好跟展宏回家，本来想说服展宏再借机跑出来和她远走高飞，没想到展宏早已经洞悉了他的想法报了警，他再做什么都无济于事，这时候林笑笑说可以帮他救陆佳期，只要他愿意和她结婚，他明明知道她的话不可信，可是当时的他，只能赌这一把。

他甚至天真地想，只要陆佳期能出来，他们还可以远走高飞。

可是在陆佳期逃狱之后，他发现自己错了，她那么骄傲的一个人，怎么会允许这样的背叛换来的安全？他不想继续进行那场滑稽的婚礼，可是一切的局势已经不受他掌控了，他被展宏关起来，不让他离开展家半步。

所有的一切都晚了，所有的一切都无法挽回了。

当他听到电话里陆佳期绝望的声音时，他知道她要用结束生命的方式令他后悔，在展凌欢的帮助下，他从家人的看管下逃了出来，拼命赶到他们曾经来过的铁轨上，救下了她。

如果命运注定了要他们分离，能死在她的怀里，也未尝不是一件幸福的事情。

从小他父亲就不疼他，哪怕他努力做到最好，父亲也从来不会夸他一句。从他知道自己私生子身份的那天起，他每天都活得惶惶不可终日，害怕被人讨厌，更害怕父亲失望，他把自己变成一个表面阳光亲切的富家公子，可是谁也不知道他的内心有多古怪扭曲，他甚至讨厌家里的每一个人，厌恶方方面面都优秀的展凌歌。

可是他遇到了董小舞。

她出身贫瘠，坑蒙拐骗，可是她依然可以活得坦荡而骄傲。他是那么欣赏她毫无畏惧的样子，他渴望靠近她，渴望变得和她一样勇敢。

因为她，他不再害怕人生里任何的失去和一无所有。

他更不怕，为她去死。

他的一生从遇到她开始，都在赌，赌她会不会爱他，赌自己能不能救她。

十年前他没有做到，十年后，他还是输了。

他让她坐了两次牢，他是一个罪人。

11

最后是罗菲把陆佳期带走的。

展凌萧的尸体被抬上了救护车，她抱着他从温暖到冰冷。

在救护车门关上的那一刻，她知道，她永远地失去了他。

那个爱她爱到像发了疯一样的男人。

他永远地消失在她的生命里。

她没有哭，她出奇地平静，当她知道他去往一个可知的地方，她却感到万分平静。

罗菲给她找了律师，她没有拒绝，她知道自己的生命来之不易，她不能再轻易地放弃。

她供出了所有盗窃来的宝贝的收藏地点，警方根据她的供词把东西都挖了出来归还给那些富商。

罗菲怎么也没想到，这个看似游手好闲的好朋友，竟然是鹭宁警方一直在找的神偷“飘”。

展凌萧火化的前一天，展凌杨和罗菲一起来看她，给她带来了一堆手账本。

他们说这是在展凌萧的抽屉里找到的。

陆佳期把手账翻开——

“冰激凌一次吃两个。”——胃口真大。

“初花家的握寿司，调料要有酱油和芥末。”——排队要1小时以上。

“束水街的白色连衣裙。”——先买了以后送给她。

“白色的文鸟。”——差个鸟笼。

“不会跳舞。”——没关系，我可以慢慢教。

……

他在手账里记录下董小舞的每一个爱好，每一个记录旁边都配上一张照片，有些照片都已经发黄了。

陆佳期紧紧地抓住那个手账本，仿佛捧着的是展凌萧的一颗心。

“这里面写的东西他统统都给你买了，吃的就经常买了自己吃，物品买了堆在房间里。”展凌杨缓缓说道。

“你们恨我吗？”

“我记得十年前，你被抓到警车上去的那一天，凌萧也问过我，她会恨我吗？那时候他还小，他以为父亲会找律师把你救出来，可是你拒绝了一切的帮助，出狱之后消失了。他发了疯一样地去找你，再也找不到你了。后来我们离开了安海来到鹭宁，这么多年虽然他表面上什么都没有说，总像个玩世不恭的花花公子，可是我知道他只是用这些来掩饰心里的痛苦，在重新遇见你之后，我才看到他有真正的笑容。被爆出他是私生子的那天，他没有一点难过，走的时候我去送他，他问我：‘哥，这一次，我会赌赢吗？’那时候我听不懂他的话，后来当我知道是他自己放料给记者这个消息的时候，我明白了，他把自己推到一无所有的境地，只不过想靠近你。作为家人，我恨你的出现把凌萧带走，可是作为家人，我也知道，只有你让他觉得这辈子没有白活。”

他这辈子都在渴望一份爱，从小渴望父亲的关爱，后来渴望她的爱。

可是所有人都在伤害他。

她对展凌萧的不信任和猜忌，亲手葬送了他们的爱。

那天晚上，陆佳期做了一个梦，梦见他们回到十七岁的那一年，两人在街边同吃一盒炒饭。

大榕树的枝蔓垂落在他们的眼前，他拉着她的手，在树下跳舞，她不停地旋转，旋转，快要摔倒的时候他用力地抱住她。

他们在树下接吻，她听见他温柔的声音问道：“小舞，嫁给我好不好？”

夜里有暖风，有雏菊的香气，许多白色的鸟在他们周围飞舞，她穿着白色的长裙靠在他的怀里。

那是她一生最美，又最好的年华。

那是她来不及开口，却永远逝去的梦。

——End · 2016 年 10 月于上海